마
산

김기창 장편소설

마
산

민음사

목차

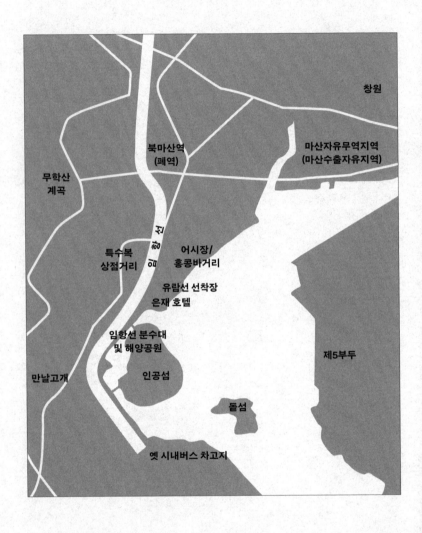

창원

마산자유무역지역
(마산수출자유지역)

북마산역
(폐역)

무학산
계곡

특수복
상점거리

어시장/
홍콩바거리

유람선 선착장
은재 호텔

임항선 분수대
및 해양공원

인공섬

제5부두

만날고개

돌섬

옛 시내버스 차고지

프롤로그

저녁놀이 질 무렵이면 불길 같은 파도가 마산자유무역지역 제1공구 끝에 있는 폐공장 바로 앞까지 밀려왔다. 파도는 크리스마스트리용 장식품을 만들다 13년 전 문을 닫은 그곳을 긴 잠에서 깨우려는 것처럼 보였다. 마산에 눈 내리는 날은 과거 홈팀이었던 롯데 자이언츠의 우승처럼 희귀했다. (지금은 엔시 다이노스가 홈팀이다.) 대신 마산과 1970년에 처음 문을 연, 한국 최초의 외국인 전용 공단인 마산자유무역지역(옛 마산수출자유지역)은 크리스마스트리용 장식품 같은 온갖 물건을 만들어 바다 저 너머로 내다 팔았다.

회사 구내식당에서 저녁을 먹은 후, 태웅은 폐공장으로 향했다. 폐공장 부근의 벚꽃과 마산 앞바다를 보기 위해서였다.

오래전 도시의 전성기는 썰물처럼 빠져나갔지만, 폐공장의 벚꽃과 마산 앞바다는 매해 새롭게 태어났다. 태웅은 해가 지면 습관처럼 이곳이 떠올랐다.

폐공장 주변은 봄날의 풍경을 품은 것과는 달리 겨울밤처럼 적막했다. 그곳을 찾는 존재는 태웅과 남해의 파도밖에 없었다. 그러나 이날은 달랐다. 태웅보다 먼저 폐공장의 검은 그림자 아래 스며든 존재가 있었다. 스리랑카 출신 카빈두와 라오스 출신 자이. 두 사람은 눈앞에 불쑥 나타난 사람이 태웅임을 뒤늦게 알아보곤 놀란 가슴을 쓸어내렸다.

느그 여서 뭐하노? 태웅이 말했다.

무슨 말이야? 카빈두가 말했다.

너희들, 여기서, 뭐해?

보이잖아?

말이 삐리하네?

삐리?

미안. 하던 일해.

카빈두는 불이 붙은 담배를 자이에게 건넸다. 두 사람은 종이를 직접 말아 만든 담배를 나눠 피우는 중이었다. 태웅은 두 사람 곁에 섰다.

자이는 담배 연기를 길게 내뱉은 후 태웅에게 담배를 내밀었다. 태웅은 고개를 저었다.

담배 안 피워. 알잖아?

그랬나?

세 사람은 마산자유무역지역 제1공구 초입에 위치한 플라스틱 서랍 제작 업체에서 일했다. 냉장고, 세탁기 같은 가전제품을 만드는 대기업에 서랍을 납품하는 회사였다. 셋 모두 스물여섯 살이었지만, 경력은 자이와 카빈두가 태웅보다 길었다. 태웅은 자이와 카빈두에게 사출성형* 공정을 배웠고, 구내식당에서 함께 점심을 먹으며 이들 나라의 이야기를 들었다. 이를테면, 자기들 나라에선 불법이긴 하지만 대마초가 맥주만큼 싸고, 대마초를 맥주만큼 대수롭지 않게 소비한다는 것 같은 과장되고 시답잖은 얘기들. 자이와 카빈두는 태웅에게 마산에 관해 물었다. 시내에 나가면 자기들이 제일 젊다고, 네 또래 사람들은 어딜 간 거냐고. 태웅은 이렇게 답했다. 너희랑 다를 바 없다고, 더 나은 일자리를 찾아 고향을 떠났다고, 이주노동자가 된 것이라고. 두 사람은 그런 식으론 생각해 본 적 없다며 낄낄거렸다.

주고받던 담배가 손가락 마디만큼 짧아졌다. 자이가 카빈두에게 다시 담배를 건넸다.

---

* 가열에 의해 녹은 플라스틱 재료를 금형 속으로 사출시켜 성형품을 만드는 가공 방법.

이거 담배 아냐. 대마초야. 자이가 말했다.

대마초도 안 한다고 했었나? 카빈두가 말했다.

태웅은 놀라지 않은 척했다.

어디서 났어?

카빈두는 폐공장을 눈짓으로 가리켰다.

저기. 저기서 키워.

태웅은 폐공장의 깨진 창문 너머를 바라보았다. 내부는 지하실처럼 어두웠다. 태웅은 심각하지 않은 척까진 할 수 없었다. 카빈두와 자이는 태웅의 표정을 보며 웃음을 참지 못했다. 태웅은 두 사람이 자신을 놀리는 것에 아직 익숙하지 않았다.

그냥 담배였구나? 태웅이 말했다.

그건 거짓말 아냐. 카빈두가 말했다.

내 친구가 조금 나눠 줬어. 자이가 말했다. 마산에선 구하기 쉽지 않아. 비싸.

이게 마지막이야. 해 볼래? 카빈두가 말했다.

한국에선 나쁜 일이야. 나는 그렇게 생각 안 하지만. 태웅이 말했다.

우리가 월급 많이 받으면 사장님이 싫어해. 이게 진짜 나쁜 일이야. 자이가 말했다.

그건 신경 안 써도 돼. 월급은 늘 적으니까. 태웅이 말했다.

마산에서 돈 많이 버는 방법을 알려 줄까? 카빈두가 말했다.

태웅은 카빈두와 자이의 행색을 슬쩍 훑었다.

성공 확률이 높을 것 같지 않은데?

네 꼴을 좀 봐, 이런 의미라는 것을 카빈두는 이해했다. 자이 역시. 세 사람은 연패 중에 실수한 야구 선수처럼 자조적인 웃음을 지었다.

들어 봐. 저 폐공장에서 대마초를 키우는 거야. 그리고 싸게 팔아. 살 사람은 많아. 우리 같은 이주 노동자들.

카빈두가 다시 말했다.

대학교 다닐 때 이런 말 안 배웠어? 이주 노동자가 바로 훌륭한 소비자다.

태웅은 웃었다.

배웠어, 조금 다르게. 소비자는 왕이지만 노동자는 구질구질하다.

태웅은 수평선을 바라보았다. 짙은 어둠이 내려앉은 마산 앞바다를 보고 있으면, 세상이 구질구질한 자신의 존재를 안중에 두지 않고 있다는 생각이 들었다. 다신 이 도시에 아침이 찾아오지 않을 것 같은 절망감도 느꼈다. 태웅은 이런 무기력한 감정에 중독되어 가는 중이었다. 자이와 카빈두처럼 대마초가 아니라. 어쩌면 대마초가 더 나을지도 몰랐다. 한순간의 즐거움이라도 있으니까.

태웅은 폐공장 쪽으로 고개를 돌렸다. 폐공장은 어둠의 궁

전 같았다. 태웅은 다시 마산 앞바다를 바라보았다. 그리고 가즈가 예전에 했던 제안을 떠올리며 속으로 중얼거렸다.

진짜 키워 봐?

*

태웅이 내게 자이, 카빈두와 있었던 일을 들려주었을 때, 세상은 팬데믹이라는 긴 마취 속에서 헤어나지 못하는 중이었다. 뻔한 코미디처럼, 태웅은 심각한 고민에 빠진 표정으로 너스레를 떨며 내 의견을 물어 왔다. 역시 뻔한 코미디처럼, 나는 심드렁하게 조언했다.

나쁜 방법은 아냐. 삼시세끼 걱정할 필요 없어서 부러 감방을 가는 사람들도 있으니까.

태웅은 낄낄거렸다.

나이 많은 어른이 그렇게 말하면 안 되는 거 아니에요?

플라스틱 서랍 제조 업체에서 일하기 전, 태웅은 내가 마산 창동에서 24년째 운영 중인 엘피 바에서 아르바이트를 했다. 갈치찌개가 제법이던 부모님의 식당이 폐업 직전까지 몰리자 인근 대학 국문과를 휴학한 후 돈을 벌러 나선 참이었다.

내가 사는 거야.

나는 잭콕을 담은 잔을 태웅에게 건넸다.

사는 게 힘들어?

힘들죠.

고민도 많고?

많죠.

나는 슬쩍 웃었다.

혼자서는 해결할 수 없는 문제들이 있어. 어쩌면 대부분의 문제가 그렇다고 할 수 있겠지. 자수성가했다고 떠벌리는 사람들만의 특징이 있어. 누군가의 도움을 까맣게 잊는다는 거. 그 누군가는 개인일 수도 있고, 사회 혹은 정부일 수도 있겠지. 모든 게 자기 탓이라고 생각하는 사람들도 착각 중인 건 마찬가지야. 개인은 시궁창 같은 현실을 혼자서 만들 수 있을 만큼 유능하지 않거든.

나는 주머니에서 담배와 라이터를 꺼내 바 테이블 위에 올렸다.

중고등학교 시절에 공부는 안 하고 술만 먹었어. 50여 년 전의 일이지만, 가끔 그때의 숙취가 아직도 남아 있는 듯한 기분이 들어. 매일 술 먹고 싸움질이나 하고 돌아다니니 주변에서 커서 뭐가 되려 그러느냐며 혀를 찼지. 그럼 이렇게 말해 줬어. 술집 사장 할 거라고.

꿈이 실현된 거네요? 태웅이 말했다.

그렇진 않아. 그냥 한 말이니까. 다른 꿈이 있긴 했어. 가족들이랑 같이 사는 거. 아버지와 나만 마산에 있고 나머지 가족은 의령에 살았어. 그렇게 시간을 보내다 농업고등학교를 간신히 졸업하고 해군에 지원했어. 군대에 갔다 오면 뭐라도 달라지지 않을까 싶었지. 변한 게 있긴 해. 전역한 지 넉 달 만에 아버지가 간암으로 돌아가셨어. 어떻게든 살려 보겠다고 있는 돈 없는 돈 끌어다가 별짓 다 했는데 소용없었어. 그러고 보니, 달라진 게 하나 더 있어. 과거에는 술만 마시고 집 뒷산인 무학산을 돌아다녔다면 전역 후에는 담배까지 곁들이게 되었다는 거. 군대 가서 배운 게 담배밖에 없었어. 이 라이터를 다시 손에 쥐리라고는 전혀 생각지 못했는데 말이야. 아버지가 쓰던 거였어.

나는 라이터로 담배에 불을 붙였다. 지포(ZIPPO)를 모방해 만든 국산 ABC 오일 라이터였는데, 앞면에 한국함대라는 글씨와 거북선 그림이, 뒷면에는 제작 연도인 1968이라는 숫자와 해군 준장 차상규라는 글씨가 있었다. 나는 담배 연기를 길게 내뱉은 후 다시 말을 이었다.

그렇게 허구한 날 무학산만 오르내리는데 뭔가가 눈에 들어오기 시작했어. 가끔 가던 술집에서 일하는 여자애들. 그 사람들이 매일 무학산 약수터에 와서 세상 귀찮은 표정으로 물을 떠 가고 있었어. 자기들이 일하는 가게에서 쓸 물이었던 거야. 그러다 어느 날 문득, 저들 대신 물을 떠 주고 돈을 받으면 어떨까 싶은 생각이 들었어. 걔들한테 물어보니 다들 남북통일이라도 된 것처럼 좋아했어. 그렇게 한두 군데 술집에 물을 대고 있는데, 2주쯤 지나니까 다른 술집에서도 연락이 왔어. 장사가 잘됐어. 통술집* 거리에 있는 가게 절반이 내가 떠 온물을 썼어. 물을 파는 게 불법이라는 건 나중에 알았어.

태웅은 잠이 달아난 표정이었다.

그게 불법이에요? 그래서요?

1.5톤 트럭을 사서 창원과 진해에도 배달했어. 나처럼 못 배우고 가난한 놈이 법을 지키는 건 나라에서 감사해야 할 일이지 당연하게 여길 일이 아냐. 그러다 1995년에 생수 판매가 합법화가 됐어. 대법원 판결 내용도 기억해. 국민 행복 추구권을 막지 말라. 그렇게 생수를 팔아서 모은 돈으로 1998년에 바를 인수했어. 아이러니하지만 나는 IMF 외환 위기 덕을 봤어. 여기 상권이 무너지면서 기본 권리금의 반값만 지불해도 됐으니까.

태웅은 고개를 끄덕이며 잭콕을 홀짝이더니 콜라에 비해잭 다니엘스를 너무 많이 탔다며 허세를 부렸다. 그리고 이내

---

* 통술은 마산합포구에서 시작된 경남 전통의 술 문화 중 하나다. 장기간 바다에 나가 고기잡이를 하던 어부들은 뭍으로 돌아오면 주로 요정에 갔다. 요정은 바다에서 나는 갖가지 재료들로 한 상 가득 술상을 보았는데 거기서 통술이 유래됐다.

다시 생각에 잠겼다. 그때 나는 태웅의 얼굴을 바라보며 마산 앞바다의 무늬를 떠올렸다.

마산 앞바다에는 무늬가 존재했다. 눈에 보이는 것도 있고, 그렇지 않은 것도 있었다. 어떠한 이유로 변한 무늬도 있고, 지금껏 변치 않은 무늬도 있었다. 1970년대 초반, 1990년대 후반, 그리고 2020년대 초반. 사람들이 마산으로 모여들고, 떠나가고, 다시 모여들기 시작했을 때, 마산 앞바다는 조금씩 무늬를 바꾸었고 그것을 달빛이 출렁이는 파도 위에 달그림자처럼 펼쳐 놓았다.

모두가 마산 앞바다의 무늬를 볼 수 있는 것은 아니었다. 어시장 선창가에서, 마산자유무역지역에서, 갈매기보다 적은 관광객들로 휑한 돝섬에서 바닷바람에 뒤척이는 것이 자신인지 마산 앞바다인지 헤아려야 했던 사람들, 여기가 아닌 다른 곳으로 흘러가는 마음이 자신의 의지인지 마산 앞바다의 충고 때문인지 되물어야 했던 사람들, 그런 이들이 마산 앞바다의 무늬를 보았다.

나는 변해 가는 마산 앞바다의 무늬를 봤던 사람을 몇 알고 있다. 태웅, 은재, 준구 그리고 동미. 이들이 묘한 인연으로 얽힌 관계라는 것을 뒤늦게 알았을 때도 나는 크게 놀라지 않았다. 지난 50여 년간 지켜본 마산의 변화는 그보다 더 드라마틱했으니까.

어쩌면 나는 마산 앞바다의 다음 무늬는 보지 못할지도 모른다. 그러나 이른 아침, 이들이 내게 들려준 이야기가 마산 앞바다 한가운데 봉긋하게 솟은 돝섬처럼 떠오를 때면, 훗날의 무늬를 조금은 짐작해 볼 수 있었다.

1부

가
고
픈

도
시

동미
1974년

마산 앞바다, 처음 봐?

경리과장이 동미와 경리과 여직원을 향해 손짓하며 소리
쳤다. 어서 등산로 입구로 오라는 뜻이었다. 그러나 동미는 언
덕 아래로 펼쳐진 마산 앞바다로 다시 눈을 돌렸고, 경리과 여
직원은 동미의 눈치를 보며 발을 굴렀다. 경리과장 옆에 서 있
던 고바야시 겐지는 이런 분위기도 모른 채 분홍빛 물결이 일
렁이는 무학산 정상을 바라보며 감탄을 금치 못했다.

벚꽃보다 진달래 군락에 대한 기대가 더 큽니다. 겐지가 말
했다.

벚꽃은 일본이 원조라 그런 것 아니겠습니까?

경리과장은 등산로 입구의 벚꽃들을 가리키며 말을 이었다.

이 벚꽃들도 오래전에 일본인들이 심은 것이라 들었습니다.

두 사람은 함께 웃었다. 경비과장과 겐지의 웃음소리가 들려오자 동미는 두 사람이 서 있는 등산로 입구를 차가운 눈빛으로 바라보았다. 인간이라는 종 자체에 대한 환멸이 밀려왔다.

SD전기통신 한국 지사 사장인 고바야시 겐지는 학생들이 시끄럽게 굴어도 별다른 동요 없이 칠판에 문제 풀이 과정을 묵묵히 써 나가는 중년의 수학 선생님 같은 인상이었다. SD전기통신 본사가 있는 오사카에 부인과 자식들을 두고 혼자 한국으로 왔다고 들었는데, 다림질을 매일 하는지 아침이면 작업복 구김살이 이마의 주름보다 적었고, 일이 삐걱거릴 때면 소리 지르거나 발길질하는 대신 흘러내리는 땀을 닦고 안경을 고쳐 쓴 후 필요한 조치를 꼼꼼하게 내렸다. 인간적인 면도 있었다. 부득이한 사정 때문에 회사를 그만두고 고향으로 돌아가는 직원들에게 다음 제사 때 조상님들께 바치라며 마산에서 생산한 청주를 선물했다. 과거 전국 1~2위의 청주 생산량을 기록했던 마산의 역사와 한국의 문화를 알지 못했다면 할 수 없는 일이었다. 그래서 동미는 충격이 더 컸다. 점잖은 사람이 점잖지 못한 일을 하는 것을 목격했을 때의 당혹감과 배신감을, 고바야시 겐지 때문에 느끼게 될 줄은 조금도 예상치 못했다. 그러나 경리과장은 처음 봤을 때부터 그런 놈이라 느꼈다. 점잖지 못한 놈.

경리과장은 인내심이 바닥났다는 듯 동미와 경리과 여직원이 있는 곳으로 성큼성큼 걸어왔다. 동미와 경리과 여직원은 등산로 입구가 마치 얼음 지옥 코앞이기라도 하다는 듯 저만치 떨어져 있었는데, 두 사람 역시 서로를 외면하고 있다는 점을 감안하면 그곳도 등산로 입구와 온도차가 그리 크지 않았다.

정상에 핀 진달래가 보고 싶다고 그러시네. 경리과장이 말했다. 얼른 갔다가 해 지기 전에 내려오자.

정말 우리만 왔어요? 동미가 말했다.

그렇다니까. 전달이 잘 안 됐어.

경리과장은 마산 앞바다를 바라보았다.

일하는 거 보면 그냥 다 저기 빠뜨려 버리고 싶다.

동미는 속으로 중얼거렸다. 웃기시네.

어제 퇴근 무렵, 동미에게 다가와 내일 오전 야유회가 있으니 꼭 참석하라고 말한 건 경리과장이었다. 누가 들으면 큰일이라도 난다는 듯 속삭이는 목소리로. 이상하다 싶었는데, 동미는 그 이유를 등산로 입구에 도착해서야 깨달았다. 야유회 참석자는 자재부 직원인 자신을 포함해 경리과장과 경리과 여직원, 그리고 지사장인 고바야시 겐지, 이렇게 넷뿐이었다. 다른 사람들에겐 애초부터 알릴 생각이 없었던 것 같았다.

정상까지 얼마나 걸려요? 여직원이 말했다.

1시간 30분쯤? 갈 수 있겠지? 경리과장이 말했다.

여직원은 기가 차다는 표정이었지만 고개를 끄덕이긴 했다. 경리과장이 동미를 바라보며 다시 말했다.

무학산 와 봤지? 국민학교, 중학교, 고등학교 가릴 것 없이 다 여기로 봄소풍 오잖아. 혜순이는 삼천포 출신이니까 처음일 테고.

저도 마산 출신 아니에요. 동미가 말했다. 무학산도 처음이고.

부모님이랑 같이 산다며? 이 부근이라 하지 않았어?

아무튼, 아니에요.

그래? 오히려 잘됐네. 이참에 무학산 벚꽃이랑 진달래 구경이나 실컷 해. 정상 부근 진달래 군락이 아주 끝내줘.

동미는 머리를 굴렸다.

길이 꽤 험해 보이는데, 다치면 어떡해요? 회사에서 치료비도 줘요?

지난 38년간 무학산 오르다 굴러떨어져서 죽은 놈이 있다는 말은 못 들었어. 무학산 계곡에서 술 먹고 행패 부리다 동네 사람들한테 맞아 죽은 놈 이야기는 들었어도.

경리과장은 목소리를 낮춘 채 말을 이었다.

일제강점기 때, 일본 놈 사업가한테 살해당한 한국인 내연녀가 무학산 계곡에서 발견된 일도 있긴 해. 장도로 사람을 그냥. 어쨌든, 아홉 살짜리 애들도 맨발로 뛰어다녀. 걱정할 필요 전혀 없어.

동미는 뭐라 대꾸하려 했지만 경리과장은 더 들을 필요 없다는 듯 겐지가 있는 곳으로 다시 갔다. 가는 도중 뒤돌아보며 빨리 따라오라는 세찬 손짓도 잊지 않았다. 경리과 여직원은 동미를 힐끗 쳐다본 후 경리과장의 뒤를 쫓았다.

동미는 경리과 여직원의 뺨을 한 대 올려 붙이고 싶었다. 여직원은 야유회 참석자가 넷뿐인 걸 알고 있었을 것이다. 표정을 보니 무학산 정상까지 오를지는 몰랐던 듯했다. 계곡물에 발 담그고 과일이나 먹을 줄 알았겠지. 경리과장과 경리과 여직원이 내연 관계라는 소문은 들었다. 그러거나 말거나, 동미는 상관하고 싶지 않았다. 그러나 그 일에 자신까지 연루시킨 것은 그냥 넘어갈 수 없었다. 뺨 한 대로는 턱없이 모자랐다. 머리카락도 한 움큼 뽑아 버려야 했다. 그리고 경리과장은, 살려 달라고 애원할 때까지 두드려 패고 싶었다. 눈치까지 없는 놈이었다. 예를 들어도 하필 일본인에게 살해당한 내연녀 사건을 들먹이다니.

동미는 머리가 아팠다. 그냥 집으로 가도 문제고, 무학산을 올라도 골치 아픈 상황에 처할 수 있었다. 집으로 가면, 입사한 지 석 달밖에 안 된 회사를 그만둬야 할지도 몰랐다. 반면, 저들과 함께 무학산에 오르고, 만에 하나 그것이 회사에 소문이라도 나면, 뺨이 벚꽃과 진달래만큼 벌겋게 부어오르는 건 대수가 아닐 것이었다.

동미는 세 사람이 모여 있는 계곡 입구를 바라보았다. 경리과장이 빨리 오라며 또 손짓했다. 겐지는 여전히 아무것도 모른다는 순진한 표정이었고, 여직원은 근심스러운 눈빛으로 산마루를 쳐다보는 중이었다. 경리과장이 이 일을 계획하고, 여직원은 동조하고, 겐지는 암묵적으로 승낙했을 것이다.

동미는 땅을 한번 쳐다본 후 다시 하늘을 올려다보았다. 회사를 그만둘 수는 없었다. 회사에 다니지 못하는 것이 최악의 결과였다.

동미는 등산로 입구를 향해 걸어갔다. 이를 확인한 경리과장은 만족스러운 표정으로 먼저 산을 올랐고, 그 뒤를 여직원이 따랐다. 겐지는 동미를 바라보며 잠깐 머뭇거리다 마지막으로 걸음을 옮겼다.

동미는 등산로로 발을 내딛기 전 왼편 아래쪽의 화장터를 바라보았다. 화장터 굴뚝에서는 뼈와 살을 태운 검은 연기가 무시무시한 동물의 콧김처럼 뿜어져 나왔다. 동미는 앞서 걷고 있는 세 사람의 뒷모습을 바라보았다. 그리고 속으로 중얼거렸다. 저 잡것들한테 어떻게 복수하지? 그러나 동미는 자기 자신에 대해 잘 알고 있었다. 마음속 자신은 욕설의 대가이자 폭력의 화신이었지만 실제 현실은 그 반대였다. 싫은 표정으로 욕 한마디 할 수 없는, 사뿐히 지르밟히길 기다리는 꽃잎에 불과했다.

산 정상에서 불어오는 봄바람에 벚꽃과 진달래 잎이 흩날렸다. 바닥으로 가라앉는 꽃잎들은 동미에게 마치 이렇게 속삭이는 듯했다.

짓밟히기 전에 어서 도망가.

겐지의 체력과 무학산의 경사는 동미의 예상을 뛰어넘었다. 경리과장의 호언과 달리, 무학산은 순하지 않았다. 거칠고 가팔랐다. 바위에 손을 짚고 올라야 하는 구간도 있었다. 겐지는 동미가 거리를 벌리려 그렇게 애썼음에도 (아는 사람과 마주치는 최악의 사태를 대비하기 위해서였다.) 뒤돌아보면 서너 걸음 뒤에서 숨이 차오른 기색도 없이 웃고 있었다. 동미는 부글거리는 눈빛으로 날카로운 돌들이 굴러다니는 등산로를 올려다보았다. (무학산이 돌산으로 불리기도 한다는 것을 나중에 알게 된 동미는 경리과장의 급소를 걷어찼다. 물론, 상상 속에서.) 경리과장과 경리과 여직원은 이미 눈앞에서 사라졌다. 경리과장이 여직원의 멱살을 잡아끌고 가다시피 했다. 망할 것들. 동미는 이를 악물었다.

한 시간쯤 지났을 때 마산 시가지가 한눈에 내려다보이는 장소에 도착했다. 어느 곳을 둘러봐도 부수고 짓고 닦고 메우는 공사 현장만이 도드라졌다. 마산은 무학산이 등 뒤에서 버티고, 앞으로는 남해가 펼쳐진 배산임수 형태였는데, 계속해서 몰려드는 사람들을 감당할 수 없어 일제강점기 때부터 지금까지 매립을 통해 땅을 넓히는 중이었다.

동미는 시가지를 잠깐 내려다보다 다시 걸음을 재촉했다. 경리과장이 말해 준 바에 따르면, 거기서 15분만 더 오르면 정상이었다. 그런데 뒤를 따르던 겐지가 쉬었다 가자는 듯 동미를 불러 세웠다. 동미는 어색하게 웃으며 산 정상을 손으로 가리켰다.

사람들이 기다리고 있을 거예요.

겐지는 손을 활짝 펼친 채 앞뒤로 천천히 흔들었다. 5분만 쉬자는 뜻이었다. 동미는 등을 돌리며 싫은 표정을 감추었다. 그리고 주변에 있는 커다란 돌 위에 슬며시 앉았다. 겐지는 조금 떨어진 곳에 앉더니 가방을 풀기 시작했다.

이거 마셔요.

겐지가 보온병 뚜껑에 물을 따라 동미에게 내밀었다. 동미는 두 번 사양했다. 그러나 겐지가 계속 권하기도 하고, 마른침만 삼키는 것이 곤욕이었던 터라 결국 뚜껑을 건네받았다.

차가운 물이 동미의 목을 타고 흘렀다. 동미는 겐지에게 빈 뚜껑을 건넸다. 겐지는 뚜껑에 다시 물을 따라 동미의 입술이 닿은 곳 반대편을 이용해 마셨다. 그리고 보온병 뚜껑을 휴지로 닦은 후 가방에 집어넣었다. 겐지가 다음으로 가방에서 꺼낸 것은 신문지에 싸여 있는 오이였다. 겐지는 새 휴지로 오이를 닦은 후 반으로 나눴다. 그리고 반쪽을 동미에게 내밀었다. 착착 척척, 미리 정해 놓은 절차가 있는 것처럼. 동미는 오이마저 건네받으며 생각했다. 아저씨, 사장님, 도대체 왜 이러세요? 정신 차리세요! 오이는 소금물과 식초에 담가 놓은 듯 짭조름한 신맛이 났다.

두 사람은 오이를 씹으며 산 아래를 내려다보았다. 그러다 겐지가 고개를 갸웃거리기 시작했다. 회사와 자기 집의 위치를 찾는 데 어려움을 겪는 것 같았다. 마산만은 가운데가 움푹 들어간 U 자 형태였는데, 회사는 만이 내륙으로 접어드는 구마산 동쪽의 마산자유무역지역에 있었고, 겐지의 집은 만의 서쪽 중간부인 신마산 쪽에 위치했다. 신마산과 구마산은 행정구역 명칭이 아니었다. 1900년대 초반, 부산, 인천 등에 이어 여섯 번째 개항 도시가 된 마산으로 이주해 오기 시작한 일본인들은 자기들이 모여 사는 지역을 한국인들이 이미 모여 살고 있는 곳과 구분하기 위해 신(新)마산이라 칭했는데(마산 인구의 약 40퍼센트가 일본인이던 시절도 있었다.) 그것이 구역을 구분하는 기준으로 여전히 사용됐다.

한참 동안 산 아래를 내려다보던 겐지가 동미를 향해 고개를 돌렸다.

SD전기통신? 겐지가 말했다.

동미는 북동쪽을 가리켰다. 겐지는 마침내 회사 위치를 알게 되었다는 듯 활짝 웃으며 동미를 향해 고개를 끄덕였다.

바다와 개펄을 매립해 만든 마산자유무역지역은 개원 전부터 대통령이 몇 번 시찰을 올 만큼 국가적 관심을 받은 곳이었다. 개원식 날, 동미는 대통령이 탄 차량이 제1공구 정문을 통과하는 것을 친구들과 함께 지켜봤었다.

겐지가 다시 무언가 물으려는 기색을 내비치자 동미는 겐지의 집이 있는 곳을 손가락으로 가리켰다.

저기가 사장님 집이에요.

겐지는 아이처럼 신난 표정으로 연신 고개를 끄덕였다. 산기슭을 지나며 식은 봄바람이 두 사람의 이마를 스치고 지나갔다.

SD전기통신은 전자기기용 코일을 주로 생산하는 일본 회사로 한국 지사는 1972년에 설립됐다. 마산자유무역지역 출범 초기인 1971년에는 22개의 기업이 가동되었지만, 1973년에는 115개의 기업이 운영됐다. 그중 절반 가까이가 SD전기통신 같은 일본 투자 기업이었다.

일본 기업은 한국 기업보다 인기가 많았다. 임금 수준이 나았고, 잔업 수당을 주는 곳도 있었다. 무엇보다 동미가 SD전기통신에 이끌렸던 점은 차후 사람을 선발해 일본 본사로 연수를 보내 주는 제도 때문이었다. 중학교 2학년 때 어머니를 따라 밀양에서 마산으로 온 이후, 이미 여러 자식과 본부인이 있는 남자의 집을 아직 떠나지 않은 이유도 거기 있었다. (어머니는 이른바 첩이 되었고, 남자는 법적으로 얽힌 것 없는 새아버지인 셈이었다.) 다음 달에 첫 연수 대상자 선발이 예정돼 있었다. 동미는 그때만을 손꼽아 기다렸다. 사실, 꼭 일본이 아니어도 괜찮았다. 동미가 바란 것은 한국과는 다른 분위기, 다른 하늘, 다른 바람, 그리고 다른 햇살이었다. 마산을 발판 삼아 새로운 곳에서 걸음마부터 다시 배우고 싶다는 열망. 동미는 그것으로 채워져 있었다.

동미가 마산에 왔을 무렵, 시중에는 마산으로, 마산으로, 라는 말이 나돌았다. 10대 중후반, 20~30대 초반의 사람들이 가족 단위로 혹은 혼자서, 학업과 취업을 위해 그리고 결혼을 통해 파도처럼 마산으로 밀려왔다. 경상도와 전라도에서, 멀게는 서울과 경기도, 그리고 강원도에서도. (전라북도 남원 출신인 김주열 열사* 역시 학업과 취업을 위해 마산으로 온 것이다.) 인구밀도가 서울 다음이라는 조사 결과도 있었다. 이후로도

---

* 1960년 3월 자유당 정권의 3·15부정선거 규탄 대회에 참가했다가 행방불명된 후 4월 11일 오른쪽 눈에 최루탄이 박힌 채 마산 앞바다에서 발견됐다. 김주열 열사의 죽음은 4·19혁명의 도화선이 되었다.

그런 현상이 계속 이어져 당시의 풍경을 담은 시가 쓰이기도
했다.

     함안 의령 어느 빈촌이 아니면
     함양 산청 그 어느 두메산골
     겨우 중학을 졸업하거나
     월사금이 밀려 쫓겨난 그해
     마산 마산 소문만 듣고
     자유수출 창원공단 달콤한 소문만 믿고
     달 뜨지 않는 밤
     둘둘 삼삼 짝을 지어
     꿈에도 그리운 마산으로
     마산으로 오는 순이
     열넷 열다섯 나이를 속이고
     사촌 언니 주민등록초본을 빌려
     한 삼사 년 길게는 사오 년
     우리나라의 수출 역군이 되어*

    산비탈에 무허가 판잣집들이 속속 지어졌고, 일부 적산가

---

*   시인 정일근이 1984년《실천문학》에 발표한「마산 엘레지」의 일부이다.

옥들은 셋방을 여러 개 둔 슬레이트 건물로 대체됐으며, 눈에 띄는 곳마다 하숙생을 구하는 벽보가 붙었다. 마산은 막냇삼촌, 막내이모 같은 도시였다. 친근하고, 격의 없고, 소란스럽고, 왁자지껄하고, 열기로 가득한. 기반 시설은 아직 미비했지만 마산에는 다른 도시에 부족한 것이 있었다. 기회. 직업을 바꿀 기회, 신분을 바꿀 기회, 그리고 삶을 바꿀 기회. 동미는 자기 방에서 그 기회를 애벌레처럼 기다리는 중이었다. 그리고 그 방에는 집을 뛰쳐나가고 싶어 애끓는 또 다른 사람이 있었다. 새아버지의 친자식이자 셋째 아들인 찬수. 그게 바로 나였다.

나는 동미 누나를 늘 동미라고 불렀다. 진짜 누나는 의령에 있었으니까. 형, 남동생, 여동생, 그리고 엄마도. 가족 중 나만 외톨이였다. (아버지는 내게 가족이 아니라 증오의 대상일 뿐이었다.) 나는 당시 중학생이었는데도 그런 울분을 술로 풀었고, 술에 취한 날이면 친엄마와 형제자매들이 있는 경남 의령군으로 돌아가게 해 달라며 행패 아닌 행패를 부리다 아버지에게 두들겨 맞았다. 그러나 며칠 후 나는 또 술을 마셨고, 어김없이 행패를 부렸으며, 여지없이 두들겨 맞았다.

나는 형제 중 학업성적이 제일 우수해 열 살 때 마산의 초등학교로 (당시는 국민학교였다.) 혼자 전학을 왔다. 끌려온 것이나 다름없었다. 아버지는 나를 지금 다니고 있는 마산중학교에 이어 명문고로 널리 알려진 마산고등학교에 진학시키려

했다. (두 학교 모두 시험을 치르고 합격 커트라인을 넘어야 입학할 수 있었는데, 경상남도 내에서 합격 커트라인이 제일 높은 축에 속했다.) 어느 학급이든 나처럼 학업을 위해 타지에서 마산으로 유학 온 학생들이 절반 이상이었다.

나는 공부를 잘한 탓에 술과 가까워졌고, 아버지에게 자주 두들겨 맞아 체력과 맷집이 늘었으며, 어릴 때부터 친엄마와 떨어져 산 탓에 삶의 거친 진실을 일찍 마주한 별난 아이였다. 그런 내가 무학산 등산로 위쪽에서 손에 쥔 소주병을 휘날리며 동미와 겐지가 있는 바위를 향해 후다닥 달려왔을 때, 동미는 활력 넘치는 바닷장어 한 마리가 머릿속을 헤집고 다니는 것처럼 아득해진 표정을 지었다. 그때, 동미는 나를 보며 속으로 이렇게 중얼거렸다고 한다. 우리 인생은 이미 반쯤 망한 것 같다고.

나는 무학산 중턱에서 뜻밖에 마주친 동미의 등 뒤로 몸을 숨겼다. 동미는 나를 앞으로 돌려세우려 애썼다.

여기서 뭐 해? 또 술 마셨어?

나는 아랑곳없이 동미의 등에 매미처럼 달라붙은 채 가쁜 숨을 골랐다. 평소 나는 동미에게 퉁명스럽게 굴었다. 동미 역시 살가운 편은 아니었지만, 어쩌다 함께 쓰던 작은방에서 고개를 돌려 보면 동미가 나를 안쓰러운 눈빛으로 쳐다보고 있었다. 나는 뭘 보냐며 또 삐딱하게 굴었다. 그럼 동미는 구멍가게에서 산 과자를 던져 주며 말했다. 밖에 나가 놀라고. 나는 툴툴거리며 과자를 들고 밖으로 나갔지만, 동미가 사 준 과자는 나의 유일한 간식이었다. 동미에게 보고 싶다고 말한 적은 없지만, 내가 마산에서 마음 터놓고 바라볼 수 있는 사람은 동미 하나뿐이었다. 그러나 그날 동미의 등에 매달려 있으며 느꼈던 안도감은 오래가지 않았다. 무학산 정상 쪽에서 저놈 잡아라! 하고 외치는 목소리가 반복적으로 들려왔기 때문이다.

잠시 후, 나를 뒤쫓던 두 사람이 벚꽃나무 사이로 모습을 드러냈다. 젊은 남녀였다. 무학산에서 휴일 데이트를 즐기는 무해한 연인들 같았지만, 동미는 그들의 얼굴을 확인하곤 말을 더듬기 시작했다. 동미와 마주한 저쪽의 반응도 마찬가지였다. 동미와 비슷한 또래로 보이는 여자는 얼떨떨한 표정으로 동미가 내게 했던 말을 그대로 했다. 답이 중요하지 않은 물음.

여기서 뭐 해?

동미는 어쩔 줄 몰라 하며 대답을 얼버무렸다. 나는 동미의 뒤통수를 올려다보았다. 목덜미를 따라 식은땀이 흘러내리고 있었다. 나중에 알게 된 사실은 여자가 동미의 고등학교 동창이었다는 것이었다. 동창은 SD전기통신에 동미와 같이 지원했다가 떨어진 후 마산자유무역지역에 있는 또 다른 기업에 입사했다. SD전기통신보다는 근무 조건이 떨어지는 곳이었다. 예전부터 가까운 사이는 아니었지만, 그 탓에 둘 사이에 괜한 냉기가 형성됐다.

저 도둑놈이 네 동생이야? 동창이 말했다.

도둑? 동미가 말했다.

걔가 우리가 마시던 소주를 훔쳐서 달아났어.

소주?

나는 고개를 슬쩍 내밀었다. 동창은 내 얼굴을 보곤 벌레
씹은 표정을 지었다. 나는 소리쳤다.

훔친 거 아냐. 주운 거야!

물론, 거짓말이었다. 거짓말이었지만 나는 소주병을 손에
서 놓지 않은 채 땅을 발로 차며 씩씩거렸다.

그 순간, 동미는 이전부터 가졌던 의문이 떠올랐다. 아버지
는 용돈이라는 것을 일절 주질 않는데 찬수는 무슨 돈으로 저
리 자주 술을 사 마실 수 있는 것일까? 그런데 오늘 드디어 그
궁금증이 해결됐다. 동미는 혼잣말처럼 중얼거렸다.

망할 새끼.

동미는 또 머리를 굴려야 했다. 이 아이가 훔친 증거가 있
냐고 따질까? 소줏값을 배상하며 없던 일로 해 달라고 부탁할
까? 친동생은 아니라고 할까?

그때, 겐지가 의아한 표정으로 다가와 동미 옆에 섰다. 동창
은 그제야 겐지를 알아본 듯 당황한 표정으로 고개를 숙였다.

안녕하세요, 사장님.

겐지는 넙죽 고개 숙인 후 동창과 동미를 번갈아 바라보며 말했다.

아 촛토 모시와케마셍가 도코카데 앗타노카 와스레마시타케도…….

미안하지만 누구인지 잘 기억나지 않는다는 뜻 같았다. 동창은 떫은 표정을 감추지 못했고, 분한 눈빛으로 곁에 있던 남자를 바라보았다. 남자는 이제 그만 자리를 떴으면 하는 눈치였다.

동미는 소리 없이 한숨을 내쉬며 무학산 골짜기를 바라보았다. 벚꽃과 진달래 잎이 바람을 타고 무학선 능선을 따라 마산 앞바다를 향해 길게 뻗어 나갔다. 잘게 자른 색종이들의 물결 같았다. 괴로운 마음으로 바라보기에는 너무 예쁜 풍경이었다.

동미는 다시 고개를 돌려 자기 등 뒤에 서 있는 나를 내려다보았다. 나는 잘한 것도 없는 주제에 여전히 씩씩거리고 있었다. 동미가 목소리를 낮춰 빠르게 속삭였다.

계속 잡아뗄 거야?

*

그 말을 믿으라고?

작업반장의 질책에 동미는 눈을 질끈 감았다. 가능하다면 귀도 막고 싶었다. 굳이 보지 않아도 다음 말을 잇는 작업반장의 눈빛이 예상됐고, 내용은 굳이 듣지 않아도 될 만큼 뻔할 듯했다.

아무리 돈에 눈이 멀어도 그렇지 일본 놈이랑 그러고 싶어?

예상은 빗나가지 않았다. 동미는 감은 눈을 뜨고 작업반장의 얼굴을 슬픈 눈빛으로 바라보았다. 그리고 속으로 중얼거렸다. 이제 몸 함부로 굴리는 거 아니라고 말할 거죠?

평소 이웃집 언니처럼 잘해 주던 작업반장은 동미가 그날 일을 아무리 설명해도 썩은 생선 내장을 보는 듯한 눈빛을 바꿀 생각이 없어 보였다.

회사를 내 집같이 제품을 내 몸같이

공장 천장에 매달려 있는 팻말에는 그렇게 적혀 있었다. 팻말은 무지개다리만큼 거대했는데, 그 아래를 지날 때면 왠지 머리에 남의 꿈을 심어 놓은 것처럼 몸이 부자연스럽게 움직였다. 이번 월요일은 특히 더 그랬다. 동미는 자재부와 공장 내를 오가며 불안에 떨었다. 누군가 네가 지난 주말에 한 일을 알고 있다는 눈빛으로 쳐다보지는 않을지, 할 말이 있다며 손을 낚아채 공장 구석으로 끌고 가지는 않을지.

무학산에서 소주를 훔쳐 달아나던 날, 나는 끝내 잘못을 인정하지 않았다. 동미가 고등학교 동창에게 사과하라며 다그치자 동미의 손을 뿌리치고 가파른 산길을 산짐승처럼 거침없이 뛰어 내려갔다. 그날 밤, 나는 동미가 잠든 후에 집에 들어왔고, 다음 날 아침 동미가 잠이 깨기 전에 집을 나갔다. 동미는 흐트러져 있는 내 이부자리를 보며 생각했다. 괴상하고 불쌍한 자식.

동미는 동창에게 소줏값을 건넸다. 그리고 야유회를 함께 온 회사 동료들이 있다는 사실을 부러 소리 내어 말한 후 정상으로 빠르게 올라갔다. 동미는 자리를 뜨기 전, 동창에게 내 일만 사과했다. 소주를 훔친 내 일이 정말 큰 사건이고, 회사 동료들과는 동떨어진 채 겐지와 나란히 산을 오르며 정답게 이야기를 나눈 것 같은 모양새는 코끝을 스치고 사라지는 진달래 향기처럼 우연이 만든 사소하고 하찮은 일이라는 듯. 동미는 동창이 본 것 이상을 떠벌리지 않기만을 바랐다. 그러나 소문은 그런 것이 아니었다. 겐지와 무학산을 오르는 일이 불쾌한 상황을 만들지도 모른다는 예상은 했지만, 일이 이렇게 커질 줄은 몰랐다. 동미는 무학산 정상 부근에 흐드러지게 핀 진달래 군락을 잠깐이나마 감탄 어린 눈빛으로 바라봤던 자신의 철없음을 끝없이 비난했다.

점심시간이 끝날 무렵, 공장 내 분위기는 계절이 바뀐 것처럼 확연히 달라졌다. 동미가 이상한 느낌에 뒤를 돌아보면 사람들이 자신의 뒤통수를 바라보며 수군거리고 있었고, 아직 소문을 듣지 못한 누군가가 뒤숭숭한 분위기를 감지한 표정으로 무리에게 다가와 말을 섞고 나면, 그 누군가 역시 그들과 똑같은 눈빛으로 동미를 쳐다보았다. 눈빛으로 동미를 밀치고 흔들었다. 그러다 지진이라도 난 듯 공장 전체가 들썩거리기 시작했다. 점심시간이 끝난 후에도 작업은 재개되지 않았고, 삼삼오오 무리를 이룬 사람들이 자재부로 향하던 동미를 둘러싼 채 혀를 차고 눈을 흘겼다. 경리과장과 경리 여직원은 사무실에 틀어박혔는지 코빼기도 보이지 않았다. 동미가 어찌할 바를 몰라 어버버하고 있을 때, 작업반장이 동미의 손을 잡아 끌어 공장 뒤편 소각장으로 데리고 갔다.

같이 술도 마셨다며? 작업반장이 말했다.

안 마셨어요.

통술집 거리에서 너랑 사장이 같이 있는 걸 본 사람도 있어. 거기 근처에 사장 집도 있지 않아?

그쪽으로 내려온 거뿐이에요. 왜 제 말을 안 믿어 주세요?

사장이랑 둘이 짝꿍처럼 꼭 붙어 다녔다던데?

쳇. 말하는 꼬락서니들 하곤.

작업반장은 깜짝 놀란 눈빛이었다. 동미 역시 움찔했다. 속으로 뱉었어야 할 말이었는데, 자기도 모르게 입 밖으로 튀어나와 버렸다.

내가 우스워? 같잖아?

동미가 억울하고 어이없어서 그런 거라고 말하려던 찰나, 작업반장이 동미의 뺨을 올려붙였다. 동미는 얼얼해진 뺨을 손으로 감쌌다.

너 같은 것들 때문에 우리까지 몸 파는 년 취급 받는 거야. 타이밍까지 억지로 먹어 가며 일해도 월급은 쥐꼬리만 하게 주면서 오히려 저쪽에서 더 큰소리를 치는 이유가 바로 그거라고!

작업반장은 동미의 머리카락을 움켜쥐고 흔들었다. 모욕하고, 저주하고, 마음을 난도질하는 말을 내뱉었다. 작업반장은 회사에서 받은 분통을 꾹꾹 눌러 담다가 더 이상 그러지 못하겠다는 듯, 동미에게 마음껏 화풀이했다. 동미는 흐물거리는 인형처럼 이리저리 흔들리고 꺾어지다 결국 바닥에 내동댕이쳐졌다. 작업반장은 주머니에 있던 타이밍 서너 알을 동미의 얼굴을 향해 집어 던졌다.

이런 건 너나 처먹어!

타이밍은 일명 잠 오지 않는 약으로 불리던 각성제의 일종이었다. 야간작업이 길어지면 회사 간부들이 노동자들에게 타이밍을 내밀었다. 이걸 먹으면 덜 피곤할 거라고, 졸음을 떨칠 수 있을 것이라고. 그들 역시 약의 성분을 정확히 알지 못한 채였다. 노동자들은 반강제로 타이밍을 먹었다. 열네 시간 이상의 노동 강도를 버티기 위해 스스로 타이밍을 사 먹는 노동자도 있었다. 타이밍은 중독성이 있었고, 다른 각성제처럼 장기적으로 먹으면 정신과 신체 모두에 나쁜 영향을 끼쳤다.

동미는 자기 얼굴에 부딪혀 바닥으로 떨어진 타이밍을 가만히 바라보았다. 잠시 후, 타이밍 위로 동미의 눈물이 후드득 떨어졌다. 이 약은 쓴 눈물과 함께 삼키는 것이라는 듯.

삼삼오오 모여든 노동자들의 해산을 명하듯, 회사 곳곳에 설치된 스피커에서 새마을노래가 울려 퍼졌다. 그것이 노동자들을 더욱 자극했다. 공장 내에 남아 있던 노동자들도 소각장으로 몰려들었다. 이들은 원을 그리듯 동미와 작업반장을 둘러쌌다.

동미를 향한 삿대질과 고성을 한참 동안 멈추지 않던 작업반장은 제풀에 지쳐 갔다. 동미는 천천히 고개를 들었다. 그리고 억울함을 호소하는 눈빛으로 사람들을 둘러보았다. 그러나 동미의 항변을 이해해 줄 아량과 여유를 가진 이는 없었다. 누군가는 동미를 향해 침을 뱉었다. 동미는 서럽게 흐느꼈다.

그때, 회사 본관 쪽에서 겐지와 경리과장을 포함한 회사 임직원들이 뭐라고 소리치며 동미가 있는 곳으로 허겁지겁 달려왔다. 원을 그리고 있던 노동자들이 길을 트자 흙빛이 된 겐지의 얼굴이 동미의 눈에 들어왔다. 동미는 있는 힘을 다 짜내 일어났다. 저들에게까지 비참한 꼴을 보이고 싶지 않았다.

겐지는 작업반장과 노동자들 앞에서 무릎을 꿇었다. 경리과장을 포함한 간부들도 겐지를 따라 했다. 동미는 꼿꼿이 허리를 펴고 선 노동자들과 무릎 꿇은 임직원들 사이에 서서 어느 쪽으로도 기울어지지 못했다. 겐지가 바닥에 닿을 때까지 머리를 숙이며 말했다.

제 잘못입니다. 용서해 주십시오.

노동자들은 잠깐 동요했지만 물러날 기색은 내비치지 않았다. 그때, 누군가가 보이지 않는 곳에서 소리쳤다.

너도 무릎 꿇어!

동미에게 하는 말이었다. 그러나 동미는 그러고 싶지 않았다. 자신은 피해자였다. 거짓말쟁이도 아니었다. 그러나 힘겹게 버티고 선 다리가 곧 무너져 내릴 듯했다.

동미는 이를 악물고 다리에 힘을 줬다. 그리고 눈가를 훔치며 자신을 둘러싸고 있는 사람들의 얼굴을 하나하나 바라보았다. 원주 출신 성미, 창녕 출신 희자, 산청 출신 경자, 자신과 같은 밀양 출신이자 야간 고등학교에 다니고 있던 혜경의 얼굴이 거기 있었다. 나머지 사람의 얼굴은 흘러내리는 눈물 때문에 흐릿하게만 보였다. 그러나 모든 사람의 눈빛이 경멸로 가득 찼다는 것은 확실하게 느꼈다. 동미는 이들이 정확히 무엇에 분노한 것인지 알 수 없었다. 몸을 함부로 굴려서? 일본인과 놀아나서? 자신들을 따돌려서? 회사에 대한 불만을 대신 터트릴 곳이 필요해서? 아마도 이 모든 게 이유일 것이었다.

그렇지만 자신을 표적으로 삼은 것은 비겁하고 야비한 행동이었다. 동미는 모두를 싸잡아 비난하는 천한 욕을 하고 싶었지만 입에서는 울음을 애써 삼키는 소리만 흘러나왔다.

뜨거운 햇살이 노동자들의 머리 위로 사정없이 쏟아지는 공허한 시간이 흘러갔다. 그러다 앳된 얼굴의 노동자 한 명이 픽 쓰러졌다. 일사병인 듯했다. 몇몇이 쓰러진 사람을 둘러메고 회사 의무실로 데려갔다. 마침내 동미도 결단을 내렸다. 동미는 접을 수 없던 것을 접었다. 일본, 안녕.

동미는 처음 걸음을 익히는 아이처럼 한 걸음, 한 걸음씩 앞으로 나아갔다. 경리과장이 움찔하며 고개를 들었다. 겐지는 여전히 땅에 머리를 처박고 있었다. 동미는 그들을 지나쳐 공단 출입구를 향해 나아갔다. 경리과장이 뭐라고 중얼거렸지만, (제발 무릎을 꿇으라는 것 같았다.) 동미는 돌아보지 않았다.

공단 출입구의 MASAN FREE EXPORT ZONE이라고 적힌 간판이 동미의 눈에 들어오기 시작했다. 동미는 그 아래를 지나 공단 밖으로 빠져나갔다. 이곳은 자유의 세계가 아니었다. 폭력과 억압과 분노가 종횡하는 난장이었다. 동미는 생각했다.

어디로 가야 하지? 어디로 가면 되는 거지? FREE는, 자유는 어디에 있는 거지?

＊

바다 저편에서 뱃고동 소리가 들려왔다. 깃대처럼 꽂힌 환한 전등을 선두로 한 화물선이 마산만 가까이 다가오고 있었다. 어선에서 화물선으로, 마산 앞바다의 주인이 바뀌어 가는 중이었다. 이제 물고기가 아니라 공산품이 바다의 선물이 됐다.

잔잔했던 파도가 뒤척거리기 시작하자 동미는 수평선 너머의 남쪽 바다를 바라보았다. 저녁놀이 지는 중이었다. 마산만 한가운데에 자리 잡은 돝섬은 저녁놀 아래서 마치 활활 불타오르는 것 같았다. 무언가의 끝을 의미하는 표지 같기도 했고, 새로운 시작을 알리는 성화처럼 보이기도 했다.

회사를 박차고 나오긴 했지만 동미는 어디로 가야 할지 몰랐다. 집으로 가 사정을 설명하면 어머니와 아버지에게 등과 뺨을 또 내주어야 할지도 몰랐다. 한 명은 제 가슴을 치다 슬픔을 가누지 못해 때리고, 다른 한 명은 정말 화가 나서 때릴 터였다. 화가 나서 때린 사람이 불현듯 번지수를 잘못 찾은 것 같다는 각성을 한다면, 피가 튀고 뼈가 부러지는 또 다른 사태가 발생할 수도 있었다. 동미는 슬픔이든 분노든 홀로 삼켜야 했다.

머리를 써야 해, 머리를. 동미는 속으로 중얼거렸다. 기쁠 때는 머리를 쓸 필요가 없었다. 마음만 있으면 됐다. 머리는 슬프고 억울하고 절박할 때 쓰는 것이었다. 우울한 상황에서도 마음을 추스르며 잘 지내 왔던 것은 머리를 잘 써 왔기 때문이라고, 동미는 늘 생각해 왔다.

해가 지고 마산 앞바다에 어둠이 내려앉았다. 달빛이 일본으로 향하는 해로처럼 파도 위에서 반짝였고, 마산자유무역지역은 야간 조업에 나선 오징어잡이 배처럼 불을 밝혔다. 자신을 제외하곤 모두가 반짝이고 있는 듯한 밤. 고심 끝에 동미는 결론을 내렸다. 부모님에게 이렇게 알리는 것이다. 일본 연수에 선발되지 않아서 지금 회사에 다닐 이유가 줄어들었다, 한창 사람을 구하고 있는 한국 섬유 회사 중 하나에 다시 들어가겠다, 월급은 기존 회사보다 적지만 친구들이 많이 다녀 이전보다 수월하게 그리고 즐겁게 일할 수 있을 것이다, 거기서 일하며 일본 연수 조건을 내건 다른 회사 취직을 알아보겠다.

동미는 회사 유니폼 상의를 벗었다. 그리고 유니폼을 파도에 흘려보냈다. 각종 공장에서 흘러나온 오물 찌꺼기가 하얀 유니폼에 이끼처럼 달라붙기 시작했다. 인근 공장들에서 흘러나온 폐수 때문에 바다는 철근을 닦은 걸레처럼 불그스름했고, 냄새 역시 역했다. 동미가 서 있는 곳은 한때 해안가에 벚꽃이 만개해 벚꽃해수욕장이라 불리기도 했던 월포해수욕장 부근이었다. 그러나 지금은 매립으로 번잡한 부두만 남았다. 서울-마산 직통 피서 특별열차가 운행됐을 정도로 유명했던 월포해수욕장의 깨끗한 바다는 먼 미래로 걸음을 옮겨 가는 중이었다. 동미는 파도 위에서 출렁이며 남쪽 바다를 향해 나아가는 유니폼을 뒤로한 채 미련 없이 돌아섰다.

그때, 희미하게 꿈틀대는 뱃머리가 동미의 눈에 들어왔다. 선명한 노랫소리가 그 뒤를 따랐다. 배에 탄 남자가 노래를 부르고 있었다.

내 고향 남쪽 바다 그 파란 물 눈에 보이네
꿈엔들 잊으리오 그 잔잔한 고향 바다
지금도 그 물새들 날으리 가고파라 가고파

남자가 부르는 노래는 가곡 「가고파」*였다. 처음 배를 발견했을 때, 동미는 순간 의심했다. 늦은 밤, 인적 없는 해안가로 스며들 듯 다가오는 작은 배. 노조 활동을 하는 사람 중에 간첩이 있다는 소문과 잦은 남파 간첩 뉴스, 그리고 몇 해 전 발생한 북한군 특수 요원들의 청와대 기습 미수 사건 등이 줄지

---

* 국내에서 가장 인기 있는 가곡으로 선정되기도 한 「가고파」는 마산이 고향인 시인 이은상의 시에 김동진이 곡을 붙인 작품이다. 「가고파」가 마산을 대표하는 노래 중 하나이긴 하지만 이은상이 이승만, 박정희, 전두환 전 대통령의 독재를 미화하고, 부역 활동까지 한 것이 민주주의를 위해 싸운 마산 시민들의 정신과 부합하지 않는다는 점을 두고 논란이 있는 것도 사실이다.

어 동미의 마음 위에 내려앉은 것도 이상한 일은 아니었다. 그러나 동미는 남자의 뻔뻔하리만큼 우렁찬 목소리 때문에 조금 안심이 됐다. 남자는 꿈에서도 잊지 못하던, 가고프고 가고픈 고향 바다에 마침내 도착했다는 것을 모두에게 선포라도 하고 싶은 듯했다.

남자가 탄 배가 달빛 아래 온전한 모습을 드러냈다. 돛이 달린 조그만 목선이었다. 최근에 건조된 배인지 표면이 반들반들했고, 경운기 엔진을 달고 있어 다가오는 소리가 경쾌했다. 뱃머리 오른편에는 이름도 새겨져 있었다. 광남호.

남자는 배의 엔진을 끈 후 한 손으로 노를 젓기 시작했다. 배는 동미의 눈앞으로 거리낌 없이, 그리고 오차 없이 다가왔다. 그때, 남자의 나머지 손에 들린 무언가가 동미의 눈길을 붙잡았다. 물기가 반짝이는 그 무언가는 동미가 바다에 흘려보낸 유니폼이었다.

마침내 남자의 모습이 사진처럼 선명해졌다. 떡이 진 곱슬머리, 그을리고 각진 얼굴, 키가 크진 않지만 감성돔처럼 단단해 보이는 몸집, 하얀 소금꽃이 군데군데 피어 있는 티셔츠와 반바지. 남자는 살벌한 간첩보다는 난파당한 젊은 어부처럼 보였다.

배가 뭍에 닿자 남자는 닻을 내리고 배에서 풀쩍 뛰어내렸다. 남자의 재빠른 동작에 동미는 움찔거리며 뒤로 물러섰다.

그러나 도망가야겠다는 생각은 여전히 들지 않았다. 남자는 동미를 바라보며 활짝 웃었다. 형색은 꾀죄죄했지만 남자의 웃는 얼굴은 유리창에 비친 미소처럼 맑은 구석이 있었다.

여기 마산 맞죠? 남자가 말했다. 꿈에서도 가고픈 남쪽 바닷가 마을?

네?

마산 아니에요?

맞아요. 마산.

저기 불이 난 것처럼 환한 곳은 마산자유무역지역이고요?

저기가 마산자유무역지역이에요.

남자는 씩 웃었다. 그리고 젖은 유니폼을 내밀었다.

이거 떨어뜨렸죠?

동미는 잠깐 생각했다.

이제 필요 없어요.

왜요?

오늘 그만뒀어요.

회사가 별로예요?

사람들도 별로예요.

남자는 유니폼에 박힌 회사 명찰을 확인했다.

여긴 안 가야겠네요.

남자는 유니폼을 똘똘 뭉친 후 바다 저 멀리 집어 던졌다.

동미와 남자는 남쪽 바다로 흘러가는 유니폼을 눈으로 좇았다. 밤바다는 어둠이 쓴 책처럼 수많은 이야기를 품고 있었다. 남자는 밤바다를 바라보며 지금까지의 여정을 되돌아보는 듯했고, 동미는 앞으로의 미래를 읽고 해석하려 했다. 무학산과 어시장 좌판에서 불어온 시원한 바람이 두 사람의 곁을 지나 돝섬을 향해 달려갔고, 물새 무리가 잠들 곳을 찾아 파도를 박차고 날아올랐다. 동미는 물새를 바라보며 감정 없는 목소리로 물었다.

간첩 아니죠?

아니에요, 간첩.

동미는 잠시 동안 품고 있던 두 번째 질문을 했다.

저 배로 일본도 갈 수 있어요?

당연히 갈 수 있죠. 재수가 없으면.

남자가 다시 말했다.

의도치 않게 닿았다 해도 한국으로 돌아오면 간첩으로 몰리기 딱 좋아요.

남자는 싱긋 웃더니 다시 「가고파」를 부르기 시작했다. 동미는 황당했다가 무서웠다가 마침내는 신기한 것을 마주한 눈빛으로 남자의 얼굴을 바라보았다. 남자는 끈질기게 노래를 이어 나갔다. 남자는 마산에 도착한 일을 진심으로 자축하고 있었다.

준구
1999년

준구는 중국으로 도피한 부모님과 한 달여 만에 연락이 닿았다. 2월의 환한 아침이었다. 그러나 통화는 늦은 밤, 불 꺼진 방에서 나눈 것처럼 은밀하고 애틋했다.

어머니는 마산을 떠나기 전 했던 말을 다시 했다. 혼자 남겨 두고 와서 미안하다고, 그래도 대학은 졸업해야 하지 않겠느냐고, 가을에는 마산으로 돌아갈 수 있을 것이라고. 어머니의 목소리는 해무로 뒤덮인 서해를 건너온 것처럼 흐릿하고 축축했다. 준구는 서운한 마음과는 달리 말에 온기를 실었다.

돈 많이 벌어서, 돌아올 때는 비행기 타. 뱃멀미하잖아.

비행기 타고 중국 왔어. 엄마 뱃멀미 심하다고 아빠가 계속 고집부려서. 어머니가 말했다.

아?

준구는 부모님께 물려받은 피가 순간 묽어진 기분이었다. 그럴 돈이 남아 있었나? 자식은 물에 밥 말아 먹고 있는데? 김치마저 다 떨어져 가는데? 준구는 어머니가 원망스러웠다. 아버지는 더 원망스러웠다. 그러나 누구보다 자신이 제일 못마땅했다. 기저귀를 여태 떼지 못한 듯한 26살의 전역 장병. 그게 자신 같았다.

어머니에게 수화기를 건네받은 아버지는 가라앉은 목소리로 말했다. 중국 산둥성에 머무르고 있다고, 산둥성 고위 공무원과 어렵게 줄이 닿았다고, 조만간 바다를 끼고 있는 동네에 장기 거처를 마련할 것이라고. 그러다 잠깐의 침묵 후, 아버지는 조금 들뜬 목소리로 말을 이었다.

여기에 까나리가 많아.

까나리? 새? 준구가 말했다.

그건 까투리고. 까나리는 생선. 까나리액젓 할 때 그 까나리. 김치 담글 때 많이 쓰잖아. 그게 어딜 가든 눈에 띄고 발에 밟혀.

준구는 생김새도 모르는 까나리가 이곳저곳 널려 있는 선창가를, 이해할 수 없는 중국말이 어지럽게 오가는 수산시장을, 겨울 바닷바람을 힘겹게 버티고 있는 부모님의 모습을 떠올렸다. 그 어떤 장면이든 빚쟁이들에게 밤낮 없이 시달리던 마산에서의 날들보다는 나아 보였다. 준구는 생각했다. 부모님과 자신은 공평한 상황이라고, 누구도 행복하지 않다고.

지금 머무는 마을에 2차 세계대전 때 일본 해군이 만든 벙커가 있어. 아버지가 말했다. 일본 해군 전부를 냉장시켜도 될 만큼 커서 깜짝 놀랐어. 아까 말한 중국 공무원이 벙커를 돈도 안 받고 빌려줬을 땐 더 많이 놀랐고.

빨갱이가 된 걸 환영한다는 의미야?

아버지는 웃지 않았다.

아니. 자기 딸 한국에 취직자리 알아봐 주는 조건이었어. 다행히 구미공단에서 사업하는 아빠 친구가 해결해 줬어. 지난주에 구미에 도착했고 부서도 배치받았나 봐.

벙커에서 뭘 하려고? 미사일 만들어서 한국 빚쟁이들한테 쏘려고?

아버지는 마침내 웃었다.

그 사람들이 무슨 죄라고. 한국 김치 회사에 수출할 까나리 액젓을 만들 거야. 관심을 보인 회사가 있어. 엄마가 중국인 직원들한테 까나리액젓 만드는 법을 가르치는 중이야. 너한테는 미안하지만 엄마가 곁에 있어 얼마나 다행인지 모르겠어.

부모님의 바람이 서해를 무사히 건넌다면, 까나리는 단순한 생선이 아니었다. 파랑새였다. 과거와 현재와 미래를 나뭇가지처럼 입에 문 채 준구의 상처받은 가슴으로 날아드는 희

망의 파랑새. 그 파랑새가 물어 온 과거와 현재와 미래가 준구
의 눈앞에 그림처럼 펼쳐졌다.

먼저, 과거.
특수복 상점*을 운영하던 부모님은 동남아에서 수입된 값
싼 의류에 밀려 고전을 면치 못한다. 그러다 운 좋게, 지연, 학
연, 혈연으로 얽힌 지역 중소기업 사장들과 대량의 작업복을
수의 계약한다. 부모님은 앞뒤 따질 겨를 없이 빚을 내 직원을
늘리고, 넓은 작업장도 마련한다. 그렇게 완성된 작업복이 출
고 날짜를 기다린다. 예고 없이 IMF 외환 위기가 불어닥친다.
작업복을 계약했던 기업들이 도미노처럼 쓰러지고, 부모님의
일터는 작업복의 무덤으로 돌변한다. 섬유를 포함한 각종 수
출 기업이 주요 경제 기반이었던 마산 역시 큰 타격을 받는다.
마산은 화마에 휩쓸린 섬유 공장처럼 그늘지고 얼룩진다. 마
산 사람들은 일자리를 찾아, 혹은 빚쟁이들에게 쫓겨 다른 도
시로 떠나기 시작한다.
부모님처럼 특수복 상점을 운영하던 사람들의 원대한 꿈
은 열심히 일해 삼성과 거래하고, 금성(옛 LG)처럼 돈을 벌고,

* 회사 유니폼, 작업복, 운동복 같은 단체복과 화재, 열, 가스, 압력을 활용하는
  특수한 작업환경에서 착용하는 의류를 만들었다.

현대 같은 기업으로 성장하는 것이다. 그러나 이들은 뒤늦게 깨닫는다. 그 대기업의 간판이 자기 상점 간판보다 먼저 땅에 떨어질 수도 있다는 사실을. 마산의 지역 기업들은 북한만큼 불가사의한 생명력을 뿜어내는 기괴한 존재였다. 이들은 마산 앞바다에 오수를 쏟아 내고 (전국에서 가장 더러운 바다라는 오명 아래 마산 가포해수욕장은 1975년 폐쇄된다.) 수당 없이 잔업을 시키고 갖은 수단으로 노조를 탄압했다. 그리고 그렇게 끌어모은 돈으로 사세를 확장했다. 섬유 기업은 건설업에 뛰어들고, 화학 기업은 금융업에 손을 대고, 운수업으로 시작한 기업은 1974년부터 원액이 수입되기 시작한 유명 외국 음료의 유리병 제조로 눈을 돌렸다. IMF 외환 위기는 그런 기세를 눈 깜짝할 사이에 무참하게 꺾어 버린다. 누구도 예상치 못한 일이다. 특수복 상점들이 어린애들이 사라진 세상의 유아용품점과 같은 상황에 처하리라는 것도. 정부는 이 모든 일들을 자연재해처럼 바라본다. 각종 세간이 홍수로 불어난 강물에 떠내려가자 바다라는 더 넓은 세계가 기다리고 있을 거라며 손 흔들고 격려하는 것처럼 느껴지기도 한다. 하지만 기업은, 기업의 오너는 전부를 잃지 않는다. 이들은 빼돌리고 숨기고 보전 받는다. 전부를 잃는 건 부모님 같은 일반 시민들이다.

그런 혼란과 혼돈의 시절에 준구는 군 복무 중이다. 짬 날 때마다 펼쳐 본 신문은 위기에 빠진 가족들의 소식을 일기예

보처럼 전한다. 「끔찍한 IMF, 아이들의 충격 ― 실업·이혼으로 인한 가정불화, 가출과 자살로 이어진다」(《한겨레21》, 1998.4.9.), 「사랑도 깨 버린 지독한 IMF, 이혼·파혼 급증」(《한국경제》, 1998.5.1.), 「실직, 감봉 한파에 이혼 급증」(《동아일보》, 1998.5.18.). IMF 외환 위기가 불러온 압도적 난관 앞에서, 미련한 정과 굼뜬 유교적 관념으로 감싸여 있던 그간의 가족 관계는 버틸 재간이 없어 보인다. 가족이 서로에게 가감 없이 솔직할 수 있는 역사적 기회이자 잔고가 모든 것의 기준이 되는 냉혹한 시절의 출발점이 도래한 듯하다. 군에서도 이를 확인할 수 있는 일이 생긴다. 부모님의 이혼 소식에 괴로워하던 내무반 후임이 부대 전입신고를 한 지 나흘 만에 탈영한다. 내무반 후임은 부대 부근의 홍삼밭 아래를 지나다 나이 지긋한 주민과 마주친다. 주민은 그가 탈영병임을 한눈에 알아봤음에도 티를 내지 않는다.

버스정류장은 홍삼밭 왼편으로 가야 돼. 15분쯤 걸릴 거야. 초행인가?

주민은 버스정류장 반대편으로 길을 안내한 후 동사무소에 재빨리 연락한다. 내무반 후임은 홍삼밭 왼편에 위치한 동사무소의 직원들에게 붙들려 반나절 만에 다시 부대로 돌아온다.

본부대 출신인 준구와 친구처럼 지내던 옆 의무대 소속 상병은 수해 복구 대민 지원을 나갔다가 인근 하천에 몸을 던진다. 집안의 파산과 연이은 부모님의 이혼 때문에 우울증을 앓던 그는 내무실로 다시 돌아오지 못한다. 그의 시신은 지역 파출소에서 수습한다. 그날 이후, 준구는 경계 근무가 없는 밤이면 애벌레처럼 침낭 안에 몸을 구긴 채 우울증과 탈영, 자살, 그리고 부모님의 이혼이 자신을 비껴간 사실을 어리둥절해한다. 준구는 언젠가 아버지가 한 말을 떠올린다. 어머니의 쉰 살 생일 때, 아버지는 말했다. 첫 아이를 유산했을 때, (외아들인 준구는 항상 누나가 있었으면 하고 바랐다.) 자신은 어머니의 두 번째 영혼이 되기로 결심했다고.

시리도록 냉혹한 현실 앞에서 얼어붙지 않는 시냇물 같은 의지와 사랑도 있는 것일까?

준구는 그런 의문 속에서 눈을 감았다가 다시 번쩍 눈을 뜬다. 쏟아지는 불행들의 예외가 된 것을 행운이라 부를 수 있을까? 그러한 불행을 끊임없이 생산하는 사회 시스템의 일시적 오류에 불과한 것 아닐까? 그러나 얼마 후, 준구는 자신을 비껴가지 않은 불행도 있다는 것을 절감한다. 전역 신고를 마치고 찾아간 마산의 집은 전기, 수도, 가스가 끊긴 채 경매에 넘어갔고, 부모님들은 빚쟁이들을 피해 다니는 것을 주요 일과로 삼는 중이다.

그리고 현재.

빚쟁이들의 지독한 독촉과 부모님의 중국행, 중국 고위 공무원과 그의 딸, 그리고 일본군 해안 벙커와 까나리액젓.

마지막으로 미래.

벙커에서 생산된 까나리액젓은 한국으로 향하는 수출 선박에 몸을 싣는다. 경기도에 위치한 한 식품업체가 이를 사용해 김치를 만든다. 김치는 전국에 납품된다. 준구는 대형 마트에서 이 김치를 구입한다. 그리고 집에서 홀로, 물 말은 밥에 곁들여 먹는다. 세계화와 IMF 외환 위기로 수세에 몰린 부모님은 중국에서 만든 까나리액젓을 통해 마침내 공세로 전환한다.

까나리액젓 하나만으로도 세상은 핑핑 돌아갔다. 준구는 현기증이 날 것만 같았다. 그때, 아버지가 처방전을 내밀 듯 속삭였다. 견딜 수 있을 때까지 견뎌 보다가 더 이상 안 되겠으면 특수복 상점에 가 보라고, 마산모방이라는 명찰이 달린 작업복을 찾으라고, 안주머니에 오래전 감춰 둔 돈이 있을 거라고. 그러나 수화기를 낚아챈 어머니의 말은 달랐다. 아버지가 또 착각한 것이라고, 괜히 거기 갔다가 빚쟁이들에게 붙잡힐지 모른다고, 그 돈은 머릿속에서 지우라고.

준구는 아버지의 말이 더 솔깃했지만, 부모님이 그 문제를 두고 계속 옥신각신하자 혼란스러운 한숨을 내쉬었다. 산둥성이 흔들릴 만큼 깊고 차가운 한숨이었다. 부모님은 얼어붙은 듯 침묵에 빠져들었다. 긴장감이 끝까지 차올랐을 때, 준구는 천천히 입을 열었다.

이혼하려면, 마산에 와야 하는 거지?

*

봄볕이 대지에 내려앉기 시작했다. 벚꽃이 부풀어 올랐고, 꽃향기를 실은 바닷바람이 마산항을 가로질렀다. 그러나 현실은 여전히 차갑게 식은 구들장 같았다. 준구는 빚쟁이들을 피해 도망 다닐 여력이 바닥났고, 대학 학생 식당에서 제일 싼 메뉴만 먹는 생활에 진력이 났다. 부모님과 통화한 지 한 달이 지났을 무렵, 준구는 결단을 내렸다. 부모님의 특수복 상점을 찾아가기로.

무작정 걸어갈 수는 없었다. 경표네 집 마당에 세워 둔 자동차를 타고 가는 게 더 나을 듯했다. 정신없이 내빼야 할 상황이 벌어질지도 몰랐다.

준구의 자동차는 1992년식 검은색 중고 프린스였다. 어릴 때부터 저축한 돈과 군대 가기 전, 창원의 한 자동차 공장에서 7개월 동안 일해 받은 월급을 합해 샀다. 지금까지 살면서 제일 갖고 싶었던 물건. 자동차는 빌려 갔다가 제때 돌려주지 않은 경표 덕분에 빚쟁이들의 손아귀에서 벗어날 수 있었다.

경표가 보관 중이던 자동차 키로 시동을 걸 때, 준구는 경표에게 부탁했다. 빚쟁이들에게 붙잡히면 아르바이트를 더 해야 할지도 모른다고, 그럼 네 가게에서 일 좀 하게 해 달라고.
준구는 평일에 맥도날드에서 아르바이트를 했다. 늦은 밤에
그릴을 주로 닦았는데, 힘은 들었지만 그게 시급을 더 많이 줬
다. 주말에는 마산항에 위치한 바나나 수입 업체 보관 창고에
서 일했다. 바나나는 그곳에서 시장 가격에 따라 판매 물량을
조절한 다음 전국으로 실려 나갔다. 준구는 그렇게 번 돈으로
방세와 밥값을 냈다.

경표는 길게 고민하지 않았다.

안 돼. 장사하는 사람이 사사롭게 굴 땐 이유가 딱 두 가지
야. 매출에 타격이 없거나 매출에 도움이 될 때. 칵테일 바에서
누가 남자 알바를 써. 되던 장사도 안 돼. 너도 한 집안의 가장
이 돼 봐. 인종이 바뀌어. 다른 가게 소개해 줄게. 월영이라고,
오래된 엘피 바가 있어. 창동에.

들어 봤어.

얼마 전에 사장이 바뀌었는데, 새로운 사장이랑 술자리에
서 두어 번 봤어. 바텐더 예명이 찰스래. 한국 이름은 찬수고.
찬수, 찰스, 입에 딱 붙지 않아? 알바 구하는 중이라던데 필요
하면 내가 소개해 줄게.

경표가 나와 두어 번 보았다는 술자리에서, 나는 경표에게
말했다. 월영에 왔을 땐 사장님 대신 찰스라 부르라고, 위스키
와 칵테일을 마실 땐 아래위가 없어야 한다고. 경표는 그럼 자

60

기는 왕발이라고 불러 달라 했다. 발이 정말 커서 왕발이고, 발이 넓어서 또 왕발이라고.

그로부터 2주쯤 지났을 무렵, 경표는 내게 전화로 준구의 집안 사정을 설명하며 이렇게 덧붙였다. 준구의 별명은 카체이서(car chaser)라고, 카레이서(car racer)가 아니라고, 새로운 카(car)만 보면 눈이 돌아가서 그렇다고, 카만 그런 건 아니라고, 요트나 경비행기처럼 타고 다닐 수 있는 것은 다 좋아한다고, 제 분수를 모른다고, 그것 빼곤 정말 괜찮은 놈이라고.

처음 만났을 때, 카체이서는 나를 향해 꾸벅 고개를 숙인 후 이렇게 말했다.

안녕, 찰스.

*

준구는 부모님의 상점이 위치한 거리 초입에 차를 멈춰 세웠다. 흐린 날씨 때문에 거리는 더욱 을씨년스럽게 느껴졌다. 비가 내린다면 올해 첫 봄비였다.

준구는 라이트를 끄고 주변을 조심스럽게 살폈다. 오가는 사람은 드물었다. 그러나 서둘러서는 안 됐다. 거리에 완전한 침묵과 어둠이 찾아오기를 기다려야 했다.

잠시 후, 준구는 천천히 차창을 내렸다. 전력 장치가 고장

난 냉장고 문을 열었을 때처럼 차갑지도 뜨겁지도 않은 바람이 휑한 거리 저편으로 불어 갔다.

2년여 전만 하더라도 특수복 상점이 밀집한 거리 주변은 늘 인파로 들끓었다. 주말이면 거리에 인접한, 한때 경남의 명동으로 불린 창동과 (경남 도내에서 땅값이 제일 비쌌다.) 부림시장을 찾은 이들까지 합세해 위에서 보면 마치 발 디딜 틈 없는 만원 지하철 같았다. 거리 곳곳에 마산의 오랜 역사가 비단처럼 겹겹이 쌓여 있어 관광객의 발길도 끊이질 않았다.

거리 초입 왼편에는 몽고정*이, 오른편에는 3·15 의거탑이 있었다. 몽고정 옆으로는 3·15의거** 당시 경찰들이 시민들을 향해 발사한 총탄 자국이 새겨진 무학초등학교 담벼락이 있었고, 그 뒤편으로는 일제강점기 때 건설된 임항선이 있었다. 항구를 오가는 철로인 임항선은 마산을 크게 두 곳으로 갈라 놓는 역할도 했다. 임항선 서쪽의 신마산과 동쪽의 구마산.

몽고정과 3·15의거탑 사이로 난 800미터 남짓한 거리에 특수복 상점들이 모여들기 시작한 것은 1960년대 후반이었다.

---

* 마산은(당시 합포) 고려 시대 때 일본 정벌에 나선 몽골 원정군의 본거지였다. 몽고정(옛 고려정)은 그때 주둔한 군사들에게 마실 물을 공급하기 위해 만든 우물로 유명 간장 브랜드가 여기서 유래했다.

** 1960년 이승만 자유당 정권의 3·15부정선거에 반발하여 마산에서 일어난 대규모 시위.

당시 마산자유무역지역, 마산과 살을 맞댄 창원에는 여러 대기업과 관련 하청 업체들이 운영하는 대규모 공장들이 속속 들어섰다. 이 회사들은 사람이든 시간이든 갈아 넣을 수 있는 것은 모두 갈아 넣는 방식으로 섬유, 기계, 철강 등을 생산, 수출하며 한국 산업화의 초석을 다졌다. (섬유 생산 기업인 한일합섬은 1973년 국내 최초로 수출 1억 달러 시대를 열었다.) 그리고 특수복 상점들은 이들을 대상으로 옷을 팔았다. 거리 상점들의 상호가 현대유니폼사, 금성종합까운사, 삼성특수복, 한일(합섬)명찰사, 두산작업복, 경남(모직)피복 등인 것도 그래서였다. 그러나 아버지 상점 상호는 회사 이름을 활용한 다른 특수복 상점들과 조금 달랐다. 80대 노인들 사이에 별 이질감 없이 앉아 있지만 나이를 짐작하기 어려운 애늙은이 같은 느낌이랄까?

차에서 내린 준구는 근처에 널브러져 있던 쓰레기봉투를 가져와 앞뒤 번호판을 모두 가렸다. 그리고 현대유니폼사와 금성종합까운사, 한일명찰사 앞을 어둠 속 그림자처럼 지나며 아버지 상점으로 향했다.

상점 앞에 도착한 준구는 파란색 바탕에 흰색 글씨로 이뤄진 간판을 올려다보았다.

광남유니폼사.

과거, 아버지는 사다리를 타고 올라 상점 간판을 이빨처럼 꼼꼼히 닦곤 했다. 그러나 지금, 어느 가게의 것보다 반짝였던 광남유니폼사의 간판은 빛나던 시절을 뒤로한 채 기약 없는 어둠 속에 잠겨 있었다.

준구는 상점 진열창으로 눈을 돌렸다. 돈 될 것이 없다는 판단 때문이었을까? 다행히 진열창은 깨진 곳이 없었다. 출입문에 둘둘 감겨 있는 체인 자물쇠를 열려고 한 흔적도 보이지 않았다. 아버지의 말이 사실일 수 있는 환경은 갖춰진 셈이었다. 준구는 체인 자물쇠를 풀고 상점 안으로 들어갔다.

석 달여 동안 갇혀 있던 실내 공기는 텁텁하다 못해 쓴맛이 났다. 준구는 출입문을 열어 둔 채 환기를 시킬까 하다 마음을 접었다. 여길 찾는 것은 오늘이 마지막이어야 했다. 준구는 씁쓸한 눈빛으로 상점 안을 천천히 둘러보았다.

가게 중앙엔 낡은 소파 세 개가 다리가 짧은 느티나무 테이블을 둘러싸고 있었다. 오른편엔 바닥과 천장에 설치된 거치대가, 왼편엔 바닥 거치대만 있었다. 왼편 바닥 거치대 뒤쪽엔 재단할 때 사용하는 작업대가 있을 것이었다. 오른편 천장 거치대에는 각종 회사 명찰이 달린 유니폼과 작업복이 빼곡하게 걸려 있었는데, 준구는 마치 신체만 강탈하는 외계 종족이 침입해 벌여 놓은 잔인한 광경을 본 것 같은 기분이었다. 한순간에 숙주를 잃어버린 존재들. 준구는 전기 스위치가 있는 가게 뒤쪽으로 걸어갔다. 천장 거치대에서 옷을 내려 명찰을 하나하나 확인해 볼 참이었다.

그때, 담배 연기가 부드러운 봄바람처럼 준구를 향해 불어 왔다. 준구는 얼어붙은 표정으로 재단 작업대가 있는 왼쪽 구석을 향해 고개를 돌렸다. 밤 그늘 아래, 사람의 형체가 희미하게 흔들리고 있었다.

안녕하세요.

준구는 누군지도 모른 채 인사했다. 고개도 눈도 까딱이지 않고. 작업대 뒤편 의자에 앉아 있는 그 누군가는 피우고 있던 담배를 바닥에 느긋하게 비벼 껐다. 그리고 새 담배를 다시 입에 물고 라이터로 불을 붙였다. 남자의 얼굴이 라이터 불빛 뒤편으로 순간 드러났다가 빠르게 사라졌다. 남자는 마치 생강 맛 사탕을 입에 물고 있는 것처럼 애매모호한 표정이었다. 쓰기도 하고 달기도 하다는 듯. 준구는 손가락 하나 움직일 수 없었다.

망한 인생과 망한 가게의 공통점은 찾아오는 사람이 한 명쯤은 반드시 있다는 거야.

어둠 속에서, 남자의 생기 없는 목소리가 다시 들려왔다.

빚쟁이들. 돈 될 만한 걸 찾으려는 사람들. 그래서 괴롭지만 외롭진 않은 거지. 오늘 밤의 우리처럼.

남자는 상점 뒷문으로 들어온 듯했다. 뒷문은 준구가 미처 생각지 못한 부분이었다. 자신이 간과한 또 다른 것이 있을 것 같았다. 이른 봄의 한기가 준구의 목덜미를 타고 올랐다.

잠시 후, 불그스름한 담배 불빛 속에서 남자의 얼굴이 파문처럼 일었다. 준구의 기억 속에서도 남자는 늘 담배를 피우고 있었다. 남자는 광남유니폼사의 첫 종업원이자 재단사인 명길이었다.

명길 역시 준구의 아버지에게 받아야 할 것이 있었다. 10개월간 밀린 월급과 연대보증을 서 준 탓에 남의 수중으로 넘어간 24평 아파트. 어쩌면 명길은 더 많은 것을 돌려받고 싶을지도 몰랐다. 빠져나갈 구멍을 찾기 위해 안간힘을 쓰지 않아도 되었던 지난 삶 같은 것들. 명길은 가족이나 다름없던 사람이었지만, 준구는 돈이 정말로 파괴하는 건 눈에 보이지 않는 것들이라는 사실을 인정해야 했다.

안녕하세요, 아저씨. 준구가 말했다.

명길은 바스러져 가는 담뱃재를 재단 작업대 위로 아무렇지 않게 떨어뜨렸다.

인사는 좀 전에 했어.

준구는 전기 스위치가 있는 오른쪽 벽을 흘끗 바라보았다. 명길의 차가운 눈빛이 그 뒤를 쫓았다. 준구는 스위치를 향해 손을 뻗으려 했다.

불은 안 켜는 게 좋아. 명길이 말했다. 달려드는 게 불나방만은 아닐 거야. 받지 못한 돈만큼 신경을 곤두서게 만드는 건 없거든.

부모님은 눈길 닿는 곳마다 돈을 빌리려 했다. 명길의 말처럼 이 거리에 속한 또 다른 빚쟁이들이 순식간에 모여들 수 있었다. 그게 지금보다 더 위험했다. 준구는 불 켜는 걸 단념했다.

물론, 뭔가 찾아야 할 게 있다면 이야기가 달라지겠지.

명길이 다시 말했다.

좀 전에, 자동차에서 내리는 너를 보니까 그런 생각이 들었어. 이곳에 돈 될 만한 게 아직 숨겨져 있을지도 모르겠다고 말이야. 어쩌면, 진짜 돈일지도 모르고.

준구는 아차 싶었다. 자동차를 더 먼 곳에, 눈에 띄지 않는 곳에 주차했어야 했다. 명길이 끙 소리를 내며 의자에서 일어났다.

내가 요즘 돈 생각만 해. 명길이 말했다. 오로지 돈 생각. 네아버지한테 뒤통수를 세게 맞고 나서 깨달았어. 돈이 없으면 다른 생각 같은 건 모두 잡생각에 불과하다는 걸 말이야.

준구는 상점 바닥으로 고개를 떨군 채 재빨리 머리를 굴렸다. 이대로 도망갈까? 그런데 상점 안에 정말 돈이 있으면? 당분간 밥값 걱정하지 않아도 될 정도의 돈이라면? 방세를 낼 수있을 만큼의 큰돈이라면?

*

중학교 1학년 때, 준구는 아버지의 상점 상호에 대해 처음으로 의문을 품었다. 인근 상점들은 모두 유명 회사 이름을 상호로 내세우고 있었는데, 아버지 상점만 다른 것 같았다. 준구는 아버지에게 물었다. 배 이름도 그렇고, 상호도 그렇고, 왜 다 광남이냐고, 광남이라는 기업도 있는 거냐고. 재단 작업대에서 마름질 중이던 명길이 답을 가로챘다.

있어.

있어요? 준구가 말했다. 무슨 기업인데요?

명길은 씩 웃었다.

나중에 내가 세울 거야. 광남모직.

경남 거제 출신인 명길은 거제의 굴 양식장에서 일하다 만난 여자 친구와 1983년에 마산으로 넘어왔다. 마산 인구가 정점으로 향하던 시기였고, 아버지의 상점도 쉬는 날 없이 일할 만큼 바쁜 때였다. 명길은 광남유니폼사에 취업해 일을 배우며 여자 친구와 결혼했다. 그리고 딸 하나, 아들 하나를 낳았다. 준구는 이 가족을 잘 알았다. 휴가철이면 이웃 상점 가족들과 함께 울산 태화강으로, 부산 해운대로, 경주 불국사로 놀러 가곤 했다.

아빠도 예전에 마산모방 다녔다며? 자유무역지역에도 아

빠 친구들 많잖아? 준구가 말했다.

아버지는 슬쩍 웃으며 진열대 마네킹에서 빛바랜 작업복을 마저 벗겨 냈다.

부담 주고 싶지 않았어. 우리가 남들보다 옷을 잘 만들면 그만이잖아. 실제 그러는 중이고. 안 그러냐, 명길아?

명길은 코웃음을 치며 담배에 불을 붙였다. 그리고 담배를 꼬나문 채 다시 마름질을 이어 나갔다. 아버지는 작업복을 다 벗긴 마네킹의 허리를 왼손으로 감은 후 옆으로 들어 올리려 했다. 그런데 왼쪽 다리를 제대로 버티지 못해 그만 마네킹 가슴 부위를 손으로 감싸고 말았다. 준구는 아버지의 손이 닿은 곳을 바라보았다. 아버지는 준구의 시선을 따라가다 같은 곳에 도착했다.

쿵.

마네킹이 바닥을 찍었다. 아버지가 엉겁결에 마네킹을 놓아 버렸기 때문이다.

준구는 아버지를 올려다보았고, 아버지는 준구를 내려다보았다. 명길은 그런 두 사람을 멍하니 쳐다봤다. 시간이 잠깐 멈춘 듯했다. 진열창을 통과한 오후 햇살이 상점 안을 부유하는 먼지들을 비추며 맑게 빛나기 시작했을 때, 아버지가 말했다.

숙제 없어?

없어.

준구는 마네킹 머리 쪽을 일으켜 세웠고, 명길은 재떨이에 담배를 비벼 껐으며, 아버지는 마네킹 옆구리를 왼손으로 다시 휘감았다.

없을 리가 없지.

아버지는 준구의 이마를 오른손 집게손가락으로 톡 하고 쳤다. 그리고 마네킹을 든 채 왼쪽 다리를 절뚝거리며 가게 뒷문으로 향했다. 아버지는 신혼 시절 다리를 다쳤는데, 그때 제대로 치료를 못 해 계속 다리를 절어야 했다. 언젠가 준구가 사연을 물었을 때, 아버지는 교통사고라고만 답했다. 그러나 절반만 맞는 이야기였다. 준구는 그것을 나중에 알게 됐다.

준구는 아버지의 뒷모습을 우두커니 바라보았다. 마네킹을 둘러메고 걸어가는 아버지의 뒷모습을 보면 은연중에 약탈, 포획, 납치 같은 단어가 떠오르곤 했다. 다른 사람들도 아버지를 처음 마주하면 두려움과 위압감을 느꼈다. 청새치처럼 커다란 덩치와 매서운 인상 때문이었다. 그러나 준구는 아버지가 폭력을 쓰는 모습을 본 적이 없었다. 오히려 주변 사람들에게 늘 베풀기 바빴고, 그 반대의 경우에는 마음의 빚조차 장부에 적어 놓는 사람이었다.

광남. 빛 광(光)에 남녘 남(南), 남쪽에서 빛나리라.

그러나 광남이라는 상호에 담긴 아버지의 염원은 달빛도 들지 않는 상점 안에 파묻혔고, 현재 오롯이 빛나는 것은 명길의 불콰하고, 살기 어린 얼굴뿐이었다.

*

바닥에 명길이 버린 담배꽁초가 쌓여 갔다. 명길은 준구의 얼굴이 마치 과녁이라도 되는 것처럼 노려보기만 했다. 준구의 자백을 바라는 것이었다. 그러나 준구는 그럴 마음이 없었다. 썩은 동아줄이라도 그게 마지막 동아줄이라면 어떻게든 붙잡고 있어야 했다.

구름이 달을 가리며 어둠이 점점 짙어졌다. 곧 비가 내릴 것 같았다. 가게 중앙에 놓인 소파에 마주 앉은 두 사람은 침묵 속에서 입이 바짝 말라 갔다. 준구는 빠져나갈 방법을 찾아야 했다.

저도 돈 될 만한 게 있나 확인해 볼 생각이었어요.

명길은 담배에 불을 붙였다. 그리고 테이블 위에 라이터를 내려놓은 후 담배 연기를 길게 내뿜었다. 명길은 그럴 때마다 기력과 체력도 함께 빠져나가는 것처럼 조금씩 몸이 쭈그러들었고, 눈동자는 꿈속을 헤매듯 산만하게 흔들렸다.

특수복을 사 가던 회사 절반이 망했어. 나머지는 그 기로에 섰고. 저 옷들은 돈이 안 돼. 고물상에 갖고 가면 담배 한 보루 살 돈은 주겠지. 옮기는 데 돈이 더 들겠지만.

71

담배 살 돈은 있어요.

준구는 바지 주머니에서 꼬깃꼬깃 접혀 있는 만 원짜리 지
폐 두 장을 꺼냈다. (당시 담배 한 갑 가격은 천 원 안팎이었다.) 그
리고 명길에게 돈을 건네기 위해 소파에서 엉덩이를 일으키려
했다. 명길은 두 발로 테이블을 준구 무릎 바로 앞까지 빠르게
밀어붙였다. 준구는 엉덩방아를 찧듯 주저앉아야 했다.

내 허락 없이 움직이지 마.

명길은 라이터를 테이블 위에 똑바로 세웠다. 그리고 준구
를 바라보며 눈빛으로 경고했다. 조금이라도 움직이면 라이터
가 쓰러질 것이라고, 말로 하는 건 그때가 마지막일 거라고, 대
충 얼버무리며 여기서 벗어날 수는 없다고.

테이블이 준구의 무릎을 묵직하게 압박해 왔다. 준구는 불
안한 기색을 내비치지 않으려 애썼다. 그물에 붙잡힌 물고기
처럼 버둥거릴수록 숨겨진 돈이 있으리라는 명길의 짐작은 확
신에 가까워질 것이었다. 준구는 태연한 표정으로 아줌마와
아이들의 안부를 물었다.

내가 애들 엄마 도망갔다는 말 안 했나? 명길이 말했다.

준구는 당황했다.

몰랐어요. 죄송해요.

네가? 뭐가?

명길은 낄낄거렸다.

장판 아래 숨겨 둔 돈까지 다 가져갔어. 돈 들어올 구석은 안 보이는데, 내가 도박 빚까지 졌으니 막막했을 거야. 얼마 안 되는 그 돈이라도 갖고 도망가는 게 유일한 살길이라 생각했겠지. 애들도 데리고 갔으니 아주 나쁜 년은 아냐.

명길은 상체를 숙이며 준구의 눈을 뚫어지게 바라보았다.

준구야, 뭘 찾으러 왔어? 아버지가 숨겨 놓은 돈이 있으니 찾아보라고 그랬어?

아니요.

준구는 순식간에 튀어나온 거짓말에 자기가 먼저 놀랐다. 그런 준구를 보며 명길은 쓴웃음을 지었다.

너는 모르고 있었나 봐? 마산모방 작업복 안주머니에 돈이 있었다는 거 말이야.

준구는 목 끝까지 차올랐던 긴장감이 순식간에 사라졌다. 일말의 희망과 기대도 와르르 무너져 내렸다. 명길은 준구의 실망스러운 눈빛을 놓치지 않았다.

정말 그걸 찾으러 온 거야? 그게 다야?

명길은 입에 물고 있던 담배를 바닥으로 내던졌다.

상점 다 털린 지가 언제인데! 네 아버지, 정말 맛이 갈 대로 갔어. 폐선이나 다름없는 광남호를 고급 요트인 양 넘겨줄 때 알아봤어야 했는데.

준구는 휴일이면 아버지와 번갈아 광남호를 운전하며 (어머니는 멀미 때문인지 유난히 배 타는 것을 싫어했다.) 부산 천성항, 거제 장목항, 통영 달아항까지 나아가곤 했다. 낡았어도 운항에는 전혀 문제가 없었지만, 파는 것보다 폐선 비용이 더 들만큼 나이가 많은 배였다.

명길은 몸이 포대처럼 접혀 버릴 만큼 긴 한숨을 내쉬었다.

빚쟁이들이 왜 빚, 쟁이라고 불리는지 알아? 그게 돈이든, 돈 될 만한 것이든 귀신같이 찾아내니까 쟁이, 라고 불리는 거야. 어 실장이 여길 몇 번이나 왔다 갔는데!

준구는 휘청거리는 다리에 힘을 주며 소파에서 일어나려 했다. 테이블이 흔들리며 명길이 세워 둔 라이터가 툭 쓰러졌다.

거짓말해서 죄송해요.

명길은 밀려나는 테이블을 두 손으로 붙잡았다. 준구는 엉거주춤한 자세로 명길을 내려다보았다.

자동차는 나한테 주고 가. 명길이 말했다. 그럼 우리 사이 빚은 더 이상 없는 거야. 담배 살 돈도 주면 내가 빚을 지는 거고.

준구는 명길에게 2만 원을 내밀었다.

자동차는 안 돼요. 그건 제가 가진 전부예요.

전부?

명길은 실소를 터트렸다.

일거리 찾으려고 안 가 본 곳이 없어. 거기서 내가 본 게 뭔지 알아? 실수로 아직까진 망하지 않은 양복점 주인들. 가뜩이나 어려운데 값싼 기성복까지 쏟아지니 손님들 씨가 완전히 말라 버렸어. 재단사는 잘못도 없이 쓸모없는 존재가 돼 버린 거야. 전부는 이런 거지. 이런 게 전부를 잃는 거야.

뒷마당 창고 앞에는 약에 취한 듯한 몰골의 마네킹들이 추적추적 내리는 비를 맞고 있었다. 명길은 이를 외면하듯 서둘러 뒷마당을 벗어났다. 준구는 마네킹을 창고 안에 넣으려 하다 그만뒀다. 출입문 체인 자물쇠도 더는 필요 없을 것 같았다. 임대료로 매달 깎이고 있는 보증금마저 두어 달 후 사라지면 광남유니폼사의 간판 역시 유효기간이 지난 음식처럼 버려질 것이었다. 어 실장이 챙기지 않았다면 다른 누구에게도 필요 없는 물건들과 함께.

어 실장이 너 한번 보자고 했어. 빚 때문은 아니고 따로 이야기할 게 있다면서.

명길이 다시 말했다.

3차산업 시대가 어쩌고, 관광업이 어쩌고, 호텔이 어쩌고, 상호가 어쩌고 하던데, 가서 장어나 얻어먹고 와. 차는 도둑맞았다고 하고.

아버지는 어 실장, 우영에게 진 빚이 제일 많았다. 집에서 돈 될 만한 것을 모조리 쓸어 가고, 남은 빚을 받아 내기 위해 덩치 좋은 사람들을 고용한 사람도 우영이었다. 명길도 우영에게 진 빚이 있었다. 도박 자금으로 빌린 것이었다. IMF 외환 위기로 일자리를 잃은 사람 중 일부는 시간을 때우고 돈도 벌 수 있다는 유혹에 이끌려 불법 오락실로 매일 출근하다시피 했다. 일반 게임기를 도박용 파친코 기계로 개조해 사용하는 곳이었는데, 판돈이 기본 3만 원에서 5만 원 사이였다. 그리고 그 돈을 잃는 시간은 화장실 한 번 갔다 오는 시간이면 충분했다. 변비가 아니라면.

어 실장한테 돈 갚을 시간을 좀 더 달랬는데, 뭐라고 한 줄 알아?

명길은 바닥에 침을 뱉었다.

빚 떼였다고 나라에서 세금이라도 깎아 주는 줄 아느냐면서 이럴 시간에 공사판 가서 벽돌이라도 나르랬어. 양복쟁이가 벽돌을 어떻게 날라? 그럴 힘이 있었으면 이놈의 세상, 진즉 박살 내고 말았지.

우영은 마산 어시장에서 장어 도매업으로 모은 돈을 바탕으로 대부업에 발을 들였다. 우영은 빌려준 돈의 이자와 일정 금액을 날마다 받아 가는 소위 일수로 시작해 점점 규모를 키워 나갔는데, 명함에는 무슨 이유에서인지 사장 대신 실장이라고 적었다. 그래서 사람들은 우영을 어시장의 실장이라는 의미로 어 실장이라 불렀다.

우영의 사업은 순탄했다. 연체로 인해 발생하는 험한 일들은 시골 장날처럼 드물었다. 대부분의 어시장 상인은 현금이 넘쳐 났다. 하루치 장사가 끝나면 금고처럼 쓰는 붉은 고무 대야에 지폐가 멸치 떼처럼 가득 쌓여 있었다. 상인들은 사업 확장을 위해, 목 좋은 땅을 먼저 사기 위해 우영에게 돈을 빌렸다. 감당 못 할 고금리도 아니었다. 우영은 수완 좋은 사람이었지 악질적인 돈놀이꾼은 아니었다.

우영의 태도가 바뀐 것은 IMF 외환 위기 이후부터였다. 받지 못한 돈이 점점 불어났기 때문이었다. 우영은 악착같아졌다. 준구는 우영을 이해할 수 있었지만, 현명하다고 생각지는 않았다. 돈을 받기 위해 정작 필요한 조치를 취하지 않았기 때문이다. 시간을 주는 것. 정리하고, 처분하고, 회복하고, 무언가를 다시 도모할 수 있는 시간. 우영은 거대 상어에게 뒤를 쫓기는 사람처럼 급급하고 비정했다. 우영은 불만을 표하는 사람들에게 말했다. 자신도 꿈이란 게 있는 사람이라고.

자동차가 주차된 거리 초입으로 걸어가는 동안, 명길은 우영보다 자신이 먼저 선수를 쳤다는 승리감으로 들뜬 표정을 지었다. 그러나 준구의 생각은 달랐다. 준구는 명길에게 차를 넘길 마음이 없었다. 소지품을 챙기는 척하며 내뺄 생각이었다. 문제는 갈 곳이 떠오르지 않는다는 것이었다. 준구는 대답하기 어려운 질문에 시달렸다.

어디로 가지? 어디로 가면 되는 거지? 어디로 가야 예전의 삶을 되찾을 수 있지?

개새끼!

명길은 준구의 자동차가 있던 곳을 바라보며 다시 욕을
했다.

어 실장, 이 잡놈의 새끼!

준구는 대답하기 어려운 질문을 마침내 떨쳐 냈다. 예전의
삶을 되찾을 수 있는 곳이 설사 있다 하더라도 자신은 그곳으
로 갈 수 없었다. 거리 초입에서 자신을 기다리고 있는 존재는
우영도 자동차도 아니었다. 자동차 번호판을 가리는 데 썼던
쓰레기봉투였다. 자동차는 빚을 갚는 데 사용했다고도, 도난
당했다고 할 수도 없는 상태로 홀연히 사라졌다. 명길은 그것
을 우영의 소행이라고 확신했지만, 준구는 갈피를 잡을 수 없
었다. 아버지에게 받을 빚이 있던 또 다른 누군가가, 생계를 해
결할 방법을 찾기 위해 이 거리를 헤매던 누군가가 자동차를
훔쳐 갔을지도 모를 일이었다.

준구는 분통을 터트리는 명길을 뒤로한 채 어둠이 내려앉
은 거리를 망연자실한 눈빛으로 바라보았다. 그리고 예전에
맡았던 냄새를 떠올렸다.

과거, 이 거리에 들어서면 영화 세트장처럼 오래된 나무 냄
새 같은 것이 났다. 다른 냄새도 있었다. 이 거리가 품었던 꿈

과 이 거리를 오간 돈에서 나던 냄새. 거기에는 땀과 눈물, 기름때와 쇳가루, 그리고 피와 폭력의 냄새가 스며 있었다. 이 거리 사람들은 모두가 밑바닥에서부터 시작했다. 그것은 조건 아닌 조건이었고, 슬픔 아닌 슬픔이었으며, 행복 아닌 행복이었다. 그 시절 이 거리는 항구를 향해 달려가는 기차처럼 낭만적이면서도 간절한 바람들로 넘실거렸다.

이건 그냥 못 넘어가. 훔쳐 간 걸 다시 훔쳐 오는 한이 있어도.

명길은 바지 주머니에서 담뱃갑을 꺼냈다. 남은 담배가 없었다. 명길은 핏대 선 얼굴로 담뱃값을 꾹 움켜쥐며 씩씩거렸다. 마치 막 불이 붙은 성냥 같았다.

두고 봐.

명길은 저 아래서부터 끌어모은 가래를 바닥에 내뱉었다. 그리고 준구에게 자동차 키를 돌려주지 않은 채 도로 건너편 창동으로 쿵쿵거리며 걸어갔다.

준구는 방벽처럼 높게 솟은 3·15의거탑을 바라보았다. 인근 어시장의 비릿한 내음을 품은 봄바람이 3·15의거탑과 자신의 몸을 차갑게 감싸안으며 거리 저편으로 우르르 달려갔다. 어린 시절, 아버지와 함께 3·15의거탑을 바라보고 섰을 때, 아버지는 말했다. 이 거리의 모든 흔적은 사람들이 싸우면서 생긴 것들이라고.

싸움은 나쁜 거 아냐? 준구가 말했다.

어쩔 수 없이 싸워야 할 때도 있어. 나쁜 일을 해야 할 때도 있고. 3·15의거탑도 그래서 만들어진 거야.

이겼어?

이겼어. 근데 또 싸워야 했어. 3·15의거 때처럼 바로 이 거리에서, 1979년에. 그게 부마항쟁*이야.

아빠도 싸웠어?

지켜봤어, 뒤에서. 다리가 이러니까.

잠시 후, 아버지는 씁쓸한 표정으로 덧붙였다.

아빠는 못난 싸움을 했어.

그날도 오늘처럼 스산한 봄바람이 불었고, 추적추적 비가 내렸다. 준구는 불의에 항의한 시민들이 쏟아져 나온 이 거리가, 잘난 싸움이든 못난 싸움이든 벌어졌던 이 거리가, IMF 외환 위기에, 은행에, 빚쟁이들에게 시달리고, 시대 흐름에 소외당한 채 맨몸으로 비를 맞고 있는 이 거리가, 마치 자기처럼 비참하게 느껴졌다.

---

* 부산·마산 항쟁의 줄임말로 1979년 10월 16일부터 20일까지 부산 및 마산 지역을 중심으로 박정희 유신 독재에 반대해 일어난 대규모 민주화 운동이다. 4·19혁명, 5·18민주화운동, 6·10민주항쟁과 함께 대한민국 현대사의 4대 민주항쟁 중 하나로 인정받아 2019년 국가기념일(10월 16일)로 지정됐다.

은재와 태웅
2021년

어머니는 간단한 용건은 문자로 전하라 해도 통화를 고집했다. 이혼 후, 마산을 떠나 작은이모네가 살고 있는 통영으로 간 뒤 더 그랬다.

어디야? 낮에 왜 전화 안 받았어? 어머니가 말했다.

기업 견학 중이었어. 내일도 가. 은재가 말했다.

어디? 마산?

마산자유무역지역에 있는 회사. 대학교 지역 산업 연계 프로그램이야.

어머니는 질겁했다.

고생만 한다니까?

차선책이야, 차선책.

그러나 어제 견학 간 회사의 안내를 맡은 남자는 (회사 총괄
이사였다.) 은재와 생각이 달랐다. 팬데믹 시기라 다들 마스크
를 끼고 있어 표정은 알 수 없었지만, 여섯 명의 프로그램 참가
자 중 (은재를 제외하곤 모두 남성이었다.) 총괄 이사의 말에 귀
를 기울이는 사람은 없었다. 선거 유세에 억지로 동원된 사람
처럼 기계적인 맞장구만 쳤다. 은재 역시 기대가 남아 있던 초
반과는 달리, 네이비색 재킷, 카키색 티셔츠, 검은색 바지에 회
색 신발을 신은 총괄 이사가 무슨 색깔의 양말을 신었을까 같
은 실없는 호기심만 남은 상태였다. 은재는 생각했다. 담배나
커피를 한다면, 마스크에 가려진 총괄 이사의 치아까지 우중
충한 색일 거라고. 그러나 이런 분위기에 익숙하다는 듯 총괄
이사는 여유로운 눈빛으로 참여 학생들을 빙 둘러보았다.

우리 회사가 그리 매력적이지 않다는 거, 저도 잘 압니다.
그런데 그보다 더 중요한 건 무슨 일이든 일단 시작해 보는 거
라고 생각해요. 뭐라도 빨리 배우고 경험한 후에 더 할지 말지
판단하는 거죠. 돈 벌고 이력 쌓고 아니다 싶으면 그만두고. 간
단하지 않나요? 사실, 이름 외우기도 전에 그만두는 분들도 있
어요. 서울 쪽에 취직하겠다고. 그런데 거기 취직하면 정말 좋
나요? 여기보다 월급을 두 배로 줘요? 월급은 조금 많거나 비
슷한데 나가는 돈만 두 배 이상이지 않아요? 비싼 집세에, 물
가에, 재테크는커녕 빚만 늘어나지 않나요? 아는 사람도 적으

니 외로움과 고독함이 이자로 붙을 거고요. 또 경마, 도박, 마약 같은 유혹은 얼마나 많아요?

참여 학생 중 하나가 총괄 이사의 말을 반박했다.

일을 해도 그전과 상황이 별반 다르지 않으면, 일을 안 하는 게 합리적이죠. 아님 사기나 도둑질 같은 범죄를 빨리 배우거나. 상황 반전은 후자가 더 확실하고요.

총괄 이사는 느릿느릿 고개를 끄덕였다.

교도소도 우리 같은 중소기업처럼 구인난에 시달리고 있다 하던가요?

거긴 아직 대학 연계 프로그램이 없는 걸로 알고 있습니다. 조만간 생길 것 같긴 하지만.

다들 웃었지만, 총괄 이사의 웃음은 의미가 조금 달랐다.

어떻게 들으실지 모르겠지만, 저희도 쿼터만 없으면 외국인 노동자들을 더 많이 고용하고 싶어요. 성실함으로 따지자면 그쪽이 훨씬 낫거든요. 돈도 적게 들고.

요란한 침묵.

총괄 이사의 입장에 따르면, 지역 중소기업이 차선책이 아니라, 지역 대학 출신 한국 학생들이 차선책이었다. 총괄 이사와 학생들의 입장을 모두 종합하면, 둘의 만남은 차선책과 차선책의 만남인 셈이었다. 그러나 은재와 지역 중소기업은 차선책의 차선책인 관계였다. 지역 중소기업은 여성을 선호하지 않았고, 여성 역시 남성보다 지역 중소기업을 더 기피했다. 지역 취업 시장에서 서로가 서로를 바라는 일은 기적처럼 희소했다. 은재는 도저히 이해할 수 없었다. 남녀 동일 임금, 수평적이고 성평등한 조직문화, 결혼·출산 이후의 경력 유지 가능성. 이 중 단 하나라도 온전히 갖추기가 그리 어려운 일일까? 이 중 하나라도 바라는 게 지나친 욕심일까? 직업이 인간에게 가지는 의미를 생각하면 현실은 악몽이나 다름없었다. 한 가지 차이점이 있다면 한쪽은 깨어날 수도 없다는 것이었다.

총괄 이사는 의미심장한 눈빛으로 참여 학생들을 바라보더니 헛기침을 했다. 아껴 두었던 또 다른 카드가 있는 것 같았다. 잠시 후, 총괄 이사는 바지 밑단을 천천히 끌어올리기 시작했다. 은재는 총괄 이사에게서 눈을 떼지 못했다. 총괄 이사의 발목을 덮고 있던 양말이 방금 커튼을 열어젖힌 연극 무대의 주인공처럼 나타났기 때문이었다. 은재는 허를 찔린 표정으로 낮게 중얼거렸다.

빨간색.

그냥 빨간 양말이 아니라 피처럼 새빨간 양말이었다. 참여 학생들은 어리둥절한 표정도 잠시, 거리낌 없이 폭소를 터뜨렸다. 너무 크게 웃었다가 고개 숙여 사과하는 참가자도 있었다.

괜찮아요. 총괄 이사가 말했다. 회사를 바꿀 수는 없으니 스스로 변화를 주는 거죠. 근무하다 조금 칙칙한 느낌이 들면 이렇게 보는데, 효과가 아주 좋습니다.

은재는 회사 내부를 다시 한번 둘러보았다. 비행기 보관소처럼 넓은 부지와 높게 솟은 천장, 천장 아래 줄줄이 설치되어 공장 안을 쨍하게 밝히는 백열등, 백열등 빛으로 하얗게 빤짝이는 장비와 컨베이어벨트, 색깔이 요란한 케이블로 채워진 카트, 그리고 무늬조차 없는 네이비색 작업복. 무채색은 아닌 무채색의 세계.

총괄 이사가 다시 말했다.

어느 지역의 회사에 가든 마찬가지일 겁니다. 개인이 바꿀 수 있는 건 기대에 못 미치는 정도가 아니라 아예 없을 수도 있어요.

은재는 어제의 이야기를 어머니에게 빠짐없이 들려주었다. 마산을 떠나기 싫다는 뜻은 아니었다. 그러나 어머니는 그렇게 이해한 듯했다.

집 떠나면 고생이라는 거, 다 옛말이야.

어머니가 다시 말했다.

요즘은 집 떠나야 팔자 펴. 가족과 멀어질수록 행복해져. 엄마, 통영에서 너무 좋아. 네 아빠 하는 꼴 안 보니까 소화까지 잘돼. 너도 이모 가게에서 일하면서 도다리쑥국이랑 물메기탕 만드는 거 배워. 마산은 어중간해. 도시도 아니고 시골도 아냐. 삶도 그래. 적당히도 살기 어렵고, 악쓰며 살 수 있는 거리도 없어. 엄마가 보니까 통영에서는 다 돼.

그럴 바엔 마산에서 아귀찜 배울래. 은재가 말했다.

아귀찜도 서울 신사동이 더 잘해.

억지 좀 부리지 마.

엄마 말 맞아. 네 아빠 봐. 내 말 안 듣고 요란을 부리다 저렇게 됐잖아.

레퍼토리 좀 바꿔. 그만 좀 울고. 이모가 엄마 또 운다고 전화했었어.

걔는 누굴 닮아서 그렇게 입이 싼지 몰라. 어쨌든, 마산에서 취업할 생각 마. 거긴 네 아빠 때부터 재수 옴 붙었어. 걱정에 너무 붙들려 살 필요도 없어. 적당히 살 생각하면 아무 문제 없어. 아무리 못났어도 적당히는 결국 살아져.

적당히 사는 것도 벅차.

적당히는 돼.

늘 다투는 논쟁거리였다. 적당한 삶에 대한 정의. 어머니의 적당히와 은재의 적당히는 조수간만차 같은 게 있었다. 어쩔 수 없는 인식의 차이를 감안하더라도, 은재는 현실이 부당하게 느껴졌다. 적당히 사는 것조차 왜 이렇게 어려운 일이 된 것일까? 적당히 공부하고, 적당히 놀고, 적당히 게으름 피우고, 적당히 웃고 울며 살았던 것의 결과라고 하기엔 서울 지역 대학 출신 학생들과 지역 대학 학생 간의 차이가 너무 컸다. 적당히 노력했으면 적당히는 살 수 있어야 했다. 적당한 직장에 적당히 어려운 과정을 거쳐 취업할 수 있어야 했다. 여행 가고, 쇼핑하고, 멋진 식당을 방문한 것을 SNS에 전시하지 않아도 적당히 살아왔으면 이를 적당히는 알아서 누리는 중이어야 했다. 적당히가 나쁜 것이었나? 가장 인간적인 상태가 적당히 아니었나? 적당히가 나쁜 것이라면 적당하지 않게 살 기회라도 다시 줘야 하는 것 아닌가? 적어도 서울은 그럴 기회가 적당히는 있는 것처럼 여겨졌다. 그러나 마산은 아니었다. 친구들, 대학 동기들, 후배들, 선배들 절반이 태어나고 자란 고향을 떠나 서울 같은 대도시로 가려 했다. 무지개다리를 건너는 것만큼의 환상을 품어서가 아니었다. 점점 낡아 가는 이 도시처럼, 자신의 삶 역시 한번 부풀어 보지도 못한 채 수그러들기만 할지도 모른다는 두려움 때문이었다.

은재는 마산을 떠나고 싶기도 했고, 그러지 않고 싶기도 했다. 문제는 선택 권한이 없는 것이나 마찬가지라는 점이었다. 대도시에 위치한 대기업 취직은 호락호락한 일이 아니었다. 지역 대학 출신들에게는 더 그랬다. 이들은 활력을 잃고, 상상력이 감금된 나라의 2등 대학생이었다. 3등은 거기에 가난이 덧붙은 대학생이었고, 4등은 가난하면서 동시에 자신 혹은 가족 중 누군가가 병을 앓고 있는 대학생이었다. 그리고 등수를 매기는 것조차 저어되는 험난한 삶이 있었다. 은재는 한편으론 다행이라는 생각도 했다. 등수 안에는 드는 삶이니까. 그러나 숙박업을 하던 집안의 가세는 거친 마산 앞바다의 파도에 부서지는 모래성처럼 조금씩 허물어져 내리다가 팬데믹이 본격화되면서 모래성이 있었다는 흔적조차 희미해졌다. 팬데믹은 재기의 발판과 재기를 위한 시간, 둘 모두를 앗아 갔다. 은재는 사실 어리둥절할 수밖에 없었다. 자기 가족이 잘못한 일은 한 가지뿐이었기 때문이었다. 돈이 있을 때, 부동산 투기에 뛰어들지 않았다는 것.

내일 견학 가는 기업은 오늘 방문한 기업보다 조금이라도 나은 구석이 있기를 바라며 은재는 억지로 눈을 감았다. 그리고 주문을 외웠다. 적당히만, 적당히만, 적당히만. 바람에 뒤척이는 마산 앞바다의 소리가 방파제에 기대 우는 사람의 울음소리처럼 서글프게 들려왔다.

*

인사과장은 참여 학생들을 둘러보며 부드러운 눈빛으로 말을 이었다.

마산자유무역지역에 있는 회사들이라고 다 열악하진 않아요. 우리 회사는 내년 매출 기준 업계 4위를 목표로 하고 있어요. 임금도, 사내 복지도 점차 수준을 높여 가는 중이고요. 사실, 업계 3위까지도 충분히 가능합니다. 자신도 있고.

은재가 오늘 방문한 기업은 전기차 배터리용 절연제를 생산했다. 다행히 어제 갔던 회사보단 근무 환경이 나아 보였다. 은재는 인사과장을 바라보며 악의 없이 물었다.

출산휴가를 쓸 수 있나요?

인사과장의 눈빛이 흔들렸다.

생리휴가는요?

인사과장은 빙긋 웃었다.

입사한 후에 알려 드리면 안 될까요?

은재가 다시 입을 떼려는데, 인사과장이 참여 학생들에게 소리쳤다.

잠깐 쉬었다가 회사 구내식당으로 오시면 됩니다! 우리 회사 구내식당이 밥맛 좋기로 또 유명합니다.

쉬는 시간에 은재는 회사 정문 앞을 서성였다. 정문은 허리 높이의 철제문이었다. 은재는 그 너머를 바라보았다. 노동자들이 바삐 오가고 있었다. 이주 노동자들조차 모두 남자들이었다. 은재는 천천히 눈을 감았다 뜨고, 정문을 옆으로 서서 보고, 뒤돌아서서도 바라보았다. 쉬이 달라지지 않는 현실에 좌절하지 않는 방법은 현실을 다른 관점에서 바라보려 노력하는 것이었다. 현실은 재단할 수 없는 옷 같았다. 거기에 맞게 몸을 키우거나 줄여야 하는.

은재는 정문 왼편에 있는 구내식당 쪽으로 한 발 내밀었다가 다시 거두었다가 또 내밀었다가 금세 거두었다. 타인보다 스스로를 설득하는 일이 더 어려웠다. 은재는 생각했다. 내키지 않는 일을 묵묵히 해내는 의지는 도대체 어디서 나오는 것일까?

그렇게 주저하고 있을 때, 뒤편 어딘가에서 끈적한 바람이 불어왔다. 은재는 그제야 마산자유무역지역 곁에 바다가 있다는 사실이 떠올랐다. 저녁놀이 지는 시간임에도 바닷바람에는 따사롭던 봄볕의 기운이 묻어 있었다.

은재는 구내식당을 슬쩍 바라본 후 바람이 손짓하는 곳으로 걸어갔다. 공단 내 표지판에 따르면 바닷바람이 불어오는 곳은 1공구와 2공구의 경계 지역이었다. (마산자유무역지역은 1, 2, 3공구로 나뉘어 있었는데 오늘 방문한 회사는 1공구 중간쯤에 있었다.)

마산자유무역지역 전체 면적은 여의도보다 컸다. 공단 내 도로는 대형 트럭이 오갈 만큼 넉넉했고, 시야 끝에 소실점이 생길 만큼 시원하게 뚫려 있었다. 회사 이름이 줄줄이 적힌 표지판이 사거리마다 서서 길을 안내했는데, 어느 쪽으로 고개를 돌리든 한국 산업화의 최전선이라는 한때의 수사를 증명하는 듯한 건물들이 눈에 들어왔다. 무언가 할퀴고 지나간 상흔을 간직한 구조물과 옛날 사진이나 그림 속에서 보던 시커먼 굴뚝, 그리고 사선의 지붕을 가진 잿빛 공장들. 30여 년 전에는 아침마다 약 3만여 명의 노동자가 공단 정문으로 쏟아져 들어왔다. 그러나 지금은 색색의 아파트형 공장 여러 동이 새로 생겼는데도 그때의 대략 6분의 1 수준이었다.

바닷바람의 실체가 점점 분명해지자 은재는 마스크를 벗었다. 대형 트럭과 자가용만 가끔 거리를 오갔고, 안쪽으로 들어갈수록 가로등이 점점 줄어들며 어둠에 잠긴 곳이 늘어났다. 주변 공장들은 먹잇감을 노리는 덩치 큰 야수들의 숨소리 같은 것을 나지막하게 내뱉었다. 무서운 느낌은 아니었다. 살려 달라고 소리치면 우락부락한 근육을 지닌 노동자들이 각종 공구를 들고 공장 밖으로 우르르 뛰쳐나와 그간 쌓인 스트레스를 사납게 풀어 버릴 것 같았다. 그러나 은재의 어깨는 해 저문 거리를 홀로 걷는 노인처럼 점점 처져 갔다. 이곳에서의 일이 커리어에 도움이 될까? 더 나은 기업으로 이직이 쉽게 될까? 시간이 좀 걸리더라도 대기업 입사를 노리는 게 맞지 않을까? 그게 시간을 투자한다고 가능한 일일까? 어쩌면 여기가 내가 갈 수 있는 최선은 아닐까? 은재는 바다가 있는 곳을 향해 느릿느릿 나아갔다.

1공구 제일 깊은 곳까지 들어가자 깨지고 금이 간 창문을 여럿 거느린 폐공장이 나타났다. 폐공장의 벽은 담쟁이덩굴이 차지했고, 깨진 창문 아래 바닥에는 벚꽃잎이 달빛 부스러기처럼 흩어져 있었다. 은재는 폐공장 가까이 다가가 깨진 창문 너머를 힐끗 바라보았다. 어둠이 깔린 공장 내부는 비합법적인 일을 몰래 작당하기에 더할 나위 없이 적합한 장소처럼 느껴졌다. 그러나 오랫동안 방치된 수세식 화장실처럼 문을 여는 것조차 꺼려졌다. 은재는 폐공장 옆으로 난 길로 걸음을 옮겼다.

좁은 길 하나를 사이에 둔 폐공장 맞은편에는 1공구와 2공구 사이의 경계를 긋는 철조망이 쳐져 있었다. 철조망 너머로는 바닥과 벽을 마감하지 않은 콘크리트 건물이 있었는데, 그 건물 지하로 달빛을 품은 파도가 출렁이며 폐공장을 향해 밀려왔다.

은재는 철조망에 붙어 섰다. 괭이갈매기 울음소리가 들려왔다. 달빛과 파도와 괭이갈매기. 거칠고 딱딱한 공단 이미지와는 달리 제법 낭만적인 조합이었다. 은재는 생각했다. 서울의 빌딩 숲에 없는 게 여긴 있고, 여기 없는 게 거긴 있다고. 다만, 여긴 없는 게 좀 많고, 거긴 있는 게 너무 많다고.

그때, 폐공장 쪽에서 무언가가 부석거리는 소리가 들려왔다. 은재는 마스크를 쓰지 않은 얼굴로 무심히 고개를 돌렸다. 순간, 노란 불빛이 켜지며 깨진 창문 뒤편에 서 있는 한 남자의 모습이 환하게 드러났다. 남자는 은재를 멀뚱히 쳐다보고만 있다가 눈을 깜빡이며 말했다.

은재?

흰 마스크에, 축 늘어진 흰 가운을 입고 있어 마치 폐공장의 유령처럼 보이는 남자는 태웅이었다. 같은 대학 동문이자 연극 동아리 동기.

안녕. 은재가 말했다.

*

은행 강도가 더 품위 있는 일처럼 여겨질 정도인데?

은재는 시큰둥한 표정으로 덧붙였다.

자동차나 오토바이 같은 걸 훔치는 게 낫지 않아?

태웅은 소리 없이 웃었다. 은재에겐 익숙한 모습이었다. 태웅은 연극 공연 때 다음 대사가 떠오르지 않으면 저런 웃음을 지으며 생각할 시간을 벌곤 했다. 눈빛과 표정에 흔들림이 없어 처음 본 사람이라면 이를 눈치채기 쉽지 않았다. 사실, 이런 식의 능청은 은재도 뒤지지 않았다. 덕분에 두 사람은 신입생인데도 학교 축제 때 공연한, 4·19혁명을 다룬 연극에서 비중 있는 역할을 맡았다. 연극 연습을 하는 동안 두 사람은 선배들에게 분초를 다투듯 혼났다. 바로 한 해 위의 선배들조차 다들 니나가와 유키오*처럼 굴었다. 두 사람의 눈물과 콧물을 빼 놓지 않으면 뭔가 잘못 돌아가고 있는 것처럼 느끼는 듯했고, 그렇게 된 후에야 만족하며 돌아섰다. 두 사람은 서로를 바라보며 눈빛으로 물었다. 우리랑 다른 게 뭐야? 축제가 끝났을 무렵, 두 사람은 마치 껴안고 지내는 사람들처럼 가까운 관계가 됐다. 서로의 비밀을 공유하고 지켜 주고, 서로의 약점을 간파하고 받아들이고, (은재는 차분한 인상과 달리 성말랐고, 태웅은 귀가 연극 팸플릿처럼 얇았다.) 각자의 눈과 코에서 흘러내린 분비물을 닦아 줄 만큼은 아니지만 감추진 않는 사이. 그러다 2년 전인 2019년, 마산의 한 극단과 대학 연극 동아리가 협업으로 공연을 준비한 적이 있다. 3·15아트센터 대극장에서 상연하는 부마항쟁 30주년 기념 연극 「우리의 시대, 우리의 벗들」이었다. 그러나 은재와 태웅은 무대 밖에서 일했다. 오디션에 참가했지만 둘 다 보기 좋게 떨어졌다. 능청만으로는 한계가 있었던 것이다.

절도는 블루칼라들이나 하는 범죄지.

태웅이 다시 말했다.

이건 화이트칼라들이 할 수 있는 범죄고.

---

* Ninagawa Yukio. 배우를 혹독하게 조련했던 연출가로 1992년 아시아인 중에서는 처음으로 셰익스피어 전문 극장인 영국 런던 글로브극장의 예술 감독이 됐다. 가부키 같은 일본의 전통 예능 기법을 활용한 셰익스피어와 그리스 비극으로 유명하다.

지방대생이 무슨 화이트칼라야?

응? 그럼 우린 무슨 색 칼라인데?

은재는 폐공장 내부를 빙 둘러보았다.

우린 그냥, 여기처럼 우중충하고, 이도 저도 아닌 색?

폐공장은 사방의 벽마다 검푸른 곰팡이가, 입구 왼편 개수대에는 빨간 도료 자국이, 환풍기 날개에는 두터운 검댕이 쌓여 있었다. 오른쪽 구석 소파에는 부서진 천장의 부스러기들이 나뒹굴었고, 지붕의 갈라진 틈새 아래로는 출처를 알 수 없는 물방울이 떨어졌다. 그러나 태웅에겐 원예용 비닐하우스나 다름없었다. 폐공장 중앙에 놓인 작업대에는 고무호스와 램프, 스펀지, 화분, 그리고 비닐에 담긴 상토 등이 놓여 있었는데, 태웅이 대마를 키우기 위해 공단 내 재활용 수거함에서 쓸 만한 것들을 주워 모은 것이었다.

이 뉴스 기사 못 봤어? 은재가 말했다.

은재는 휴대폰으로 뉴스를 검색해 태웅에게 보여 줬다. 휴대폰 화면에는 '서울 명문대 대학원생들 실험실에서 감기약으로 필로폰 제조'라는 제목의 뉴스 기사가 떠 있었다.

진짜 화이트칼라는 이런 사람들이지. 은재가 말했다. 대학원에서 실험하는 사람들. 폐공장이 아니라.

하긴, 무슨 색 칼라면 어때? 태웅이 말했다. 중고등학교 졸업하고 대학 가면 뭐라도 되겠지, 라고 생각한 게 잘못이야. 눈앞에 보이는 뻔한 길을 따르면서 도착지는 왜 뻔하지 않을 거라 여겼는지 모르겠어. 그냥 내가 잘하는 걸 해야 했는데.

태웅은 화분에 상토를 옮겨 담았다.

강도나 도둑질은 몸을 야무지게 잘 써야 하잖아? 그건 잘할 자신이 없어.

그건 있어? 너 국문과잖아? 은재가 말했다.

태웅은 씩 웃었다.

마산자유무역지역에 사회학 전공자를 필요로 하는 회사는 없는 걸로 알고 있는데?

사회학 전공자는 무슨 일이든 다 할 수 있어. 뭘 할 수 있는지 모르는 회사가 많아서 그렇지. 그래도 국문과보다는 나을걸?

그래서 잘할 수 있는 일을 직접 찾아 나선 거야. 대마가 다자라면 사 주겠다는 사람도 있어. 대마초는 자기가 만들어서 팔고.

누군데?

외국인.

외국인?

마산에 사는 외국인. 엘피 바에서 알바하다 만났어. 일종의 업무 분담이랄까.

은재는 성의 없이 턱을 끄덕이며 화분을 들어 보았다. 화분은 한 손으로 들 수 있을 만큼 가벼웠고, 상토에서는 빗물에 젖은 흙에서 날 법한 신선한 냄새가 났다.

쉽게 돈 벌고 싶으면 도박을 하는 게 낫지 않아? 은재가 말했다. 애들도 많이 하잖아? 스포츠토토 같은 거.

이게 더 쉬워. 도박처럼 확률이 낮지도 않고. 대마 씨앗 구하는 것에서부터 기르고 판매하는 방법까지 다 인터넷에 있어. 준법정신만 없으면, 돈을 벌기 위해 대마를 기르냐 마느냐를 선택하는 것은 거의 자기와의 싸움 같은 수준이야. 아침에 더 잘까 말까 같은.

대마 씨앗도 인터넷에서 구한 거야?

그 외국인이 인터넷 구매는 추적받기 쉬우니까 조금만 기다리랬어. 곧 대량으로 생길 거라고 자기한테 사라고 했어. 싸게 주겠다고. 그래서 미리 환경을 구축해 놓고 있는 거야. 바로 키울 수 있게.

겁 안 나? 마약인데?

겁나. 너무 겁나. 마찬가지로 내일을 걱정하며 매일 전전긍긍하며 사는 것도 겁나. 밤에 자려고 눈을 감았을 때는 후자가 더 겁나. 사는 게 겁나면 못 할 게 없어. 그래서 내가 유일하게, 부족하지 않게, 남들만큼 가진 걸로 배팅해야겠다는 결론을 내린 거야.

은재는 잠깐 생각했다.

허세?

태웅은 빙긋 웃었다.

시간. 시간을 배팅하는 거야.

감옥에 가는 것도 개의치 않겠다?

가능성을, 배제하지 않는다.

태웅은 웃는 인상에 서글서글한 외모를 지녔지만 허세가 좀 있었다. 성적 장학금은 늘 한 끗 차이로 놓쳤고, 자동차는 언제나 입고를 기다리는 중이었다. 한 번도 보여 준 적 없는 여자 친구들은 매력이 넘치지만 내면이 불안정했다. 또한 끼니를 주로 묵은지김치찜으로 해결하는 이유는 여러 종류의 알레르기를 지닌 예민함 때문이었다. 남을 해치지 않는 귀여운 허세들이라 태웅을 멀리하는 친구들은 없었다. 그런데 지난 여름방학 이후 동아리 방에서 태웅의 모습이 보이지 않았다. 누구도 태웅의 근황을 알지 못했다. 은재는 태웅에게 연락해 보려다가 그만뒀다. 돈 때문이겠거니 했던 것이다. 직접 보고 들은 이야기도 있었다.

은재는 아버지를 도와 매일 호텔 객실 청소를 했다. 그러다 지난 2월, 매너 없는 남녀가 간밤에 한 일로 난장판이 된 방을 치우고 있을 때, 객실 안으로 누군가 뛰어 들어왔다.

두고 간 물건을 찾으러 허겁지겁 달려온 사람은 사회학과 동기였다. 대학 휴학 후 대형 마트 애완동물 코너에서 일하는 중이던 동기는 태웅과 중학교 동창이기도 해서 몇 번 같이 어울려 논 적이 있었다.

여기서 아르바이트해? 동기가 말했다.

우리 집에서 하는 호텔이야.

아하? 금수저였네?

금수저는 객실 청소 안 해. 객실을 사용하지.

은재는 살던 집을 나와 호텔에서 지내는 처지라는 말까지 하고 싶지는 않았다. 금수저로 오해받는 게 더 낫다는 생각도 했다. 동기는 놓고 간 휴대폰 보조 배터리를 가방에 집어넣었다.

미안. 너무 더럽게 썼지? 동기가 말했다.

아냐, 주변에 더 좋은 호텔도 있는데. 고마워.

눈에 띄는 호텔은 안 돼. 애인이 유부남이야. 가전 코너 팀장.

아하?

은재가 다시 말했다.

불륜녀였네?

동기는 거리낌 없이 웃으며 은재 곁으로 다가왔다. 두 사람은 함께 호텔 창밖을 바라보았다. 푸른빛이 도는 바다는 햇살로 반짝였다. 돌섬은 잔잔한 파도 위에 편안하게 있었다. 그리고 그 주변을 하얀 요트 한 척이 선회하고 있었다.

은재는 일반 조종 1급 요트 면허가 있었다. 고등학교에 다닐 때, 아버지와 함께 땄다. 면허 시험은 필기와 실기로 나뉘었는데, 14세 이상이면 지원 가능했고, 난이도도 자동차 운전면허보다 낮았다. 아버지는 요트 계류 시설을 갖춘 호텔을 새로 짓고 싶어 했다. 통영과 부산에는 이미 그런 호텔들이 있다고 했다. 현재 상황을 생각하면 아버지의 꿈은 바다처럼 원대한 것이었다.

광남호텔이 뷰는 참 좋아. 동기가 말했다. 아버지한테 대실 좀 하라고 말씀드려. 성인용품 자판기도 들여놓고. 요즘 러브 없인 아무것도 안 돼. 대형 마트들도 코로나19 때문에 마스크랑 온라인 배송 빼고는 매출이 주니까 성인용품 같은 것도 팔아야 하는 거 아니냐고 한다니까?

은재는 잠깐 생각했다.

스포츠용품 코너에서?

아니. 애완동물 코너.

두 사람은 함께 웃었다.

맞다. 태웅이한테 연락 안 왔었어? 동기가 말했다.

태웅이?

돈 빌리려고 이리저리 연락 중인가 봐. 친구들은 태웅이 전화 받지 말자고 얘기 중이야. 한동안 연락 없던 애가 갑자기 그

러니 다들 별로였겠지. 나는 쌩까는 건 좀 그래서 전화는 받았
어. 조언을 좀 해 줬지. 돈은 치명적인 단점이 있다고, 다들 필
요로 하는데 가진 사람이 거의 없다고, 사람을 업신여기게 만
드는 재주도 있다고, 친구들까지 잃진 말라고.

은재는 동기를 가만히 바라보았다. 동기는 왜 그러느냐는
듯 눈을 껌뻑였다. 은재는 동기를 잃기 위해 말했다.

돈 좀 빌려줄 수 있어?

*

태웅은 테이블 위에 놓인 램프의 전구를 갈아 끼웠다. 은재
는 오른 손바닥으로 차양을 만들었다. 노란 전구 불빛은 태양
처럼 눈부셨다.

각자도생 사회라잖아.

태웅이 다시 말했다.

국가도 사회를 정글처럼 만들어 놓았으면 개인이 무슨 수
를 써서든 살아남게 내버려둬야지 이거 하지 마라, 저거 하지
마라, 그건 안 된다, 요건 안 된다, 이러는 건 앞뒤가 안 맞아.
그게 무슨 자유국가야? 악질 국가지. 지옥에서 착하게 살라는
꼴 아냐?

담배를 못 피우게 하겠다는 나라도 있어. 은재가 말했다.

술 판매를 금지한 나라도 있고.

태웅은 반색했다.

내가 말하려던 게 바로 그거야! 지금 나쁜 게 앞으로도 계속 나쁜 게 아니고, 그 반대도 마찬가지라는 거지. 대마를 사주겠다는 외국인이 그랬어. 물리적으로만 세상이 변하는 게 아니라고, 무언가를 바라보는 관점을 달리해도 세상이 바뀐다고. 전 세계적으로 대마초에 대해 점점 관대해지는 게 바로 그런 예라고 했어.

은재는 자신 역시 그 외국인과 같은 생각을 해 왔음을 인정하지 않을 수 없었다. 바뀌지 않는 현실에 좌절하지 않는 방법은 그것뿐이었다. 현실을 다른 관점에서 바라보는 것. 차이점이라면 자신은 주어진 현실에 적응하고 어떻게든 좋은 점을 찾으려는 수세적 입장이라면, 태웅과 그 외국인은 공세적이라는 것이었다.

어중간하게 사는 건 그만할 거야. 태웅이 말했다. 착한 것도 어중간, 나쁜 것도 어중간, 공부도 어중간, 노는 것도 어중간. 우리 그랬잖아? 그래서 지금 여기 이 자리에 있는 거 아냐?

어중간이라는 단어를 적당히로 바꿔 봐. 적당히는 나쁜 게 아니야.

나빠. 적당히는 아주 나쁜 마법의 주문 같은 거야. 잘나가는 유튜브 채널들 봐. 한 번에 음식을 10인분씩 먹고, 51시간

동안 뜬눈으로 게임하고, 세계 각국의 우범 지역을 생중계하면서 돌아다녀.

넌 11인분씩 먹고, 51시간씩 게임해.

소식주의자야. 게임엔 흥미 없고.

태웅은 잠깐 생각했다.

나랑 같이 대마를 키워 보는 건 어때? 우리 둘이 키우면 대마 질도 좋아지고, 수확량도 늘 거야. 수익이 백 단위가 아냐. 어지간히만 해도 천 단위, 억 단위야.

은재는 어깨를 으쓱했다.

무서워.

전혀 무섭지 않은 얼굴로 그렇게 말하니까 웃기네.

은재는 대마초에 대한 기억이 있었다. 그 말을 꺼낼 참이었는데, 태웅이 불쑥 폐공장 저편으로 걸어갔다. 그리고 중간쯤 멈춰 섰다. 태웅의 모습은 전등 불빛 아래 반쯤 드러났다. 태웅은 신발 끝으로 바닥에 선을 그었다.

이게 넘지 말아야 할 선이야. 행복은 이 선 너머에 있어. 행복은 이 선 앞에 있지 뒤에는 없어. 그게 현실이고, 진실이야. 이 선 뒤에는 지금처럼 고달프기만 한 삶만 있어. 밤에는 내일 아침을 걱정하고, 이번 주엔 다음 주, 다음 주엔 다음 달을 걱정하는 삶 말이야. 합법적인 방법으로는 선을 못 넘어. 나는 이 선을 넘을 생각이야, 이렇게.

태웅은 선 너머로 오른발을 내밀었다가 공중에서 멈춰 세웠다. 그리고 은재를 돌아보았다.

넌 지금보다 나아질 거라는 희망이 있어? 희망이 보여?

잘 안 보이지. 은재가 말했다. 그게 눈에 보이는 건지도 모르겠고.

난 정말 안 보여. 그렇게 느끼고 매일 실감해. 삶에서 이거보다 큰 사고는 없어. 미래가 너무 뻔해. 매달 벌어서 매달 다 쓸 수밖에 없는 삶을 살다가, 더 이상 일을 하지 못하는 삶에 도달하게 될 거야. 그다음은 빚으로 연명하고 버티는 삶, 마지막은 빚마저 낼 수 없는 삶일 거고. 그러다 가족 중 누가 아프기라도 하면 진짜 감당할 수 없는 삶에 진입하는 거야. 내가 그 초입에 들어섰어. 국가에서 허락하고, 오냐오냐 해 주는 것만으로는 답이 없어. 계속 이렇게 살다간 마른 나무뿌리처럼 시들고 쪼그라들 거야.

태웅은 은재의 표정을 읽으려 했다. 웃음도 슬픔도 안타까움도 평정심도 읽을 수 없는 무맛의 얼굴. 그때, 은재는 이런 생각을 하고 있었다.

삶에는 변수라는 게 있지 않을까? 그래서 미래가 어떻게 될지는 아무도 모르는 거 아닐까? 똑똑한 사람들이 겸손하고 성실하게 사는 건 그 때문이지 않을까? 그런데 겸손하고 성실하게 사는 것이 정말 삶의 변수가 될 수 있을까? 그것 외에 또 다른 변수가 있다 해도 그것이 나를 찾아올까? 어쩌면 지금이 바로 그때는 아닐까?

은재는 한숨을 내쉬며 창가로 고개를 돌렸다. 창문 너머로 담배 연기 같은 것이 희미하게 떠돌았고, 그 연기 사이로 파도 위의 달빛처럼 은은하게 반짝이는 사람의 눈빛이 보였다. 한 사람이 아니었다. 둘이었다. 은재는 자신도 모르게 뒤로 물러섰다. 태웅이 은재의 어깨에 손을 올렸다.

괜찮아.

아는 사람들이야? 은재가 말했다.

태웅은 자이와 카빈두를 향해 손을 흔들었다. 그리고 씩 웃으며 말했다.

훌륭한 소비자들.

*

호텔 옆방에서 아버지가 훌쩍이는 소리가 들려왔다. 자신을 자책하고 또 자책하는 울음소리. 은재는 602호 침대 위에서 601호와 맞닿은 벽에 귀를 좀 더 밀착시켰다.

은재는 아버지가 울고, 자책도 한다는 것을 최근에야 알았다. 은재는 아버지가 우는 모습을 언니 은수에게 설명할 방법이 없었다. 그건 겪어 본 적 없는 재난 같은 것이었다. 과거, 아버지는 슬프고 화나는 일이 생기면 울거나 욕을 하는 대신 밖으로 나가 (은재와 은수를 데리고 가기도 했다.) 지갑에 들어 있던 돈을 남김없이 다 쓰고 왔다. 그거면 됐다. 아버지의 지갑은 화가 난 복어처럼 늘 두툼해서 반으로 잘 접히지도 않았다. (지금은 광어처럼 납작했다.) 꼭 돈 때문은 아니겠지만, 은재는 아버지가 달라졌다고 생각했다. 킹사이즈 침대에 대자로 누워 숨이 넘어갈 듯 코를 골던 아버지는 세상의 흐름에 전적으로 거부당한 사람처럼 침대 모퉁이에서 몸을 웅크리고 잤다.

은재는 커튼을 걷고 창문을 열었다. 마산 앞바다 주변으로 밤의 한숨 같은 해무가 짙게 깔려 있었다. 그 때문에 서쪽의 부두와 연륙교가 설치된 인공섬*, 그리고 인공섬 오른편의 돝섬은 구름 위에 지어 올린 무허가 건축물처럼 부실해 보였다.

각종 위락 시설과 문화시설이 들어설 것이라는 인공섬은 재원을 비롯한 여러 가지 문제로 몇 년째 바다 위의 황무지로 남아 있었고, 돝섬은 새카만 머리카락을 파마한 거인이 바다 위로 머리만 내밀고 있는 것처럼 짙은 나무만 무성했다. 유일하게 빛나는 것은 돝섬 정상에 설치된 청동 조각이었다. 달빛

---

* 축구장 90개 크기로 국내에서 규모가 가장 큰 인공섬이다. 마산만 바다 공사 과정에서 나온 준설토로 만든 것인데, 서울의 청계천처럼 휴식, 관광, 여가 등을 즐길 수 있는 해양 신도시 건설을 목표로 하고 있다.

이 내려앉은 청동 조각은 산 중턱에 위치한 인가처럼 반짝였다. 은행 소유가 된 집을 떠나 호텔로 세간을 옮긴 날 밤, 아버지는 청동 조각을 바라보며 말했다. 저 빛이 자신에게 위로를 건네는 것 같다고. 그러나 피가 흐르지 않는 존재로부터 얻은 위로는 시효가 짧은 마약 같은 것이어서 아버지는 그 불빛을 두고두고 바라봐야 했다.

은재는 고개를 돌려 601호와 맞닿은 벽을 바라보았다. 울음소리가 더 이상 들려오지 않았다. 그때, 휴대폰으로 문자가 왔다. 아버지였다.

은행에서 연락 왔어. 3개월 정도 시간을 줄 수도 있다는 것 같아. 3개월 동안 대출이자와 원금을 갚으면 6개월의 여유를 더 주고, 그사이 연체가 없으면 또 6개월을 지켜보겠다고 했어.

잘되었네.

아버지는 대꾸하지 않았다. 잘된 일이 아니게 될 가능성을 생각하고 있기 때문인 듯했다. 사실, 은행이 내건 3개월은 여유가 아니라 시한이라는 것이 더 정확했다. 은행은 돈을 유통하는 곳이 아니었다. 시간을 찍어 내는 곳이었다. 그리고 실제 필요한 것도 시간이었다. 시간만 있으면, 그리고 팬데믹이 지나가면 폭풍이 왔을 때의 파도처럼 광남호텔에 러브가 몰아치게 만드는 방법을 찾을지도 몰랐다.

아버지가 다시 문자를 보냈다.

은행에 제출할 서류를 준비해야 해. 다 모으면 국어사전만큼 두꺼울 거 같아. 내일 506호 청소 좀 부탁해. 나머진 공실이었어.

알았어.

다음 주쯤 돝섬에 놀러 갈까?

은재는 잠깐 생각했다.

봐서.

호텔 공사가 한창 진행 중일 때, (지하 2층, 지상 10층 규모에 객실 수는 90개였다.) 은재는 가족과 함께 돝섬을 방문했다. 마산항에서 1.5킬로미터쯤 떨어진 해상에 위치한 33,800평 규모의 돝섬은 1982년 문을 연 국내 최초의 해상 유원지였다. 각종 놀이기구와 상설 서커스단, 야외 수영장, 해안 산책로가 있었고, 국내 처음으로 북극곰 새끼인 통키*가 태어난 동물원도 운영했다. 마산항 관광 유람선 터미널에서 (과거에는 돝섬 유람선 터미널이었다.) 돝섬으로 출발한 여객선은 30분 간격으로 운영되며 한때는 연간 100만 명이 넘는 사람들을 실어 날랐다.

---

* 1990년대에 유행했던 애니메이션 「피구왕 통키」에서 이름을 땄다. 몇 년 후 돝섬유원지의 사정이 어려워지자 통키는 마산을 떠나 용인의 한 놀이공원에서 여생을 보냈다.

그날, 가족들과 함께 둘레길을 따라 올라간 돝섬 정상에는 「가고파」시비와 청동 조각이 우뚝 솟아 있었다.

88 서울올림픽대회를 기념해서 만든 거야.

아버지가 청동 조각을 가리키며 다시 말했다.

이게 포크랑 숟가락 합쳐 놓은 것 같아도 아주 대단한 사람이 만들었어. 문신*이라고 들어 봤지? 마산이 낳은 세계적인 조각가.

은재와 은수는 꺄르르 웃었다. 작가 이름이 웃겼고, 청동 조각은 정말 포크와 숟가락을 합쳐 놓은 것처럼 보였기 때문이다.

돝섬과 이 조각이 우리 호텔 보증수표야. 우리 다 같이 절이라도 할까? 아버지가 말했다.

이름 바꾸면 안 돼? 촌스러워. 은수가 말했다.

광남. 남쪽에서 빛나리라. 근사하지 않아?

아버지는 마산이 쇠락 중인 산업도시라는 이미지에서 탈피해 아름다운 관광도시로 거듭날 수 있으리라 여겼다. 위기 속 기회처럼, 1997년 IMF 외환 위기로 문을 닫는 공장이 급격

---

* 1947년 마산에서 태어난 문신은 일본에서 미술을 공부한 후, 파리를 포함한 유럽에서 활동하다 1980년 마산에 정착했다. 마산 앞바다가 내려다보이는 추산동 언덕에 문신미술관이 있다.

히 늘어나자 죽음의 바다로 불린 마산 앞바다가 차츰 맑아지기 시작했다. 수질 악화로 폐쇄된 광암해수욕장이 16여 년 만에 재개장했고, 깨끗한 곳에서만 자라는 해조류 잘피도 30년 만에 발견됐다. 아버지의 예상대로 마산의 자연은 되살아나고 있었다. 아버지는 이를 마치 광남호텔을 다시 방문한 단체 관광객이라도 되는 것처럼 환하게 반겼다.

내가 말했지? 돝섬까지 헤엄쳐 가던 날이 돌아올 거라고?

아버지의 예상은 절반만 맞았다. 잘피는 돌아왔어도 1997년 외환 위기, 2008년 금융 위기, 그리고 중공업과 3차산업 중심의 산업구조 변동으로 마산을 떠날 수밖에 없었던 사람과 회사 들은 다시 돌아오지 않았다. 유원지 개장 전인 1974년과 개장 후인 1999년 원인 모를 화재가 나기도 했던 돝섬은 IMF 외환 위기 이후 경영에 점점 어려움을 겪으며 대부분의 지방 도시에 하나쯤은 있는 낙후된 놀이공원처럼 휴장과 폐쇄를 거듭하다가 지금은 시에서 관리하는 조각 공원이 됐다. 마산을 찾는 외부 관광객은 조금씩 늘어났지만 체감할 만큼은 아니었다. 아버지는 집을 담보로 또 대출을 받아 광남호텔에 쏟아부었다. 그러다 광남호텔은 예상치 못한 방문객을 맞이해야 했다. 지독하게 진상인 손님, 팬데믹. 이를 슬기롭게 헤쳐 나갈 방법을 아는 개인은 드물었다. 마산을 방문한 대통령들의 숙소로도 이용되었던, 마산에서 가장 유서 깊은 호텔마저 위기를 넘기지 못하고 문을 닫았다. 광남호텔 역시 숨이 끊어지기 직전까지 몰렸다. 은재는 생각했다. 현재까지의 상황만 보면, 돌섬은 자기 가족에게 부도난 수표에 다름없다고, 달빛 아래서 반짝이는 문신의 조각은 아버지의 상처 받은 마음을 위무하는 빛이 아니라 난파 중인 광남호텔과 마산의 구조 신호에 불과하다고.

폐공장에서 헤어지기 전, 태웅은 은재에게 말했다. 마냥 착하게 사는 건 이제 안 할 거라고, 혹시 감방을 가더라도 면회는 안 와도 된다고, 같이 가면 덜 외롭긴 할 거라고. 그때, 은재는 어깨만 으쓱하고 말았다. 그러나 호텔 창문 너머에서 반짝이던 문신의 청동 조각조차 뿌연 안개에 가려 더 이상 보이지 않게 되자 은재는 태웅의 제안에 자신도 모르게 눈이 쏠렸다.

한번 해 볼까?

이런 은재의 고민과 갈등은 다음 날 점심 무렵, 객실 청소를 하기 위해 506호 문을 열었을 때 스르륵 종료됐다.

*

506호는 태풍이 한차례 지나간 듯했다. 침대 주변 바닥에는 국화주 빈 병 다섯 개, 말라붙은 광어회 몇 점이 나뒹굴었고, 시트와 이불에는 형형색색의 음식물 찌꺼기가 묻어 있었다. 그리고 마른 풀을 태운 것 같기도 하고, 젖은 모기향을 피운 것 같기도 한 냄새가 객실 안을 떠돌았다. 은재는 아찔하게 코를 파고드는 이 냄새를 이전에도 맡은 적이 있었다.

은재는 창문을 열고 환기를 시켰다. 그리고 갈변한 고수 잎이 달라붙어 있는 광어회 한 점을 손가락으로 집어 들며 생각했다. 동남아발 태풍이었나?

그때, 휴대폰으로 전화가 왔다. 언니 은수였다. 은재는 무선 이어폰을 끼고 전화를 받았다.

또 객실 청소해? 은수가 말했다.

그렇지 뭐.

제발 너만 생각해. 가족 생각 말고. 나는 나만 생각하잖아. 엄마, 아빠는 자기 인생 살았어. 우린 우리 인생 살면 돼.

나도 나만 생각해. 호텔이라도 물려받아야지.

헛소리. 그래, 네가 다 가져.

중학교 때 미국 샌프란시스코로 유학을 간 은수는 집에서 지원이 끊기자 고등학교 졸업 후 한국으로 돌아오지 않고 LA로 넘어갔다. 은수는 그곳 LA 자바 마켓*에서 멕시코인들

---

* 1980년대 초반까지 유대계 미국인이 상권을 장악하고 있었으나, 1980년 중반 이후 한국인 이민자들이 늘어나면서 현재는 2500여 개 이상의 점포 중 80퍼센트 이상을 한인 업주가 운영 중이다.

을 대상으로 옷 파는 일을 하며 커뮤니티 칼리지를 다녔다. 지금은 해산물 레스토랑에서 파트타임으로 일하며 취업 준비를 한다. 은수는 한국으로 돌아올 생각을 버린 채 미국 국적을 가진 남자를 만나고 다녔다.

견학 간 회사들은 어땠어? 은수가 말했다.

다른 곳도 좀 더 알아보려고.

은재는 광어 한 점을 쓰레기통에 던져 넣었다.

객실에서 이상한 냄새가 나.

냄새? 뻔하지 뭐. 정액 냄새 아냐?

그 냄새가 아냐.

잠시 후, 은재가 다시 말했다.

이거 캐나다에 있을 때 자주 맡던 냄새야.

캐나다?

weed.

weed? 대마초?

은재는 대학교 1학년을 마친 후 캐나다 밴쿠버의 한 어학원으로 연수를 갔다. 호텔이 벼랑 끝에 몰린 상황이었지만 아버지는 은재에게 그 사실을 숨겼다. 아버지는 그런 사람이었고, 은재가 근심 없이 웃고 놀던 날들은 그때가 마지막이었다.

각국에서 온 유학생들은 틈이 나면 이곳저곳으로 함께 여행을 갔다. 은재가 처음 따라나선 곳은 앨버타에 있는 한 스키장이었다. 스키와 보드를 타고 돌아와 숙소에서 다 같이 술을 마실 때, 일행 중 누군가가 대마초를 아무렇지 않게 꺼내 놓았고, 유학생들은 아무렇지 않게 대마초를 돌려 가며 피웠다. 은재를 제외하고. 다들 나른하게 취한 모습으로 낄낄거렸고, 모두 아는 노래를 함께 불렀다. 그들에게 대마초를 피우는 일은 금주법이 있던 시절에 술을 마시는 것과 다름없어 보였다. 법은 어겼지만 죄책감 따위는 별로 없는. 대마초를 칭하는 이름도 제각각이었다. weed, pot, grass, crack. 마치 동네 친구 이름을 부르는 듯했다. 그때, 경제학과 생명과학을 복수전공 중인 멕시코 출신 여학생이 말했다. 멕시코는 세계 최대 규모의 대마초 산지라고, 가난한 사람들이 소규모로 대마를 키우기도 한다고, 멕시코는 현재 기호용 대마초에 대한 합법화를 준비 중이라고, 관련 일자리 창출과 세수 확보가 목적이라고, 점점 벌어지는 소득 격차를 해결하기 위한 국가적 해법 중 하나라고, 이를 추진하는 국가가 늘어나는 건 시간문제일 뿐이라고, 소득 양극화를 해결하기 위한 복지제도와 분배정책이 기득권의 더 큰 저항에 부딪히기 때문이라고.* 그 누구도 여학생의

* 2021년 6월, 멕시코 대법원은 기호용 대마초 소비와 가정 재배를 금지한 일반보건법 조항에 대해 위헌 판결을 내렸다. 멕시코 이외에도 미국, 캐나다, 독일을 비롯해 40개 이상의 국가가 의료 및 성인용으로 대마초를 부분적 또는 전적으로 합법화했다.

말에 토를 달지 않았다. 은재에게 그날은 혼자 멀쩡했지만 오히려 바보가 된 것 같은 기분과 다 같이 부른 비틀스의 「렛 잇 비(Let It Be)」, 그리고 쑥을 태우는 듯한 대마초 냄새로 기억됐다.

진짜 대마초 냄새라고? 촌놈들이 그런 것도 해?

은수가 다시 말했다.

뭐, 담배나 술만큼만 나쁜 거니까. 레스토랑에서 조금만 벗어나도 온통 그 냄새야. 캘리포니아주는 마리화나가 합법이거든. 나도 가끔 해. 한국은 어떤 건 너무 느려 터졌어. 인터넷만 빨라.

은재는 이유 없이 두근거리는 마음을 억누르며 침대 커버를 벗겨 냈다. 그러다 매트리스와 침대 프레임 사이에는 있는 무언가를 발견했다. 은재는 그것을 조심스럽게 끄집어냈다.

흔히 볼 수 있는 위생백이었다. 은재는 위생백을 들고 창가로 다가갔다. 환한 햇살 아래 드러난 위생백 안에는 작물 씨앗이 가득 담겨 있었다. 마치 해안가의 모래알 같았다.

거대한 배가 기적 소리를 울리며 출항에 나섰다. 배는 파도를 가르며 돌섬을 지나 수평선 너머의 어딘가를 향해 유유히 흘러갔다. 은재는 이를 바라보며 자신도 모르게 흥얼거렸다.

렛 잇 비, 렛 잇 비, 렛 잇 비, 렛 잇 비.

2부

술과 꽃의 도시

준구
1999년

경남대학교 앞에 위치한 칵테일 바 '비틀스'에 가즈가 찾아온 날은 겨울비가 처음 내린 지난해 11월 중순쯤이었다. 비에 젖은 몸으로 한쪽 바퀴가 달아난 캐리어를 끌며 바 안으로 들어온 가즈는 곰팡이 핀 침대에서 잠을 자다 갑자기 끌려 나온 사람처럼 꾀죄죄한 모습이었고, 예상보다 춥고 우악스러운 마산 날씨에 놀란 듯한 표정을 하고 있었다. 그런 가즈를 보며 경표는 무슨 일로 왔느냐고 물었다. 비틀스 개업 후 외국인 손님은 처음이었기 때문이다.

가즈는 비틀스 내부를 비스듬히 살폈다. 오후 무렵이라 손님은 없었다. 입구 왼편에는 계산대와 바 테이블, 오른편에는 사각 테이블 여섯 개가 있었고, 바 테이블 천장에는 축구 경기를 중계 중인 티브이가, 오른쪽 벽 중앙에는 다트 판이, 그 옆 장식장에는 유선전화기와 필름 카메라 몇 개가 소품처럼 놓여 있었다. 안쪽 창가 앞에는 통기타와 앰프, 스피커를 갖춘 조그만 라이브 무대가 있었는데, 어젯밤에도 누군가 연주를 한 듯 무대 바닥에 놓인 재떨이에 갈변하지 않은 꽁초가 쌓여 있었다.

옛날 사진기가 많네? 가즈가 말했다.

우리 아버지가 쓰던 거였어. 경표가 말했다.

전화기도?

그것도.

가즈는 턱을 내민 채 느릿느릿 끄덕였다.

아이리시 카 밤 있어?

있지.

그럼 그걸로.

가즈는 경표가 잔을 닦고 있던 바 테이블에 앉았다. 경표는 위스키에 아일랜드산 흑맥주, 크림 리큐어가 들어간 아이리시 카 밤을 만드는 동안 비틀스의 이력을 들려주었다. 비틀스가 문을 열기 전, 이곳에는 아버지가 장사가 안 되던 사진관을 접고 시작한 커피숍 '커플'이 있었다고, 중고등학생들이 테이블마다 설치된 유선전화기를 붙잡고 있는 곳이었다고, 커피숍은 한동안 어리고 젊은 사람들로 넘쳐 났다고, 그런데 얼마 후 사람들의 손에 휴대폰이 빠르게 쥐어지기 시작하며 유선전화기가 설치된 커피숍 역시 유물이 되어 버린 사진관처럼 변해 갔다고, 아버지는 세상의 변화에 또 한번 어리둥절할 수밖에 없었다고, 이번엔 몸까지 아팠다고, 아버지가 병환으로 더 이상 일을 할 수 없게 되자 자신은 망설임 없이 칵테일 바로 업종을 변경했다고, 세상이 아무리 바뀌어도 술과 유흥을 즐기는 사람들은 사라지지 않으리라 생각했다고, 그렇게 사진관과 커피숍은 비틀스의 내부 장식으로만 남았다고.

경표가 말을 마치자 가즈는 휘파람을 불었다.

말을 잘하네. 쓸데없이 많기도 하고. 훌륭한 바텐더가 될 자질이 보여.

경표는 씩 웃었다.

이미 훌륭해.

경표는 위스키를 평소보다 조금 더 넣은 아이리시 카 밤을 가즈에게 내밀었다. 가즈는 한 모금 들이켜더니 흡족한 표정으로 웃었다. 그리고 별거 아닌 일에도 열을 내며 말하는 이웃집 할아버지처럼 빠르게 주절거리기 시작했다. 30분 전쯤 마산에 도착했는데 길을 잃고 헤매다 비틀스 간판을 보고 무작정 들어왔다고, 펍이 빌딩 같은 건물 2층에 있어 신기하다고, 4층, 5층에 영어학원이 있어 더 놀랍다고, (8층 규모의 복합 상가였다.) 영국 캔터베리 출신 머저리지만 영어학원 강사 자리를 구하고 있다고, infomation과 advice가 필요하다고.

　이름이 뭐야? 경표가 말했다.

　친구들은 가즈라고 불러.

　가즈, 웰컴 투 코리아!

*

　가즈는 경표가 소개해 준 영어학원에 취업했다. 그리고 비틀스의 가장 유명한 단골 두 명 중 한 명이 됐다. 가즈는 이래저래 알게 된 외국인 강사들과 마산과 창원에서 유학 중인 외국인들을 비틀스에 줄기차게 데리고 왔다. 경표 입장에선 호재였다. 외국인들이 즐겨 찾는 바라는 입소문이 나면서 한국인 대학생 손님들도 늘어났기 때문이다.

　비틀스의 또 다른 유명 단골 역시 가즈가 데리고 온 사람이었다. 미국 샌안토니오 출신이자 매일 기차에 깔리기라도 하는 것처럼 얼굴이 점점 납작해졌던 빌리. 빌리 역시 영어 강사였고, 영어학원에서 마련해 준 원룸에서 가즈와 함께 살았다.

　1970년대에 주한미군으로 복무한 아버지를 둔 빌리는 자기 아버지가 한국에 대마초를 보급한 선구자라고 떠벌리고 다녔다. 당시 대마초가 미군부대가 있는 곳을 중심으로 퍼져 나간 사실을 고려하면 빌리의 말이 아주 엉뚱한 것은 아니었다.

그러나 1970년대 초반 무렵 이미 대마초는 시골 노인들이 제법 애용하는 기호식품 중 하나였고, 1975년 마리화나(대마초) 파동*이 있기 전에는 유흥가와 일부 대학가 주변에서 한국산 대마 잎으로 만든, 일명 해피스모크를 어렵지 않게 구할 수 있었다. 물론, 빌리는 이런 사연을 들려줘도 계속 억지를 부렸다.

경표는 빌리를 록 갱(Rock Gang)이라 불렀다. 화가 나면 들고 다니던 전자기타를 마구 휘둘렀기 때문이다. 외부 화장실 문도 샌드백처럼 두들겨 박살 냈다. 빌리는 모두가 자기 발아래라는 듯 거칠 것이 없었다. 빌리를 비틀스에 데리고 온 사람은 가즈였지만, 지금은 빌리가 뭐든 주도했다. 준구가 전조등이 깨진 자동차처럼 어두운 표정으로 비틀스에 들어섰을 때, 손님 모두가 들을 수 있을 만큼 큰 소리로 인사한 사람 역시 빌리였다.

엄마 지갑에 손댔다가 들켰어? 빌리가 말했다.

바에는 빌리와 가즈 일행을 (남자 넷에 여자 둘이었다.) 포함해 테이블마다 서너 명의 손님이 있었다. 빌리는 우쭐거리는 표정으로 사람들을 둘러보며 준구에게 다시 농을 걸었다.

***

* 1975년 12월, 50명이 넘는 가수·연주자·작곡가들이 마리화나 흡연 혐의로 경찰에 붙잡힌 사건. 1975년 2월 유신헌법 찬반 국민투표, 4월 인민혁명당 관련자들에 대한 사형 집행, 5월 긴급조치 9호 발동 같은 시국 사건을 덮기 위한 수사라는 비판을 받았다.

엄마한테 엉덩이를 걷어차인 거지? 그지?

빌리의 농담은 성공적이었다. 손님들은 맥주잔을 부딪쳐가며 낄낄거렸다. 가즈 일행 중 한 명만 제외하고. 비틀스를 찾는 외국인 영어 강사들은 대부분 서양인들이었다. 자국에서 시정잡배처럼 살던 이들도 영어를 할 줄 알면 학원에서 모셔가기 바쁜 시절이었다. IMF 외환 위기로 폭락한 원화 가치는 그런 외국인들의 한국행 골드러시 티켓이나 다름없었고, 한국은 세계를 향해 앞문과 뒷문을 연 것도 모자라 쪽문과 개구멍까지 열었다. 그러나 무료한 표정으로 준구를 바라보던 여자는 금발로 염색한 아시아인처럼 보였다.

준구는 빌리의 말에 반박할 기운도 없다는 듯 바 테이블로 향했다. 가즈는 평소와 다른 준구의 반응을 놓치지 않았다.

어이. 가즈가 말했다.

준구가 고개를 돌리자 가즈가 다시 말했다.

나는 아버지 지갑을 훔치다 들켜서 돼지가죽 벨트로 채찍질을 당했어. 말 안 듣는 소처럼.

준구가 피식 웃자 가즈는 헤헤거렸다. 가즈는 눈치가 빨랐고, 어떤 것이 자기에게 이익이 되는지 본능적으로 알아챘다. 다른 외국인 강사들과 달리 한국말을 배우는 것에도 적극적이었고, 두려움과 주저함 없이 한국말을 내뱉었다.

돼지가죽 벨트로 소처럼 맞은 날, 내가 어떻게 울었는지 알아?

가즈가 다시 말했다.

멍멍!

새벽 1시 무렵, 바에는 가즈 일행과 준구만 남았다. 경표는 바 테이블을 행주로 닦으며 마감을 준비했다.

어 실장 찾아가. 자동차값이라도 주면서 사정해.

어 실장이 가져간 게 아니면? 준구가 말했다.

그랬을걸? 명길이 아저씨 차도 가져갔잖아?

돌려줄까? 빚이 그거 몇십 배인데?

그 양반, 아주 망나니는 아냐. 안 돌려주면 어쩔 수 없고. 그럼 포기하는 거지.

포기 못 해, 절대. 그게 어떻게 산 차인데.

방법은 하나밖에 없네. 훔치는 거.

훔치라고?

정확히 말하면 훔치는 게 아니라 원래의 자리로 돌려놓는 거지.

준구는 잠깐 생각했다.

법대로 하면 옮겨진 자리가 옳은 자리 아냐?

경표는 더 깊게 생각하기 귀찮다는 표정이었다.

비틀스에서 알바 좀 하게 해 줘. 자동차값 벌게. 준구가 말했다.

지난번에 얘기했잖아. 우리가 함께 달리는 건 좋은데, 앞으로 달려야지 어깨동무한 채로 뒤로 달려가면 되겠냐? 월영에 찾아가 봐. 찰스한테 전화해 둘게.

시급이 얼만데?

시급보다 더 중요한 게 있어.

뭐?

어 실장이 거기 단골손님이야.

그때, 형우가 바 안으로 들어왔다. 경표와 준구의 고등학교 동창이자 대학 동기. 형우 역시 안 좋은 일이 있었던지 얼굴에 짜증이 잔뜩 서려 있었다. 만취한 빌리는 형우에게도 농을 걸려 했다.

닥쳐, 록 갱. 형우가 말했다.

빌리는 닥칠 생각이 없었지만 갑자기 무언가가 목 끝까지 차오른 듯 손으로 입을 틀어막으며 바 외부에 있는 화장실로 달려갔다. 형우는 혀를 차며 준구 옆에 앉았다. 그리고 손에 들고 있던 두꺼운 영어 사전을 테이블을 위로 던지며 피식 웃었다.

전자 영어 사전 도둑맞았어. 잠깐 담배 피우러 나간 사이에.

웃음이 나? 10만 원은 넘게 줬을 텐데. 경표가 말했다.

안 웃기냐? 토익이라는 걸 처음으로 공부해 보겠다고 도서관에 갔다가 10분 만에 전자 사전을 잃어버렸는데?

10분 공부하고 담배 피우러 간 거야?

10분은 했잖아.

형우가 다시 말했다.

옆에 앉았던 놈들도 너무 무심해. 뻔히 보였을 텐데. 더 웃긴 일도 있어. 10시가 넘었는데 도서관 열람실이 애들로 바글바글하다는 거야, 토익 공부한다고. 왜 안 하던 짓들을 하지? 나처럼?

놀 거 다 놀아도 되던 시절은 지나갔다는 거지. 경표가 말했다.

지방 대학을 나와도 불러 주는 서울 쪽의 대기업들이, 괜찮은 직장이라 부를 만한 지역 기업들이 여전히 존재하던 시절이었다. 그래서 서울에 위치한 대학에 갈 수 있는 성적인데도 지방 국립대나 장학금을 받고 지역 사립대에 입학하는 학생들이 제법 많았다. 준구도 그랬다. 지방대생의 향학열은 뒷북 치는 일이기도 했지만 결과는 꼭 그렇지 않았다.

액땜했다고 쳐. 경표가 말했다.

형우는 슬쩍 웃으며 손에 잡히는 대로 영어 사전을 펼쳤다.

종이 사전이 좋은 점도 있어. 전자 영어 사전은 모르는 단어만 찾아서 보는데 이건 관심도 없던 단어도 알게 해 주더라고.

형우는 펼쳐진 페이지에서 눈에 띈 단어를 읊었다.

frustration. 무슨 뜻인지 알아?

경표와 준구가 입을 떼려는데 뒤편의 누군가가 먼저 답을 했다.

좌절, 불만.

세 사람은 소리가 들려온 곳으로 고개를 돌렸다. 금발로 염색한 여자가 바 테이블로 다가오고 있었다. 여자는 테이블에 몸을 기댄 채 준구를 딱하다는 표정으로 바라보며 온전히 혀를 굴려 말했다.

frustration. ok?

여자는 경표를 바라보며 말을 이었다.

버드와이저, 냉장고에 안 넣은 걸로.

여자는 경표가 건넨 버드와이저를 들고 라이브 무대로 향했다. 그리고 통기타를 들고 연주석에 앉았다.

한국 애야? 형우가 말했다.

한국 이름은 진희. 영어 이름은 레나. 우리랑 동갑이야. 레나라고 불러야 해. 진희라고 부르면 쳐다보지도 않아.

경표는 준구를 바라보며 말을 이었다.

쟤 기억 안 나? 우리랑 같은 초등학교 나왔어. 전교 부회장.

준구는 잠깐 생각했다.

외계인?

초등학교 5학년 때, 다들 지켜보는 교실 뒤편에서 준구와 같은 반인 남학생에게 당차게 구애했던 옆옆 반 여학생이 있었다. 그러나 남학생은 단호하게 거절했다. 싫어. 여학생은 씩씩거리며 영어로 repeat again이라고 말했다. (영어를 배우는 국민학생들이 조금씩 늘어나기 시작하던 때였다.) 답은 똑같았다. 싫어. 여학생은 낮은 목소리로 again이라고만 말했다. 남학생은 주저하지 않았다. 싫다고. 그러자 여학생은 자기 실내화를 벗어 남학생에게 집어 던졌다. 그날 이후 여학생의 별명은 외계인이 됐다. 그 광경을 멀리서 지켜보던 학생 중 하나가 again을 외계인으로 알아듣고, 그 여학생 이야기가 나올 때면 계속 외계인, 외계인이라고 중얼거렸기 때문이다. 그 사건 이후, 외계인, 그러니까 전교 부회장에 당선된 레나는 전교 회장과 손을 잡고 교내를 돌아다녔다.

준구는 레나가 가성이 불가능한 목소리를 가진 것이 아닐까 진지하게 의심했다. 레나는 「왓츠 업(What's Up)」을 연주했는데, 기타 실력은 괜찮았지만 노래는 엉망이었다. 가즈 일행은 스피커를 부숴 버리고 싶어 했고, 형우와 준구는 벌어진 입을 다물지 못했다.

얼굴색 하나 안 바뀌는 거 봐. 형우가 말했다. 저게 정신 나간 애들 특징이지 않냐?

마산에서 두 번째로 큰 안경점 딸이었어.

안경점? 어디 있던 거?

중앙극장 맞은편. 제일 큰 안경점은 연흥극장 앞에 있었고. 수습생까지 해서 직원이 한 여섯 명쯤 됐나?

경표는 목소리를 낮췄다.

미국 유학 갔다가 외환 위기 때문에 다시 들어왔어. 영문학 과였다는데, 지금은 가즈랑 같은 학원에서 영어 강사로 일해. 안경점 사장님이랑 우리 아버지가 친구 사이였는데, 특허받은 안경테 수출하신다고 공장 짓고 무역상사도 차렸다가 순식간에 고난과 역경이 빡! 준구 집이랑 똑같아.

여긴 망한 집구석 자식들만 오는 곳인가 보네.

형우는 히죽 웃었다.

입구에 붙여 놔. 집구석 안 망한 사람들은 출입 금지라고.

준구는 저 스스로 테이블에 머리를 쿵 하고 찍었다.

준구, 자동차 도둑맞았어. 경표가 말했다.

형우는 준구의 뒤통수를 가볍게 내리쳤다. 그리고 고개를 저으며 라이브 무대를 바라보았다.

어딜 가나 도둑놈들 천지네.

레나가 다른 기타 코드를 잡기 시작했다. 가즈 일행 중 하나가 소리쳤다.

Turn off the fucking mic!

레나가 다시 노래를 시작했다. 이번에는 스틸하트의 「쉬즈 곤(She's Gone)」이었다. 레나가 첫 소절을 부르자 형우는 웃음

130

을 참지 못했다. 그리고 뭔가 좋은 생각이 떠올랐다는 듯 경표에게 말했다.

Steel, heart! 바 출입문에 내가 말해 주는 대로 써서 붙여놔. 뭐라도 절도 당한 멍청이들 20퍼센트 할인. 누군가에게 마음을 빼앗긴 사람도 가능!

경표는 낄낄 웃다가 갑자기 표정이 어두워졌다. 화장실로 달려간 빌리가 여전히 돌아오지 않고 있다는 것을 발견했기 때문이다. 경표는 가즈를 향해 소리쳤다.

록 갱, 또 사고 치고 있는 거 아냐?

가즈는 어깨를 으쓱했다. 그러나 가즈는 빌리가 술에 취하면 비틀스 외부 화장실에서 (2층 출입구 옆에 있었다.) 대마초를 피운다는 것을 알고 있었다. 레나 역시 그 사실을 알았지만, 티 내지 않았다.

화장실 문 또 부쉈으면 한 달간 비틀스 출입 금지야. 경표가 말했다. 가즈 너도 같이.

동미
1974년

초록색 대문에는 立春大吉(입춘대길), 建陽多慶(건양다경)이라 적힌 각각의 종이가 여덟 팔(八)자 모양으로 붙어 있었다. 대문 왼쪽 위에는 빨간색으로 개 조심이라고 적힌 나무패가 매달려 있었는데, 그건 더 이상 필요 없었다. 해피는 작년 복날, 무학산 서원곡으로 끌려간 이후 집으로 돌아오지 못했다. 사나운 개 대신 조심해야 할 사람은 몇 있었다. 술 먹으면 악당이 되는 사람과 술 먹으면 천하의 악당이 되는 사람, 마지막으로 언제나 악당인 사람.

동미는 집으로 향하는 동안 두려운 마음을 계속 다졌다. 그러나 집 대문 앞에 도착하자 모든 게 헛수고였다. 동미는 눈과 귀에 신경을 집중한 채 집 안 분위기를 파악하려 애썼다. 골목길과 면해 있는 부엌과 자기 방의 불은 꺼져 있었고, 그사이에 위치한 큰방은 불이 커져 있었다.

동미는 큰방 창가 아래로 다가갔다. 숟가락과 젓가락이 스테인리스 그릇에 부딪히는 소리가 간간이 들려왔다. 평소보다 늦은 저녁이었다. 집 안이 조용한 경우는 밥을 막 먹기 시작했을 때가 거의 유일했다. 시간이 조금만 흘러도 분노로 들끓는 목소리와 밥상 엎어지는 소리가 수시로 났다. 동미는 조금 더 기다렸다 들어가기로 했다. 자기 때문에 아버지가 밥상을 엎는 상황은 피하고 싶었다. 동미는 벽을 등진 채 쭈그리고 앉았다.

북마산역 부근에 위치한, 슬레이트 지붕을 엮어 만든 'ㅁ' 자 형태의 단층집에는 네 가구가 모여 살았다. 집 마당에는 공동으로 사용하는 수도용 펌프와 재래식 화장실이 있었고, 사방의 벽마다 부엌이 딸린 방이 들어서 있었다. 집 앞 대로에 면한 가구는 신발 가게를 운영했고, 안쪽으로 들어선 세 가구 중두 가구에는 인근 중학교의 체육 선생으로 근래 부임한 젊은 여교사와 북마산시장에서 얼음을 파는 중년의 홀아비가 살았다. 얼음 장수는 술 먹으면 악당이 되는 사람이었고, 신발 가게 아저씨는 술 먹으면 천하의 악당이 되는 사람이었다. 신발 가게 아저씨는 자식이 넷이었는데, 화가 나면 운동화 밑창으로 아이들의 뺨을 때렸다. 언제나 악당인 사람이자 집주인인 아버지는 두 사람을 벌레 보듯 바라봤지만 내보낼 생각은 없어

보였다. 자신의 가장 못난 부분을, 저조차도 버리지 못한 흉한 모습을 두 사람이 거울처럼 갖고 있기 때문이 아닐까, 동미는 생각했다.

　아버지는 당시 여객전무라 불리던 열차 차장으로 일했다. 밤이면 북마산역으로 달려오는 기차 소리가 집 마당을 가득 채웠다. 마치 산짐승이 어둠 속에서 이빨을 가는 소리 같았다. 집 바로 뒤편에 철길이 놓여 있었다. 마산항을 오가는 임항선이었다. 1905년에 개통한 임항선은 총 8.6킬로미터의 노선으로 경부선과 연결되어 있었는데, 사람과 석탄 같은 각종 화물을 실은 채 구마산역과 신마산역을 거쳐 마산항까지 뻗어 나갔다가 다시 돌아 나와 북마산역을 지나는 브이 자 형태의 철로였다. 철로가 브이 자 형태가 된 것은 마산항 부근에 화력발전소를 비롯한 연탄, 시멘트 공장들이 들어서 있고, 먼바다를 오가는 화물선이 매일 항구를 드나들었기 때문이었다. 임항선을 달리는 기차는 사람이든 물건이든 옮길 수 있는 것은 다 옮겼고, 기차역 주변은 고향을 떠나 마산으로 이주해 온 사람들과 이들을 상대하는 상인들로 언제나 북새통을 이뤘다. 아버지는 주로 북마산역에서 하차했는데, 평일 저녁, 기차 소리가 들려오면 집 안에는 서늘한 긴장감이 감돌았다. 아버지가 채 5분이 되지 않아 집에 도착했다. 그때, 이 집에 살고 있던 사람들은 이렇게 중얼거렸다.

차 준장, 곧 오겠네.

차 준장은 아버지의 별명이었다. 차 씨도 아니고 군인도 아니었지만, 늘 몸에 지니고 다니던 라이터 때문에 그렇게 불렸다. 앞면에 한국함대라는 글씨와 거북선 그림이, 뒷면에는 제작 연도인 1968이라는 숫자와 해군 준장 차상규라는 글씨가 있던 라이터는 당시 진해에 주둔 중인 해군작전사령부 소속 준장이 진급 기념으로 만든 것이 아버지에게까지 흘러온 것이었다. 아버지는 지포(ZIPPO)를 모방해 만든 이 라이터를 사용하는 것을 마치 시대를 앞선 행위처럼 여기며 과시하듯 라이터 뚜껑을 열고 닫았다. 아버지에게 지포라이터 불은 세상이 달라지고 있음을 밝혀 주는 횃불 같은 것이었다.

그리고 한 가지 더. 아버지가 이 라이터로 담배에 불을 붙일 때 누군가를 오랫동안 주시하고 있다면, 그건 담배뿐만 아니라 폭탄 심지도 같이 타 들어가기 시작했다는 의미였다. 폭발하기 직전의 순간. 그럴 때, 동미는 아버지 앞에 있는 경우가 없었다. 동미는 아버지와 맞서 싸울 생각을 오래전에 접었다. 싸움의 결과가 어떠하든, 이웃들이 밀양댁이라 부르던 어머니가 제일 큰 상처를 받을 것이기 때문이었다. 어느 날 밤, 동미는 의령으로 돌아가겠다며 아버지한테 대들다 두들겨 맞고 끙끙 앓는 나를 바라보며 말했다. 열다섯 살 시절 내 곁에는 그렇게 동미가 있었다. 찬수야, 부르며 이런 말을 하는 동미가. 세상에는 둘이 싸웠는데 그 둘보다 많이 다치는 제삼자가 존재한다고, 그게 바로 어머니라는 사람들이라고, 네 어머니를 생각해서라도 몸 상하는 일은 그만하라고, 또 다른 부탁도 있다고, 내 어머니를 좋아할 필욘 없지만 미워하진 말라고. 나는 이불을 뒤집어쓰며 돌아누웠다. 그리고 소리 죽여 울었다.

어둠에 잠겨 있던 부엌에 불이 들어왔다. 식사가 끝난 듯했다. 동미는 자리에서 일어나 저린 다리를 두드렸다. 그리고 깊게 숨을 내쉰 후 대문을 열고 안으로 들어갔다.

다녀왔습니다.

동미는 신발을 벗고 마루로 들어섰다. 평소 같으면 어머니가 부엌에서 후다닥 나와 반겼을 터인데, 오늘은 무슨 일인지 조용했다. 동미는 불길한 예감을 느꼈고, 어머니가 눈물을 닦느라 얼굴을 보이지 않는 것으로 추측했다. 부엌에 있던 어머니가 얼굴을 비추지 않은 채 말했다.

잔업 안 했어? 밥은?

먹었어. 동미가 말했다.

동미는 어머니의 말투에서 감출 수 없는 물기를 느꼈다. 그때, 큰방 미닫이문이 천천히 열렸다. 문을 열고 뒤로 물러선 아버지 주변으로 검붉은 핏자국이 여기저기 흩어져 있었다. 폭풍이 벌써 한차례 지나간 것이었다. 동미는 아버지에게 꾸벅 인사한 후 자기 방으로 들어가려 했다.

잠깐 들어와 봐. 아버지가 말했다.

옷 좀 갈아입고요.

들어와 봐.

아버지는 같은 말을 두 번 이상 할 때면 무덤 안에서 속삭이는 것처럼 목소리가 낮게 깔렸다. 경고이자 폭발할 조짐이었다. 동미는 방 안으로 들어섰다. 아버지는 담배를 꺼내 문 뒤 라이터로 불을 붙였다.

찬수, 학교를 또 안 갔어. 영어 성적은 10점이고. 퇴근하고 오면 네가 붙잡아 놓고 공부 좀 가르쳐.

동미는 싫다 좋다 말할 수 없었다. 아버지가 결정했으면 그걸로 끝이라는 걸 알았다. 그러나 이대로 계속 지내다간 어느 순간 서로를 간신히 지탱하던 마지막 기둥 같은 것이 무너져 버릴 것 같았다. 동미는 피로 얼룩진 장판을 바라보며 용기를 짜냈다.

찬수, 의령에서 학교 다니게 하면 안 돼요?

아버지는 중탕으로 데운 청주를 잔에 따랐다. (늘 이렇게 마셨다.)

말 같지도 않은 소리.

그때, 누군가 마당에 불쑥 나타났다. 언어맞아 부어오른 뺨이 훔쳐 마신 술 때문에 더욱 벌겋게 달아오른 채 씩씩거리는 사람은, 바로 나였다. 집에서 아버지에게 반항하는 사람은 내가 유일했다. 그날도 나는 전적으로 반항했다. 의령으로 보내주기 전에는 학교에 가지 않을 거고, 밥도 먹지 않을 거고, 공부도 하지 않을 거라고. 나는 모두의 적이 될 각오가 돼 있었다. 어머니 역시 거칠게 구는 나를 마냥 감싸지 않았다. 동미는 그럴 때마다 입술을 씹었다. 불쌍한 사람들끼리 서로 미워할 수밖에 없는 상황에 진절머리가 났지만 뾰족한 수가 생각나지 않았다.

동미가 나를 먼저 발견했다. 동미는 나를 바라보며 아버지가 눈치채지 못할 정도로 재빠르게 고개를 저었다. 자리를 피하라는 것이었다. 그러나 나는 쿵쾅거리며 큰방으로 들어갔다.

내일 의령으로 갈 거예요. 걸어서라도 갈 거예요.

아버지는 입술에 대고 있던 술잔을 내려놓았다. 어머니가 허겁지겁 부엌에서 뛰쳐나왔다. 어머니는 조금 전처럼 나를 밖으로 데리고 나가려 했다. 나는 밀려나지 않으려 두 다리에 힘을 줬다. 아버지는 나를 노려보며 담배 연기를 내뱉더니 천천히 몸을 일으켰다. 어머니가 아버지 앞을 가로막고 섰다.

이러다 애 죽어요.

저 새끼 하는 거 보면, 시사가 영 효험이 없는 것 같아.

한국의 해태와 비슷한 형상을 한 석상인 시사는 아버지가 집 주변 적산가옥이 철거되기 전, 사람을 부려 집 뒤편 철길 옆으로 옮겨 놓은 것이었다. 시사는 일본 오키나와 지역에서 주로 볼 수 있는 것이었는데, 복을 물어 오는 동시에 굴러서 들어온 복을 절대 놓치지 않는다는 의미가 담겨 있었다.

아버지는 천장을 향해 담배 연기를 내뱉은 후 나를 지그시 바라보았다. 나는 아버지의 눈을 피하지 않았다. 아버지는 피식 웃었다.

옆으로 비켜서. 여기가 저 새끼 묏자리는 아냐.

나는 얼마든지 때려 보라는 듯 아버지와 맞섰다. 어머니가 아버지의 허리를 붙잡았다.

잘못했다고 빌어. 어서!

나는 꿈쩍도 안 했다. 아버지는 어머니를 어렵지 않게 떼어 냈다. 그리고 내 목덜미를 붙잡고 마루로 질질 끌고 갔다.

비명을 지르며 앞마당에 처박히듯 고꾸라진 건 내가 아니었다. 얼음 장수였다. 다들 어리둥절한 표정으로 바닥에 널브러진 얼음 장수를 바라보고 있을 때, 공동 화장실이 있는 곳에서 짜증 섞인 목소리가 들려왔다. 여교사는 삐걱거리는 화장실 문을 다시 꿰맞추며 신경질을 냈다.

저 아저씨가 안에 있다는데도 계속 화장실 문을 열려고 하잖아요!

얼음 장수는 태권도 유단자인 여교사의 돌려차기에 복부

139

를 맞고 뒤로 나가떨어진 듯했다. 아버지는 얼음 장수의 막걸리 냄새 가득한 토사물을 보며 얼굴을 찌푸렸다.

많이도 처먹었네. 아버지가 말했다. 날 밝기 전에 깨끗하게 치워 놔. 다음 달에 방 빼고.

얼음 장수는 울상을 하고 고개를 끄덕였다. 이 틈을 타, 나는 아버지의 손을 뿌리친 후 신발도 신지 않은 채 집 밖으로 달려 나갔다. 아버지는 개가 포함된 욕을 내뱉었다. 마치 누군가가 자신을 부르기라도 했다는 듯, 동네 개들이 흥분한 목소리로 짖어 댔다. 나는 다시 마당으로 들어와 신발을 집어 든 후 대문을 부술 듯 박차고 나갔다. 대문에 붙어 있던 입춘축 한쪽이 바닥으로 떨어졌다. 건양다경이라고 적힌 것이었다.

동미는 마당을 바라보며 긴 한숨을 내쉬었다. 여교사는 지긋지긋하다는 표정으로 자기 방으로 들어갔고, 어머니는 눈물을 닦으며 부엌으로 향했으며, 아버지는 입에 물고 있던 담배를 마당으로 내던졌다. 여느 때와 다름없이, 문제가 또 다른 문제로 덮이는 밤이 찾아왔다.

*

동미는 번쩍 눈을 떴다. 창밖을 보니 곧 동이 틀 것 같았다. 동미는 고개를 돌려 옆을 바라보았다. 이부자리가 개어져 있었다. (내가 새벽에 쥐처럼 방에 기어 들어왔다가 해가 뜨기 전 다시 집을 나갔기 때문이다.) 동미는 문득 불길한 생각이 들었다. 그래서 창가 아래 있던 좌식 책상 앞으로 빠르게 다가갔다. 메모가 있었다.

나 찾으러 다니지 말고 셋이 잘 살아.

동미는 다시 드러누워 천장을 바라보았다. 어젯밤, 아버지가 잠자리에 들었을 때, 동미는 어머니를 마당으로 불러냈다. 동미는 말했다. 너무 걱정하지 말라고, 찬수 돌아올 거라고, 찬수가 엄마를 정말 미워하는 건 아니라고.

이러다 정말 큰일 날 것 같아서 그래. 어머니가 말했다.

어머니는 불안에 불안이 더한 눈빛을 지었고, 서러움에 서러움이 쌓인 눈물을 흘렸으며, 억울함에 억울함이 포개진 두 손으로 동미의 손을 부여잡았다.

내 걱정은 하지 마. 엄마는 어떻게든 살 거야. 어떻게든 살아야지. 우리 동미 아버지 손잡고 결혼식 입장하는 거 볼 때까지.

그게 그렇게 중요해? 나 결혼 안 해도 돼. 엄마 손만 잡고 결혼식장 들어가도 되고.

다른 사람들이 중요하다고 하는데 내가 아니라고, 그게 아니라고, 정말 그게 아니라고 끝까지 고집할 수는 없어. 사는 게 그래. 나는 너 시집 보낸 후에도 여기서 살 거야. 손주도 보고, 손주들 학교 가는 것도 볼 거야. 그런 후에 외할아버지, 외할머니 만나러 갈 거야.

동미의 외할아버지는 6·25전쟁 때 밀양까지 들이닥친 북한군에게 동네 뒷산으로 끌려간 후 다시 돌아오지 않았다. 외할머니는 마산으로 피난 가던 중 (부산과 마산은 6·25전쟁 때 유일하게 점령되지 않은 도시였다.) 누가 쏘았는지도 모르는 총알에 옆구리를 관통당해 목숨을 잃었다. 북한군이 북쪽으로 밀려나자 어머니는 남동생 그리고 작은외삼촌과 함께 다시 밀양으로 돌아갔다. 어머니는 말했다. 다시 깨어나지 못할까 봐 잠들지 못했던 날들이라고. 동미의 친아버지는 1962년부터 추진된 영동선, 태백선, 남포선 등의 철로 작업을 하던 잡역꾼이었는데 (당시 가장 흔한 일자리 중 하나가 철도 노역이었다.) 동미가 아홉 살 때 소식이 끊겼다. 소문은 다양했다. 공사 도중 사고를 당했다고, 노상강도를 만나 변을 당했다고, 딴 여자와 살림을 차렸다고, 빨갱이로 몰려 경찰에 잡혀갔다고. 친아버지 행방은 끝내 묘연함 속에 남았다. 어머니는 밀양의 조그만 식당에서 일하며 동미를 키웠다. 그리고 그곳에서 아버지를 만났다. 동미가 중학교 1학년일 때였다. 아버지는 처음부터 자신이 유부남임을 숨기지 않았다. 5개월 후, 어머니는 그걸 알면서도 동미와 함께 마산으로 향했다.

아버지 깨기 전에 들어가. 동미가 말했다.

어머니는 말없이 고개만 끄덕였다. 그리고 살금살금 큰방으로 들어갔다. 동미는 어머니에게 말해 주고 싶었다. 견딜 수 없는 것을 견디는 것이 삶은 아니라고, 견딜 수 있는 것만 견뎌도 되는 게 삶이라고, 무시하고 회피하고 포기하고 도망가는 것 역시 삶이라고.

그런 밤을 보낸 후 꾼 꿈은 뒤숭숭할 수밖에 없었다. 꿈에 두 명의 남자가 나타났다. 친숙한 남자와 낯선 남자, 그러나 괴이하다는 공통점을 지닌. 동미의 꿈속에서, 나는 마치 화마에서 막 빠져나온 사람처럼 까맣게 사그라들며 집 앞 골목길 모퉁이를 향해 터벅터벅 걸어갔다. 동미는 나를 소리쳐 불렀지만 나는 돌아보지 않고 모퉁이를 돌았다. 동미는 나를 다시 소리쳐 부르며 모퉁이로 달려갔다. 그때, 동미의 외침에 화답이라도 하듯, 한 남자가 골목길 모퉁이를 돌아 나왔다. 동미는 움찔거리며 멈춰 섰다. 고개를 숙이고 있는 남자는 다리를 절뚝거리며 동미를 향해 다가왔다. 동미는 도망치려 했지만 다리가 움직이지 않았다. 거침없이 눈앞으로 다가온 남자는 동미 앞에 멈춰 서더니 동미의 손을 덥석 잡았다. 그리고 고개를 들며 말했다.

일본에 같이 가요.

순간, 골목길 모퉁이에서 거대한 파도가 밀려오기 시작했다. 파도가 사정없이 몸을 덮쳤을 때, 동미는 번쩍 눈을 떴다. 동미의 꿈에 나타난 남자는 석호였다. 어제저녁 해안가에서 헤어지기 전, 석호는 마치 마산항에 하선을 허락한 사람이 동미이기라도 하다는 듯 웃으며 말했다. 당신은 내가 마산에서 처음 만난 사람이라고, 우리는 또 만나게 될 거라고, 그때도 지금처럼 바다가 잔잔하면 광남호로 일본까지 태워 주겠다고. 석호는 빙긋 웃더니 어시장의 인파 속으로 스며들었다. 그리고 곧 뒤돌아서서 동미를 향해 힘차게 손을 흔들었다. 석호의 모습이 완전히 사라지자 동미는 생각했다. 겉은 조개껍질처럼 단단해 보이지만 속은 조갯살처럼 유들유들한 사람 같다고. 동미는 그런 사람을 한 명 더 알고 있었다. 자기 없이 잘살아 보라는 메모를 남긴 채 집을 나간 술주정뱅이 남동생.

동미는 내가 남긴 메모를 서랍에 넣어 놓은 후 마치 출근하는 사람처럼 옷을 입고 집을 나섰다. 그리고 그날 내내 구인 중인 회사들을 돌아다녔다. 사람을 구하는 회사는 어시장의 좌판처럼 여기저기 널려 있었다. 마산의 기업들은 일할 사람을 구하기 위해 외진 산골 마을을 찾아다니는 것도 마다하지 않는 중이었다. 동미는 그날 오후 한 회사로부터 내일 바로 출근하라는 이야기를 어렵지 않게 들을 수 있었다.

*

동미가 인연이라는 것이 어이없는 우연의 다른 이름일지

144

도 모르겠다고 생각하게 된 두 가지 일이 있었다.

첫 번째 사건. 동미의 예상처럼 나는 얼마 지나지 않아 다시 집으로 돌아왔다. 제 발로 온 것은 아니었다. 아버지의 고향 후배에게 붙잡혀 왔다. 아버지의 고향 후배는 장날에 내다 팔기 위해 찰옥수수를 싣고 왔던 달구지를 끌고 마산에서 의령으로 돌아가던 중이었는데, 내가 하필 그 달구지를 향해 손을 흔들었던 것이다. 의령 신방리로 가는 길이라고, 거기까지만 태워 달라고. 나는 아버지의 고향 후배를 몰랐지만, 그는 나를 알았다. 내 이름까지도. 동미는 집으로 붙들려 와 아버지에게 두들겨 맞고 우는 내게 말했다.

고향은 명절 때나 가.

나는 그때의 선택을 두고두고 후회했다. 의령이 아니라 돝섬으로 가야 했다. 동네 형과 친구들은 돝섬까지 헤엄쳐 간 일을 우쭐거리며 말하곤 했다. 나도 오기를 부리며 두어 번 시도했지만, 반쯤 나아갔다가 겁을 먹고 다시 돌아왔다. 그러나 이번에는 달랐을 것이다. 겁이 나더라도 끝까지 헤엄쳐 갔을 것이다. 아무도 살지 않고, 아무도 나를 찾을 수 없는 곳에서 당분간만이라도 몸을 숨겼다가 의령으로 갔으면 (당시 돝섬은 무인도였다.) 아버지도 나를 더 이상 마산에 붙잡아 두려 하지 않았을 것이다.

두 번째 사건. 동미가 석호를 다시 만난 곳은 새로 취업한

145

마산모방에서였다. 마산모방은 군용 모포와 카펫, 수출용 스웨터와 내수용 속옷 등을 만들었는데, 규모로는 마산에서 두세 번째로 큰 섬유 회사였다. 마산모방은 빠르게 성장 중이었고, 일감이 넘쳐 났다. 그러나 노동자는 부족했다. 그래서 2천여 명의 마산모방 노동자들은 타이밍을 먹어 가며 늦은 밤에도 낮처럼 일했다. 동미는 총무과로 배치됐는데, 석호와 마주친 곳은 회사 구내식당이었다. 석호는 놀란 기색도 없이 슬쩍 미소를 지으며 말했다.

내가 여기 다니는 줄 어떻게 알았어요?

은재와 태웅
2021년

애들한테 들었어. 이쪽 회사로 옮겼다고.

은재가 다시 말했다.

계속 돈 빌리러 다닌다며?

태웅은 소리 없이 웃기만 했다. 폐공장에서 우연히 만난 후 일주일이 지났을 무렵이었다. 며칠 동안 연락이 안 되던 태웅은 그사이 회사를 옮겼고, 얼굴은 몸살감기를 심하게 앓은 사람처럼 핼쑥해져 있었다.

잠깐만 기다려. 태웅이 말했다.

태웅은 소형 지게차를 건물 왼쪽 구석으로 몰고 갔다. 관리자로 보이는 남자가 장부를 들여다보며 태웅에게 무언가를 물었다. 태웅은 지게차에서 내려 구석에 쌓여 있는 상자 개수를

(수산물을 담은 것이라 어상자라 불렀다.) 세기 시작했다.

태웅이 이직한 곳은 마산 수협 공판장 부근에 있는 냉동·냉장 회사였다. 공판장 주변으로 건물 전체가 커다란 냉장고처럼 생긴 회사가 몇 개 더 있었다. 바다와 면해 있는 회사 앞 도로에는 빈 철제 선반과 적재할 때 쓰는 플라스틱 팔레트가 쌓여 있었고, 소형 지게차들이 무뚝뚝한 표정으로 그 옆을 지켰다.

관리자는 개수 확인을 끝낸 후 집하장 내부에 있는 소형 지게차를 이용해 화물용 엘리베이터 앞으로 어상자를 옮기기 시작했다. 태웅은 관리자에게 꾸벅 인사하고 돌아섰다. 그러다 다시 돌아가 상자 개수를 마지막으로 한 번 더 확인했다.

태웅의 몸에서는 말린 수산물의 달큰한 향과 바닷바람의 비린 향이 함께 묻어났다. 자신도 그걸 의식한 듯, 태웅은 양팔을 툭툭 치며 냄새를 털어 냈다.

나 좀 싱싱한 것 같지 않아?

여기 냄새가 그렇지 뭐. 은재가 말했다.

광남호텔 창문을 열었을 때, 방 안으로 밀려 들어오는 이 냄새는 싱싱하다 표현해도 무방한 마산의 체취 같은 것이었고, 어린 시절, 자신과 부모님의 몸에서도 자연스레 묻어나던 냄새였다.

지게차도 몰아? 은재가 말했다.

여기 와서 얼렁뚱땅 배웠어. 어렵진 않은데 사실 면허가 있어야 해. 엉망이야. 희한한 게, 그런데도 회사가 계속 굴러간다는 거야. 여기만 그런 게 아냐. 내가 다녔던 데는 다 그랬어.

엉망진창인 채로 굴러가나 보지. 점심 같이 먹을까?

옷 갈아입고 올게.

태웅은 건물 안으로 뛰어 들어가며 소리쳤다.

장어 먹자! 돈은 네가 내고.

은재는 가라앉은 눈빛으로 주변을 둘러보았다. 바다 위에서 소리 없이 부서지는 햇빛, 해안선을 따라 가지를 뻗은 어시장과 각종 수산물 유통업체, 그리고 잿빛 수족관이 놓인 횟집들. 생기와 활기가 넘치는 곳이었지만 얼마든지 언제든지 쓸쓸해 보일 수 있는, 저 먼 과거에서부터 이어져 온 마산의 풍경들이었다.

마산 어시장에서 전국으로 유통하는 것들은 남해의 다른 지역에서 생산하고 어획한 것들이 대부분이었다. 장어도 그중 하나였는데, 주로 통영의 어선들과 거래해 사들인 후, 크기별로 선별한 것을 내수용과 수출용으로 나눠 판매했다. 대부분 일본으로 수출했고, 내수용 중 일부는 수협 공판장 인근의 장어구이 골목에서 소비했다. 1960~1980년대 어시장 주변 일대는 파도가 부서지는 곳 위에 들어선 목조건물에서 술과 장어를 포함한 각종 회, 전 등을 팔던 홍콩바*가 주를 이루었다. 그러나 지금은 일부 가게 간판 구석에 조그맣게 쓰인 (구)홍콩빠, 라는 이름으로만 그 명맥을 유지했다.

강과 바다가 만나는 하구에 사는 일명 꼬시락을 잡아 홍콩 바에 팔던 아버지는 그때 얼굴을 익힌 사람들의 도움을 받아 일본에 장어를 수출할 수 있는 루트를 뚫었다. 그리고 몇 년 후, 장어구이 골목에 자리한 2층 건물에 세를 얻었다. 1층은 장어구이 집 겸 도매점으로 운영했고, 2층은 사무실로 썼다. 덩치가 크고 망둑어처럼 턱이 두툼한 사람들이 2층 사무실을 주로 오갔다. 아버지 대신 일수 도장을 받으러 다니는 사람들이었다.

가족이 외식하러 나섰을 때, 장어는 선택지에 없었다. 그러다 호텔 경영난에 따른 다툼으로 부모님 사이에 이혼 이야기가 오갈 무렵, 지금은 주인이 바뀐 옛 가게로 다 같이 간 적이 있다. 가족의 마지막 만찬 같은 것이었다. 그때, 어머니는 말했다.

하던 거나 계속했으면 됐을 텐데.

아버지는 수백 번도 더 들은 한탄에, 수백 번 더 같은 응수를 했다.

예전 가게들은 별로 남지도 않았어. 대형화한 가게만 살아남았지.

---

* 테이블 서너 개를 놓고 장사하던 홍콩바는 모두 64개였다. 갯장어, 꼬시락 (문절망둑), 꼴뚜기, 병어 등을 썰어 아이스박스에 보관했다가 고객이 찾아오면 판매했는데, 밤바다 곁에서 반짝이는 불빛이 홍콩 야경을 연상시켜 홍콩바로 불리게 되었다는 설이 있다.

그것도 그렇고 당신이 고집만 안 부렸어도 우린 계속 떵떵거리며 살았어.

그런 건 고집이라고 하지 않아. 꿈이라고 하지.

마음 편히 돈놀이 하는 게 모두의 꿈이야.

그런 건 꿈이 아냐. 과욕이고 탐욕이야. 부동산 투기 같은 거라고. 나는 그만하면 충분히 했어.

은재는 마산에 근사한 호텔을 짓겠다는 아버지의 꿈에 얹혀 여기까지 왔다는 것을 알았다. 몇 해 전까지 삶은 치열함 없이도 잘만 굴러갔다. 은재는 학교폭력이나 절도처럼 남에게 피해 주는 일을 하지 않을 의지만 있으면 됐다. 풍족함을 누렸고, 한결같은 사랑도 받았으며, 공부를 등한시해도 되는 자유도 있었다. 부모님은 미국으로 유학 보낸 은수와 달리 은재가 공부를 잘하고 좋아해서 서울로, 외국으로 가고 싶어 하지 않길 바랐다. 이른 결혼도 원치 않았다. 식물처럼, 집고양이처럼 오랫동안 자신들 곁에 있길 바랐다. 그런데 지금은 어떨까?

은행에서 요구한 각종 서류를 떼고 호텔로 돌아온 아버지의 손에는 코스프레용 옷과 레이스가 달린 수갑, 가죽 채찍 등이 담긴 쇼핑백이 들려 있었다. 아버지는 홀가분한 결의를 담아 말했다. 원하는 손님들에게 대여해 줄 거라고, 성인용품 자판기도 들일 거라고, 3개월 동안 할 수 있는 일은 다 해 볼 작정이라고. 은재는 그중 몇 개를 방으로 가져갔다. 그리고 침대 위에 가지런히 올려놓은 후 그것들을 내려다보며 생각했다.

러브가 우리를 구원할 수 있을까?

*

은재는 천천히 눈을 감았다가 떴다. 그리고 또 한 번. 여전히 눈앞에는 토막 난 채로 불판 위에서 몸부림치는 장어가 있었다. 은재는 장어를 뒤집으며 천천히 입을 열었다.

회사는 왜 옮겼어?

사고가 있었어. 태웅이 말했다.

무슨 사고? 다쳤어?

나 말고. 직장 동료.

태웅은 불판 위의 장어를 젓가락으로 꾸욱 누르며 지난 일을 들려주었다.

회사 사출성형 라인에 또래의 친구가 새로 들어왔다. 그런데 출근 둘째 날, 그 친구가 다리에 3도 화상을 입었다. 피부이식을 해야 할 정도로 크게 다쳤는데 회사에서는 119를 부르지 않고 업무용 봉고차에 태워 병원으로 데려갔다. 산재 처리가 아닌 일명 공상 처리를* 한 것이었다. 회사 사장은 물론 그 자

* 산재보험 대신 업체가 치료비를 처리하기로 노동자와 합의하는 것.

152

리에 있던 일부 노동자들 역시 공상 처리를 하길 원했다. 태웅은 산재 처리와 공상 처리의 차이를 나중에 알았다. 산재 처리를 하면 고용노동부에서 안전 부주의를 이유로 행정처분이 나올 수 있고 그에 따라 원청인 대기업으로부터 3개월 입찰 정지나 퇴출 같은 패널티를 받을 수 있었다. 산재 처리는 회사 사장도 나머지 노동자들도 쉬이 손 내밀 수 없는 방법이었다. 태웅역시 공상 처리가 전혀 이해할 수 없는 선택이 아니어서 마음이 더 괴로웠다. 사고 이후 사장은 안전장치를 마련하겠다고 했지만 달라진 게 없었다. 태웅은 열기가 없는 다른 라인에서 일할 때도 불쑥불쑥 몸과 얼굴이 화끈거렸다. 화상 입은 친구의 다리가 수시로 떠올랐다. 무서웠다. 태웅은 서둘러 다른 아르바이트 자리를 구했다. 그러나 이틀 만에 해 본 적도 없는 지게차를 작동시켜야 했다. 태웅은 생각했다. 이 세계는 정말 개판인데, 어디서부터 손을 대야 할지 알 수 없는 개판이고, 그럼에도 굴러가는 개판이라고.

하루를 벌지 못하는 게, 단순히 하루의 문제가 아닌 거야.

태웅이 다시 말했다.

하루를 공치면 하루 이상이 구렁텅이에 빠져들어. 그걸 만회하느라 위험에 노출되는 것도 감수하는 거고.

은재는 느릿느릿 고개를 끄덕였다. 그리고 잘 익은 장어 한 점을 태웅의 접시 위에 올려놓았다.

대마 씨앗이 있어.

태웅은 고개를 낮추고 주변을 둘러보았다. 바다가 내려다
보이는 창가 테이블에는 단란해 보이는 4인 가족이 있었고, 티
브이 앞 테이블에는 노년의 남자가 장어 국밥에 소주를 곁들
이고 있었다.

어디서 났어? 태웅이 말했다.

인터넷은 아냐. 출처는 모르는 게 너한테 더 나아. 1그램에
15만 원쯤 한다고 들었어. 이래저래 조사하고 검색해 보니 제
대로 키우면 200~300그램은 될 것 같아.

은재가 다시 말했다.

대마를 사 줄 사람이 있다고 했지? 외국인?

정확히는 영국인.

폐공장 주변은 눈이 너무 많아. 집은 더 위험하고. 집은 일
이 잘못되었을 때 출구가 없어. 수확량이 조금 떨어지더라도
사람 발길이 잘 닿지 않는 곳에서 잡초처럼 키워야 해. 어떤 사
람이 서울 변두리 공원에 대마 92그루를 심었다가 붙잡혔다는
기사를 읽은 적 있어. 대마를 본 적 있고, 냄새도 알고 있던 동
네 주민이 경찰에 신고한 거였어. 눈에 띄지 않고, 냄새가 새어
나가도 맡을 수 없는 곳이 필요해.

지방 좋은 점이 그거지. 태웅이 말했다. 서울엔 노는 땅이
없잖아. 여긴 많고.

수확하기까지 3개월쯤 걸리지?

그 정도.

장소가 제일 중요해.

*

마산항 제2부두는 인적 없는 밤길 너머에서 조용히 뒤척였다. 가로등에서는 하얗게 번진 불빛이 피어올랐고, 그 앞에 주차된 냉동 탑차 바퀴 아래에는 검은 고양이 한 마리가 몸을 구기고 있었다. 고양이는 자기 쪽으로 다가오는 은재를 경계 어린 눈빛으로 지켜보았다. 그리고 태웅은 냉동 탑차 위에서 밤바다를 바라보며 서 있었다. 장어구이 집에서 헤어지고 이틀이 지났을 때, 태웅이 은재에게 문자를 보냈다. 마산항 제2부두 쪽으로 오라고.

은재가 냉동탑차 곁에 서자 태웅은 해안가에 붙어 있는 한 건물을 손으로 가리켰다. 파란색 철조망을 두른 주황색 외관의 건물이었다. 은재는 그곳이 어디인지 알았다. 마산항 관광 유람선 터미널. 돝섬으로 가는 배가 거기서 출발했다.

돝섬, 언제 마지막으로 가 봤어? 태웅이 말했다.

5년 전쯤? 은재가 말했다.

나는 그보다 더 됐어.

돝섬은 왜?

오늘 저기 앞을 지나다 혹시나 해서 들어가 봤는데, 내 예상이 맞았어. 꼭 폐쇄된 시골 간이역 같았어. 마산 근해 돌다오는 관광 유람선도 운영이 어려워져 몇 해 전에 사업을 접었더라고. 코로나19 때문에 돝섬을 찾는 관광객은 거의 없는 거나 마찬가지였고. 빈 배로 오갈 때도 있었어. 팬데믹 동안은 계속 이 상태일 거야.

태웅은 은재를 향해 손을 내밀었다.

돝섬만 한 장소가 없어. 인적도 드물고, 대마 냄새가 퍼져도 바다가 금세 지워 버릴 테니까. 삼사 개월은 거뜬할 거야.

은재는 태웅의 손을 붙잡고 냉동 탑차 위로 올라갔다. 그리고 돝섬을 바라보았다. 마치 수심에 잠겨 있는 아버지의 등처럼, 돝섬은 파도 위에서 힘없이 뒤척이고 있었다.

가서 확인해 보자. 은재가 말했다.

태웅은 고개를 끄덕였다.

그 전에, 미리 말해 둘 게 있어.

태웅은 진지한 표정으로 다시 말했다.

나 겁 많아.

은재는 웃었다.

알고 있어.

은재가 다시 말했다.

겁 없는 사람들이 엇나가는 게 아니야. 우리처럼 정면 돌파가 두려운 사람이 엇나가는 거야. 뚜벅뚜벅 또박또박 나아가지 못하는 사람들.

배짱은 유료야. 집에 돈이 많으면, 기댈 구석이 조금이라도 있으면 가질 수 있어.

태웅은 은재를 물끄러미 바라보았다.

너 정말 괜찮겠어?

괜찮지 않아. 괜찮을 수 없지. 은재가 말했다.

감옥에 갈 수도 있어.

은재는 발밑을 슬쩍 바라보았다.

그렇든, 그렇지 않든 앞으로 고개 숙이고 살아야지. 반쯤. 아주는 아니고.

반쯤?

반쯤.

어깨 펴고 걸어.

경표의 말에 준구는 움츠리고 있던 어깨를 폈다.

고개도 들고.

준구는 숙이고 있던 고개를 들었다. 경표는 준구의 등을 툭 쳤다.

죄지은 놈은 따로 있는데 네가 왜 그러고 다녀?

두 사람은 함께 수강한 교양 수업을 (지역 답사를 다니는 '지역 문화 탐구'라는 과목이었다.) 듣기 위해 비탈길 중턱에 위치한 인문대학 건물로 갔다. 준구는 마네킹처럼 뻣뻣하게 움직이며 툴툴거렸다.

누가 이런 자세로 오르막을 올라?

정오의 봄 햇살이 대학 교정과 학생들의 머리 위로 묵직하게 내려앉고 있었다. 대학 등록금을 부모님에게 의지하던 시절은 지난봄의 일이 됐다. 대신 학업과 아르바이트를 병행해야 한다는 압박감이 지워지지 않는 물감처럼 교정 곳곳에서 묻어났다. 공부를 계속하기 위해 공부를 중단해야 하는 모순의 일상화. (관광학을 전공 중인 준구는 다행히 입학 성적이 좋아 일정 성적만 충족하면 장학금을 받을 수 있었다.) 중퇴한 사람도 적지 않았다. 그러나 젊음은 무엇으로도 부술 수 없는 것이라는 듯, 작은 호수 주변에 앉아 있는 학생들은 밝은 표정이었고, 몇몇은 나뭇가지에서 떨어진 목련과 벚꽃잎이 머리 위로 불어오자 헤딩하듯 꽃잎들을 튕겨 내며 낄낄거렸다. 준구는 생각했다. 저들 중에 자동차 도둑이, 전자 영어 사전을 훔쳐간 사람이 있을지 모른다고, 자기처럼 평범한 학생, 평범한 젊은이, 평범한 가난뱅이 속에.

지난밤은 꽤나 소란스러웠다. 다행히 비틀스 외부 화장실 문은 무사했다. 그러나 화장실 안에서는 맡아 본 적 없는 냄새가 났다. 바지 탄 냄새와 마른풀을 태운 냄새가 정화조를 헤엄쳐 온 것 같았다. 빌리는 좌변기 옆에 주저앉은 자세로 잠들어 있었다. 그리고 그 옆에는 빌리의 바지에 구멍을 뚫다 만 담배꽁초가 널브러져 있었다.

경표는 빌리를 일으켜 세웠고, 준구는 바에 있던 가즈를 불러왔다. 경표와 가즈는 곤죽이 된 빌리를 둘러메고 밖으로 나갔다.

화장실 청소 좀 해. 경표가 말했다.

준구는 빌리의 토사물과 종이를 직접 말아 만든 손가락 마디 크기의 담배꽁초를 빗자루와 쓰레받기로 긁어모아 좌변기에 넣고 물을 내렸다. 그리고 바닥 물청소를 했다.

몽롱한 표정으로 비틀거리던 빌리는 기어코 근처 술집 입간판 하나를 발로 차서 부서뜨렸다. 이를 항의하는 술집 사장과 몸싸움도 벌였다. 경표는 빌리를 택시 뒷좌석에 구겨 넣었다. 택시가 출발하기 전, 빌리는 차창 밖으로 고개를 내밀며 경표를 향해 소리쳤다.

weed!

with? 같이 가서 한잔 더 하자고?

경표는 가운데손가락만 세웠다.

발 닦고 잠이나 자, 인마!

바에는 가즈와 레나, 준구와 경표만 남았다. 가즈는 레나의 귀에 대고 무언가를 계속 속삭였다. 레나의 구겨진 표정을 보니 감미로운 노래를 불러 주는 건 아닌 듯했다. 그러다 잠시 후, 레나가 자리를 박차고 일어나더니 바 밖으로 나갔다. 가즈는 준구와 경표를 바라보며 별일 아니라는 듯 킥킥거렸다. 레나가 앉았던 의자 고리에는 레나의 가방이 덩그러니 걸려 있었다.

준구는 레나의 가방을 챙겨 들고 밖으로 달려 나갔다. 커다란 가죽 숄더백이었는데, 앞면 중앙에 실제 크기보다 조금 작은 안경테 모양의 금색 브로치가 가문의 문장처럼 박혀 있었다. 가방은 예상보다 묵직해서 준구의 괜한 호기심을 자극했다.

대로 가에 위태롭게 선 레나는 손을 흔들며 택시를 불렀다. 준구는 레나에게 다가가 가방을 내밀었다. 마침 택시가 두 사람 앞에 멈춰 섰다. 레나는 준구의 손에서 가방을 낚아채듯 가져가며 택시 뒷좌석에 올라탔다. 레나도 좀 전의 빌리처럼 차창을 열고 말했다.

Are you an idiot? I'd keep it!

준구는 벙찐 얼굴로 멀어져 가는 택시를 바라보았다.

그날 밤, 준구는 집으로 가지 않고 비틀스 내부 소파를 모아 만든 간이침대에 누워 동이 틀 때까지 뒤척였다. 밤 같은 밤은 오히려 잠을 물리쳤다. 어둡고, 쓸쓸하고, 텅 빈 듯한 밤. 준구는 레나의 말이 머릿속을 계속 맴돌았다. idiot, idiot, idiot!

*

준구가 레나의 가방을 다시 본 것은 학생 식당에서 밥을 먹을 때였다. 라면 그릇에 고개를 박고 있는데, 안경테 모양의 금색 브로치가 달린 가죽 숄더백이 눈앞에서 얼쩡거렸다. 준구는 가방 주인이 레나인지 확인하기 위해 고개를 들었다. 무언가를 찾고 있는 듯, 모자를 쓴 레나가 저만치 앞에서 주위를 두리번거리고 있었다.

준구는 레나와 눈을 마주치지 않으려고 얼른 고개를 숙였다. 그리고 분주히 움직이는 가방을 눈으로 쫓다가 순간 숨을 멈췄다. 먼발치의 테이블 위에 있던 은색 시디플레이어 하나가 레나의 가방 안으로 걸레질을 당하듯 재빠르게 쓸려 들어갔다. 시디플레이어의 주인은 밑반찬을 더 얻기 위해 잠깐 자리를 비운 것 같았다.

준구는 굳은 표정으로 천천히 고개를 들었다. 레나가 자신을 바라보고 있었다. 레나는 방금 훔친 시디플레이어에서 흘러나온 음악에 홀리기라도 한 것 같은 표정이었고, 준구는 자기 친구의 조서를 써야 하는 형사처럼 심란한 눈빛을 지었다. 경표가 준구 맞은편 자리에 앉으며 김치찌개가 담긴 식판을 테이블에 내려놓았다. 준구가 미동 없이 자신의 등 뒤편만 바라보자 경표는 의아한 표정으로 몸을 돌렸다. 준구의 시선이 못 박힌 곳엔 학생 식당 밖으로 서둘러 빠져나가는 레나의 뒷모습이 있었다. 그러나 경표는 레나를 알아보지 못했다.

아는 애야? 예뻐? 경표가 말했다.

이거도 먹어.

준구는 자리에서 일어나 식당 입구로 달려갔다. 경표는 라면 그릇을 자기 앞으로 끌어당겼다.

안 하던 짓을 하네. 경표가 말했다.

경표는 그릇째 들고 라면 국물을 삼켰다.

내 시디플레이어!

등 뒤에서 들려온 다급한 목소리에 경표는 사레들린 채 몸을 돌렸다. 한 남자가 테이블 위와 아래를 황망한 눈빛으로 훑고 있었다. 경표는 입가를 장악한 라면 국물을 닦다가 남자와 눈이 마주쳤다. 남자는 눈빛으로 물었다. 네가 훔쳐 갔지?

레나는 해안도로 방향으로 향했다. 대학 정문에서 정면으로 5분 정도 걸으면 바다에 닿았다. 해안도로에서 마산만 바깥쪽으로 가면 가포유원지*였고, 안쪽으로 가면 마산 구도심이 나왔다. 약속이라도 있다는 듯, 레나는 시간을 계속 확인하며 구도심 방향으로 빠르게 나아갔다. 준구는 20미터쯤 뒤에서 레나를 따랐다. 조심할 이유가 없었다. 레나는 앞만 보고 걸었다.

어시장 부근으로 접어든 레나는 돝섬 유람선 터미널로 들어가 표를 샀다. 유람선은 30분 간격으로 운행됐다. 돝섬에서

* 1975년 수질오염으로 폐쇄된 가포해수욕장이 전신이다.

163

훔친 시디플레이어를 파는 것일까? 준구는 레나가 화장실을 간 사이 표를 샀다.

잠시 후, 돝섬 쪽에서 출발한 유람선이 선착장으로 다가와 20여 명의 관광객을 뱉어 냈다. 그리고 줄을 선 채 대기 중이던 관광객을 실었다.

레나는 유람선 선미에 서서 배가 출발하기를 기다렸다. 유람선 안에는 가족 단위로 돝섬 나들이에 나선 10여 명의 승객이 있었다. 준구는 유람선 앞쪽에 있는 좌석에 앉았다. 돝섬 방문은 중학교 1학년 가을 소풍 때 이후 처음이었다.

유람선이 출발하자 마산 시내가 조금씩 뒤로 밀려나며 홀쭉한 U 자 형태의 마산만이 모습을 드러냈다. 준구는 레나를 뒤쫓고 있다는 사실도 잠시 잊은 채 마산만 가운데 자리 잡은 돝섬의 모습을 멍하니 바라보았다. 마음이 파도처럼 들썩였다. 선미에 기대어 선 레나의 뒷모습도 그런 감정에 젖은 것처럼 보였다. 어린 시절, 돝섬은 지겹다 생각하면서도 유람선에 오르면 이상하게 웃음꽃이 피었고, 돝섬 선착장에 무사히 안착하면 가 본 적 없는 새로운 세계에 들어선 것 같았다. 복작거리는 어시장과 폐수를 내뿜는 공장들, 더럽고 냄새나는 바다는 여전히 곁에 있었다. 그러나 아찔한 놀이기구와 서커스단, 희귀한 생명체들이 큰 눈을 끔뻑거리는 동물원, 그리고 약품 냄새를 물씬 풍기는 푸른빛의 야외 수영장을 마주하면, 그런 것들이 어느새 저만치 물러나며 존재조차 하지 않는 것처럼 느껴졌다.

15분쯤 후, 유람선이 돝섬 선착장에 안착했다. 레나는 선착장에서 섬 정상으로 곧바로 갈 수 있는 지름길로 향했다. 정상은 해발 50미터 정도밖에 되지 않았다. 준구는 그 길을 택한, 또 다른 관광객을 방패 삼아 레나의 뒤를 따랐다. 길 군데군데 놓여 있던 동물 우리 안은 초록색 이끼로 뒤덮여 있었고, 서커스단이 공연하던 야외무대에는 이런 팻말이 붙어 있었다.

서커스단 공연 중단.

정상에 도착한 레나는 마산항이 정면으로 내려다보이는 벤치로 향했다. 벤치 위로는 하늘자전거가 돌아다녔다. 하늘자전거를 타고 섬 정상을 돌고 있던 어린 남자아이가 아래에 있는 레나를 향해 손을 흔들었다. 레나는 무심한 표정으로 아이에게 손을 흔들어 주었다. 아는 사이는 아닌 것 같았다. 아이 곁에 있던 어머니가 감사하다는 듯 레나를 향해 고개를 숙였다. 그러다 무언가가 하늘에서 바닥으로 툭 떨어졌다. 아이 어머니의 지갑이었다. 아이 어머니는 눈치채지 못했다.

레나는 지갑을 주워 들었다. 그리고 아이 어머니를 바라보며 크게 손짓했다. 아이 어머니와 아이는 다른 곳을 바라보고 있었다. 레나는 소리쳐 부르고 싶지는 않은 듯 주위를 두리번거렸다. 준구는 재빨리 몸을 돌렸다. 눈앞에 문신의 조각상이 우두커니 놓여 있었다.

하늘자전거가 저만치 갔을 무렵, 준구는 다시 몸을 돌렸다. 레나는 저쪽 끝의 벤치로 다시 향하고 있었고, 지갑은 조금 전 떨어진 그 자리에 그대로 있었다. 준구는 그쪽으로 다가가 지갑을 주워 들고 안을 확인했다. 지폐 몇 장과 동전들. 돈은 그대로인 듯했다. 준구는 지갑을 하늘자전거 매표소에 맡긴 후 레나가 홀로 앉아 있는 벤치를 가만히 지켜봤다.

그로부터 10여 분이 지났다. 벤치엔 여전히 레나뿐이었다. 누군가를 만나러 온 것은 아닌 듯했다. 그때, 레나가 불쑥 고개를 돌려 준구를 지그시 바라보았다. 준구는 마취 총에 쏘인 동물처럼 얼어붙었다. 이미 눈치채고 있었던 것일까? 레나는 다시 고개를 획 하고 돌렸다. 그리 오든, 딴 곳으로 가든 어서 결정하라는 의미 같았다.

준구는 벤치로 다가가 레나 앞에 섰다. 레나는 준구를 슬쩍 올려다보더니 자연스럽게 왼쪽으로 물러나 앉았다. 준구는 레나 옆에 앉았다.

잠시 후, 레나가 가방에서 무언가를 꺼냈다. 준구도 본 적 있는 것이었다. 학생 식당에서 훔친 은색 시디플레이어. 레나는 주저하는 기색 없이 시디플레이어에 이어폰을 연결한 후 귀에 꽂았다. 준구는 마치 공범처럼 시디플레이어에서 흘러나오고 있을 음악을 상상했다.

작은 어선 한 대가 돌섬 주변을 선회했다. 어선은 구정물에서 물장구치는 철없는 아이처럼 보였다. 준구는 생각했다. 이 납색의 바다는 가망이 없는 것 같다고. 자기 자신 역시 마찬가지였다. 무엇을 기대하고 여기까지 온 것일까? 레나는 여전히 이어폰을 낀 채 바다만 바라봤다. 간혹 턱을 끄덕이며 리듬을 타기도 했다. 그렇게 노래 대여섯 곡이 진행되고도 남을 시간이 바다 저편으로 밀려갔다. 결국, 준구는 레나 쪽으로 몸을 틀고 레나의 얼굴을 빤히 쳐다보았다. 레나도 준구를 쳐다보았다. 준구는 손짓으로 물었다. 노래를 같이 들어도 될까?

레나는 한쪽 이어폰을 건네는 대신 가방을 열더니 또 다른 시디플레이어를 꺼내 준구에게 내밀었다. 이번 건 검은색이었다. 준구는 잠자코 시디플레이어를 건네받았다. 그리고 거기에 달려 있던 이어폰을 귀에 꽂고 시디플레이어를 작동시켰다.

무슨 노래야? 레나가 말했다.

제목은 몰라. 들어 보긴 했어. 힙합?

레나는 준구의 이어폰 한쪽을 자기 귀에 꽂았다.

「갱스터 파라다이스(Gangsta's Paradise)」. 레나가 말했다. 학원 학생들한테 팝송으로 공부하랬더니 이런 걸 듣고 있었네.

준구는 자기 손에 들린 시디플레이어를 내려다보았다. 손이 점점 시려 오는 기분이었다. 레나는 이어폰을 가져다 다시 자기 귀에 꽂았다.

그건 무슨 노래야? 준구가 말했다.

「어 테일 댓 워즌트 라이트(A Tale That Wasn't Right)」. 레나가 말했다.

준구는 잠깐 생각했다.

옳지 않은 이야기?

레나는 이어폰 한쪽을 준구에게 내밀었고, 준구는 그것을 받아 귀에 꽂았다. 그리고 입을 다문 채 옳지 않은 이야기가 끝나기를 기다렸다. 다음 곡이 시작되려 할 때, 레나가 말했다.

내 가방 안에 시디플레이어가 몇 개나 더 있는지 궁금해?

조금? 준구가 말했다.

레나가 가방을 내밀자 준구는 무심한 척 가방 안을 들여다보았다. 지갑, 화장품 케이스, 휴대용 티슈가 있었다. 시디플레이어는 없었다. 대신 브랜드가 다른 전자 영어 사전 세 개가 지폐 다발처럼 쌓여 있었다. 준구는 생각했다. 도서관에서 형우의 전자 영어 사전을 훔친 사람도 레나일지 모르겠다고. 그때, 레나가 준구의 어두워진 얼굴을 힐끗 바라보았다. 그리고 슬쩍 웃었다. 웃어? 준구는 왠지 시작도 안 한 전투에서 이미 진 것 같은 기분이었다. 그래서 가볍게 잽을 날렸다.

안경점이 아니라 전자제품 상점을 새로 차릴 계획이야?

레나의 눈썹이 꿈틀거렸다. 레나는 시디플레이어의 정지

버튼을 눌렀다. 그리고 준구의 얼굴을 뚫어지게 바라보았다. 자기에 대해 얼마나 알고 있느냐고 묻는 것이었다. 준구는 조금 뜸을 들였다.

미국 유학 갔다가 IMF 외환 위기 때문에 돌아왔다는 거. 영어 이름은 레나라는 거. 경표한테 들었어.

레나는 눈빛으로 다시 물었다. 또?

우린 같은 초등학교를 다녔어. 네 별명은 외계인이었고. 그게 다야.

하나 더 알고 있잖아. 내가 도둑이라는 거.

현행범이긴 하지.

왜 따라왔어? 경찰에 신고해야 하나 고심 중이야? 경표한테 알려야 할지 말지 갈등하고 있어?

준구는 잠깐 생각했다.

그거 외에 다른 방법이 있지 않을까, 하는 생각을 했어.

베일 것처럼 날카롭던 레나의 눈빛이 조금 누그러졌다. 레나는 마산항 쪽으로 고개를 돌렸다. 마산항은 봄 햇살로 넘실거렸다. 구름 몇 조각이 바다를 헤엄치는 생선처럼 하늘을 유영했고, 돝섬을 둘러싼 해송들 사이에선 새들이 재잘거렸다. 레나가 천천히 입을 열었다.

kleptomania.

그게 뭐야?

도벽. 한국에 돌아오고 나서 더 심해졌어. 안 믿어도 상관없지만.

훔치는 게 습관이라는 거야?

준구가 다시 말했다.

또 훔칠 수도 있다는 말이네?

레나는 가방 안을 뒤지기 시작했다. 준구는 움찔했다. 총이라도 꺼내는 건가 싶었다. 미국 영화에서는 자주 그랬으니까.

네 친구한테 줘. 전자 영어 사전 도둑맞았다는 사람.

레나가 가방에서 꺼낸 것은 전자 영어 사전이었다.

같은 건 아닐 거야. 어쩌면, 그럴지도 모르고.

준구는 전자 영어 사전을 건네받았다. 그리고 자기 무릎 위에 놓여 있던 검은색 시디플레이어를 레나에게 내밀었다. 마치 장물을 교환하는 사람처럼.

나머지는 어떻게 해? 팔아? 준구가 말했다.

돈 때문에 훔치는 게 아니라고 말했잖아.

레나는 주변을 둘러보았다. 섬 정상에는 두 사람뿐이었고, 하늘자전거를 타는 사람들도 시야 밖에 있었다. 레나는 벤치 아래 땅을 두 손으로 파기 시작했다. 쌓인 나뭇잎과 마른 흙들은 별다른 저항 없이 옆으로 비켜섰다. 잠시 후, 그 아래 파묻힌 시디플레이어 다섯 개와 전자 사전 여남은 개가 나타났다.

팔 생각 따윈 처음부터 없었어.

레나가 다시 말했다.

도둑맞은 내 인생처럼 여기 쌓아 두는 거야. 아무도 눈치채지 못하게.

레나는 가방에 있던 절도품을 구덩이에 쏟아 넣었다. 준구는 그 모습을 잠자코 지켜보며 생각했다. 부자가 순식간에 몰락하면 얼치기 시인이 되는 것인가, 하고.

할 일을 끝마친 레나는 의기양양한 눈빛으로 준구를 바라보았다. 준구는 잔소리하고, 나무라고, 혼쭐을 내는 말이라도 해야 할 것 같았다.

혹시, 자동차도 훔쳐 본 적 있어? 준구가 말했다.

자동차? 미국에 있을 때, 옆에서 지켜본 적은 있어. 그건 왜?

훔치고 싶은 자동차가 있어서.

레나는 바닥에서 일어났다. 그리고 벤치에 앉아 있는 준구를 가만히 내려다보았다. 준구는 소리 나지 않게 침을 삼켰다.

훔친 차 팔아서 술이나 마실 생각이면 공병이나 주우러 다녀. 좀도둑한텐 그게 더 어울려.

레나는 가방을 어깨에 둘러메고 선착장으로 향했다.

동미
1974년

썩은 자는 유흥가로 애국자는 일터로

마산모방 운동장을 둘러싸고 있는 염색과, 가공과, 봉제과, 총무과, 소모과 등의 공장 건물들과 운동장 북쪽 언덕 아래에 위치한 기숙사 입구에는 이 표어가 문패처럼 붙어 있었다. 그 외에도 회사 곳곳에 다음과 같은 표어들이 걸려 있었다.

한순간의 좌경 사상 후손에게 눈물 된다
북괴는 노린다 분열과 혼란을

염색과 전방 담임은 염색과 소속 노동자들에게 점잖은 말투로 공장 안으로 들어오기 전 이 표어들을 복창하라고 지시했다. 이를 어기는 사람이 있으면 이렇게 타일렀다. 일하다 다치는 이유는 잡념 때문이라고, 몸 상하면 자기만 손해라고, 딴생각 말고 부지런히 일해 돈이나 모으라고, 그러려고 마산에 온 거 아니냐고.

옥돔처럼 불거진 이마를 가진 염색과 전방 담임은 늘 바지런을 떨었다. 옆에 있으면 빨리 돌아가는 손목시계를 차고 있는 기분이었다. 일하다 자투리 시간이 생기면 신문 배달이라도 하러 나설 사람이었다. 그러나 그런 여유 시간 따위는 생기지 않았다. 공장 내의 시간은 초를 깎을 만큼 빠르게 돌아갔다. 오로지 숫자로만 환산할 수밖에 없는 시간들. 월 28.3일, 하루 14시간 이상 근무.

노동자들은 염색과 전방 담임의 지시를 따르는 시늉이라도 했다. 그러나 석호는 항상 거침없이 공장 안으로 들어갔다. 석호는 주눅 드는 법 없이 늘 싱글싱글 웃었는데, 그래서 오히려 웃기지도 않은 놈이라는 평을 들었다. 미움만 사진 않았다. 지시가 없어도 궂은일을 도맡아 해 호의를 가진 사람도 꽤 있었다.

염색과는 폴리에스터 원료를 곱고 가늘게 만드는 전방과 이를 실의 형태로 만드는 정방, 그 실을 두껍게 그리고 가늘게도 만드는 정사 파트로 나뉘었다. 현장을 책임지는 각 파트의 담임 아래 반장과 부반장, 이어서 지도공, 기술공, 견습공이 있었다. 석호는 정사 파트 소속 기술공이었는데, 다양한 기계를 잘 다루어서 이 일 저 일 넘나들며 손을 보태곤 했다.

　주로 남자가 맡던 담임을 제외하곤 공장 노동자 대부분은 젊은 여성이었다. 일부 남자 노동자들이 장난이랍시고 여성 노동자의 가슴과 엉덩이를 슬쩍슬쩍 만지고 지나가는 일이 발생하면, 어린 여자 노동자들은 석호를 찾아와 분함을 호소했다. 석호는 휴식 시간 때 남자 노동자들이 모여드는 흡연실로 찾아갔다. 그리고 성추행한 사람을 찾아내 모두가 보는 앞에서 배에 주먹을 꽂았다. 저지하고 나서는 사람에게도 마찬가지 방식이었다. 석호는 회사 의무실로 이들을 업어 갔다. 석호가 사정을 설명하면 나이 지긋한 의무과장은 혀를 찼다.

　사람 좀 그만 때려.

　항상 힘 대 힘으로만 부딪힌 건 아니었다. 염색과 전방 담임이 표어를 거들떠보지도 않고 공장 안으로 들어서는 석호를 불러 세운 적이 있다. 염색과 전방 담임은 예의 점잖은 목소리로 왜 지시를 따르지 않느냐고 물었다.

　글자 못 읽습니다. 석호가 말했다. 문맹이에요.

　뭐라고?

　석호는 씩 웃었다.

　표어 따위 없어도 다들 귀에서 진물이 날 만큼 열심히 일하잖아요. 제 귓속 좀 보실래요?

염색과 전방 담임은 헛기침을 했다.

더 잘하라고 그러는 거지. 근데, 진짜 문맹이야?

석호는 낄낄거리며 돌아섰다.

석호가 문맹이라고 믿는 사람은 없었다. 동미 역시 석호가
문맹이 아닌 것을 알았다. 공장 안에서 마주치면 석호는 은근
슬쩍 동미 뒤를 따르며 말을 걸곤 했다. 다른 사람들은 동미를
티 나지 않게 멀리했고, 동미가 등을 보이면 자기들끼리 수군
거렸다. 전 회사에서 있었던 일이 풍문처럼 떠돌았기 때문이
다. 석호의 귀에도 들어갔을 것이었다. 그러나 석호는 개의치
않는 것 같았다. 그래서 동미는 석호가 더 이상한 사람처럼 느
껴졌다. 석호가 동미에게 띄엄띄엄 들려준 이야기에 따르면,
석호는 경북 영주 출신이었고, 학창 시절은 작은삼촌이 살고
있는 인천에서 보냈다. 각종 공구나 기계를 잘 다루는 것을 보
면 짐작건대 공업고등학교에 다니다 중퇴했거나 어쩌면 졸업
까지 했을 것이었다. 고등학교에서 공부했다는 것만으로도 여
기보다 더 나은 회사에, 더 나은 조건으로 취직할 수 있었다.
일반 노동자들 가운데 고등학교 졸업자는 소수였다. 각 과의
담임은 대부분 고졸 출신이었지만, 다수를 차지하는 여자 노
동자는 중졸이거나, 초졸이었다. 초등학교를 다니다 만 사람
도 있었다. 집안 사정 때문에, 오빠나 남동생의 뒷바라지를 하

느라 공부를 할 수 없었던 노동자 중 일부는 회사 인근에 있는 학교에 다니며 학업을 이어 나갔다.

동미는 석호가 말 못 할 사정 때문에 마산으로 왔으리라 여겼고, 그 말 못 할 사정을 폭력 사고로 추측했다. 그러나 직접 묻지는 못했다. 그보다 더한 일을 저질렀을까 봐. 석호는 몸 안에 강한 전류가 흐르는 사람처럼 느껴졌다. 햇볕에 그을린 손등과 팔뚝 위로 솟은 핏줄은 전선 같았고, 두꺼운 허벅지는 발전기 같았다. 동미가 보기에 석호는 강인한 사람이었다. 그러나 바특하게 자른 성인 남자의 손톱을 봤을 때처럼 조마조마함을 느끼게 만드는 어리숙한 면도 지니고 있었다.

*

금요일 야간작업이 시작될 무렵, 동미는 염색과 전방 지도공에게 지난달 구내식당에서 사용한 식권 사용 내역을 전달하러 갔다. 계산 착오가 있었다. 회사에서는 한 달 치 식권을 미리 나눠 줬다. 월급에서 그만큼 제외했는데, 이 식권은 구내식당뿐만 아니라 회사 인근 식당이나 구멍가게에서 현금 대신 사용할 수 있었다. 타지에서 온 사람들은 첫 달 월급이 나오기 전까지 식권으로 숙식을 해결하곤 했다.

석호는 염색과에 들어서는 동미를 발견하자 바닥에 떨어

진 동전이라도 찾는 사람처럼 동미 주변을 어슬렁거렸다. 그럴 때마다 동미는 속으로 중얼거렸다. 위험한 사람이야. 멀리해야 해. 그러나 그렇게 매번 다짐만 할 뿐이었다. 동미는 석호에게 공짜로 즐길 수 있는 마산의 볼거리를, 싸고 맛있는 식당을, 같은 가격에 조금이라도 넓게 쓸 수 있는 월세방을 세세하게 알려 줬다. 석호는 동미 덕분에 방 안에 햇빛이 머무는 시간이 다른 곳보다 긴 월세방을 구할 수 있었다. 동미는 내심 뿌듯하면서도 석호에게 매정하게 대하지 못한 자신에게 경고했다. 석호와 가까워져서는 안 된다고, 이상한 문제에 얽혀 또 회사를 그만두게 되면 아버지가 자기 팔과 다리 중 하나는 반드시 분지를 것이라고.

동미는 석호가 곁에 오기 전, 지도공에게 식권 사용 내역을 전달하고 빠르게 돌아섰다. 앳된 얼굴의 견습공 세 명이 자신의 등 뒤에 서 있었다. 그중 한 견습공이 쭈뼛거리며 지도공에게 말했다.

이제 학교 가야 해요. 지금 가도 늦어요.

지도공은 기가 차다는 표정이었다. 견습공은 열두 시간 이상 근무하는 기능공과는 달리 여덟 시간씩 3교대 근무를 했고, 견습공의 3분의 1은 일과가 끝난 후 인근 학교에서 수업을 들었다. 그러나 바쁠 때는 회사에서 출퇴근 카드를 내주지 않아 학교에 가지 못하기도 했다.

오늘은 안 돼. 지도공이 말했다. 나머지 애들로는 물량 못 맞춰. 이번 주까지 다 끝내야 한다는 반장님 말씀 못 들었어?

수업 빠지면 안 돼요. 혼나요. 견습공이 말했다.

나도 반장한테 혼나.

저희 가야 해요. 보내 주세요, 네? 보내 달라고 사정 안 해도 보내 줘야 하는 거잖아요?

애들이 왜 이렇게 고집을 피워? 학교는 오늘 출석 안 해도 거기 그대로 계속 있어. 내일도 수업하고 내년에도 수업 종이 울릴 거라고. 그런데 공장은 안 그래. 물량을 못 맞추면 문을 닫아. 망한다고. 알겠어?

석호가 손에 묻은 기름때를 작업복에 문질러 닦으며 견습공들 곁으로 다가왔다. 동미는 뒤로 물러설 때라고 느꼈다.

이 애들은 신데렐라잖아요.

뭐? 지도공이 말했다.

조금 전까지는 견습공, 지금부터는 학생. 신데렐라처럼 약속한 시간이 되면 짠, 하고 변신하는 거죠. 그러려고 일하러 다니는 애들인데 보내 주세요.

그럼 나는? 나는 계모야? 애들 그냥 보냈다가 반장한테 무릎 까이고, 머리카락 쥐어뜯기는 계모?

주말에 나와서 하면 돼요. 그럴 거지 애들아?

견습공들은 세차게 고개를 끄덕였다.

하나, 둘, 셋 하면 달리는 거야. 하나, 둘, 셋!

견습공들은 출입구를 향해 냅다 달리기 시작했다. 석호는 가지 말라고 소리치는 지도공의 앞을 가로막았다. 지도공은 석호의 힘에 밀려 제자리걸음만 했다. 이들로부터 저만치 떨어져 있던 동미는 석호를 바라보며 고개를 절레절레 저었다.

어쩌려고 그래? 지도공이 말했다. 네가 책임질 거야? 담임 지시였다고. 그게 결국 사장 지시인 거 몰라?

무슨 일이 있었어요? 뭐가 지나간 것 같기는 한데?

지도공은 석호를 노려보았다. 석호는 빙긋 웃었다.

제가 좀 더 남아서 할게요.

석호는 툴툴거리는 지도공의 등을 부드럽게 토닥였다. 그러다 불쑥 뒤편에 서 있던 동미를 향해 고개를 돌렸다. 동미는 천장을 바라보는 척 딴청을 피우다 몸을 돌려 공장 입구로 빠르게 걸음을 옮겼다.

동미는 석호에게 말해 주고 싶었다. 돌을 깨는 건 망치나 못이라고, 사람이 아니라고, 회사는 돌이라고, 단단하고 무겁고 부서지지 않는 돌이라고. 동미는 저런 석호의 모습을 볼 때마다 조그마한 부싯돌에서 강렬한 불꽃이 튀어 오르는 것을 봤을 때처럼 짜릿함을 느꼈다. 그러나 그 불꽃이 행여 다른 곳으로 번져 나갈 수도 있다는 불안감도 느꼈다. 견습공들이 제시간에 퇴근해 학교에 가게 된 건 잘된 일이었다. 그러나 지금 잠깐 잘된 일이 될 가능성이 컸다. 다른 과의 견습생들은 그러지 못했을 것이다. 그건 그것대로 문제가 될 터였다. 그리고 내일도, 그다음 날도 일은 밀려들 것이고, 회사에서는 견습공뿐만 아니라 모든 노동자를 휴일에도 어떻게든 붙잡아 두려 할 것이다. 납품 기일을 어기는 건 회사 사장의 머릿속에서 한 번도 상상되지 않는 사태였다. 견습생들이 계속 신데렐라로 남을 수는 없었다. 공장은 자정의 마법이 없는 나라였다. 밤이 낮처럼 환한 세계였다.

한 무리의 오후반 견습생들이 운동장을 가로질러 공장 쪽으로 우르르 몰려갔다. 몇몇 견습생이 동미를 알은체하며 고개 숙여 인사했다. 동미는 반가운 표정으로 손을 흔들었다. 견습생들이 공장 입구에 이르자 공장 안에 있던 지도공이 소리쳤다.

뭉그적거리지 말고 어서 들어와. 빨리 일 시작하게.

견습생들은 머리에 쓰고 있던 모자가 벗겨질세라 이를 손으로 붙잡은 채 달렸다. 마치 공장 안으로 빨려 들어가는 듯했다. 그러나 통통한 체형의 한 견습생은 입구에 우뚝 멈춰 서더니 출입문에 붙어 있는 표어를 재빠르게 따라 읽었다. 그리고 앞선 견습생의 뒤를 쫓았다. 동미는 이를 바라보며 생각했다. 온갖 존재들이, 온갖 이유로, 온갖 복종을 자신들에게 요구하

고 있다고. 동미가 아버지에게 SD전기통신을 그만두었다고
말하자 아버지는 세 가지 지시를 내렸다. 다시는 상의 없이 회
사를 먼저 그만두지 마라. 퇴근하고 집에 오면 찬수를 방에 붙
잡아 둬라. 예수쟁이 말 따르지 마라.

동미와 어머니는 성당을 다녔다. 두 사람은 밀양에서 세례
를 받았다. 친아버지의 생사가 오리무중에 빠진 때였다. 동미
는 아버지의 말을 대부분 따랐지만 성당만은 포기할 수 없었
다. 천주교는 자신과 어머니가 마음으로 복종할 수 있는 유일
한 것이었다. 동미와 어머니는 처음으로 함께 반항했다. 성당
을 못 다니게 하면 집을 나가겠다고. 아버지는 지금껏 본 적 없
는 두 사람의 단호한 눈빛에 밀려 한발 물러섰다. 십자가는 자
기 눈에 띄지 않게 하는 것이 조건이었다.

묵주 목걸이 하고 있는 것 같던데, 성당 다녀요?

등 뒤에서 들려온 석호의 목소리에 동미는 천천히 고개를
돌렸다.

어느 성당 다녀요? 세례명은 뭐고요?

동미는 뭐라 대꾸하려다 그만두고 총무과가 있는 건물 방
향으로 다시 발길을 옮겼다.

나는 프란체스코예요.

석호는 동미의 걸음 속도에 발을 맞췄다. 동미가 더 속도를
높이자 석호 역시 그랬다.

문맹이라면서요? 동미가 말했다. 그런데 성경은 어떻게 읽어요?

썩은 자는 유흥가로 애국자는 일터로. 필요하면 문맹도 되고, 애국자도 되고, 썩은 자도 되는 거죠.

석호가 다시 말했다.

일요일 오전 미사 끝나고 저번에 말해 준 홍콩바라는 데 같이 갈래요? 애국도 쉬어 가면서 해야지, 안 그럼 탈 나요.

동미는 헛웃음을 지었고, 석호는 강아지처럼 동미의 뒤를 종종 따랐다. 동미는 냅다 뛰기 시작했다. 석호는 느긋하게 속도를 맞췄다.

따라오지 마요! 동미가 말했다.

어느 성당 다니는지 말해 줘요.

남성동성당.

세례명은요?

로사!

4, 50미터쯤 달렸을까? 동미는 멈춰 서서 숨을 골랐다. 그리고 다시 걸음을 옮기는데 뒤통수가 간질거렸다. 석호의 인기척이 느껴지지 않았다. 동미는 돌아보고 싶었지만 참았다. 남들 눈에 이상하게 비칠 수 있는 행동은 금물이었다. 그것이 지난 회사에서 배운 유일한 교훈이었다. 롯의 아내는 소돔을 벗어나다 천사들의 경고를 무시하고 뒤를 돌아본 탓에 소금

기둥이 됐다. 신부님은 말씀하셨다. 아 그때 그랬더라면! 하는 순간이 오지 않도록 하느님 말씀에 항상 복종하라고. 그러나 동미는 이번 일요일에 고해성사를 해야 할 듯했다. 동미는 뒤를 돌아보았다.

20미터쯤 뒤에 석호가 있었다. 그리고 석호 앞에는 회사 작업복을 입은 두 남녀가 있었다. 그중 참치처럼 몸통이 두꺼운 남자는 심각한 표정으로 석호의 어깨를 거머쥐고 있었다. 두 남자 간의 우애가 쌓여 가는 순간은 아닌 것 같았다. 멋모르고 날뛰는 짐승을 힘으로 제압하는 듯한 분위기였다.

동미는 불안한 눈빛으로 석호를 바라보았다. 그러다 다시 휙 고개를 돌리며 중얼거렸다.

상관하지 마. 신경 쓰지 마.

그때, 철썩하며 파도가 방파제를 때리는 소리 같은 것이 들려왔다. 동미는 마치 감전이라도 된 것처럼 눈을 질끈 감았다. 감은 눈 너머로, 거인의 손처럼 커다란 파도가 석호를 으깨 버릴 기세로 덮쳐 오는 장면이 영화처럼 펼쳐졌다.

은재와 태웅
2021년

바다는 바람조차 잠든 것처럼 고요했다. 마산만 주변의 크고 작은 구릉들과 달그림자 아래 몸을 숨기고 있던 바지선들은 돝섬을 향해 나아가는 요트를 지켜보며 낮은 목소리로 그르렁거렸다. 눈에 띄지 않으려 불빛을 감춘 요트는 바다거북처럼 느릿느릿 움직였다.

은재가 요트를 몰았다. 태웅은 뱃전에 서서 대형 선박의 움직임과 해양 경비선의 동태를 살폈다. 마산항 관광 유람선 터미널 바로 곁에 창원해양경찰서가 있었다. 요트는 해양경찰의 앞마당을 잠행해야 했다. 혹시라도 물러나라는 경고 방송을 듣거나 해경선의 검문을 받는다면 마산항의 상황에 무지한 20대인 척하며 요트를 돌릴 생각이었다.

이렇게 쉬울 일이었나? 거의 다 왔어. 태웅이 말했다.

은재와 태웅은 낮에 돝섬을 방문할 생각으로 마산항 관광
유람선 터미널에서 만났다. 내부 화장실 변기에는 먼지가 쌓
여 있었고, 오가는 사람은 창구 직원과 화장실 천장 수리를 하
는 관리 직원밖에 없었다. 돝섬을 운영하는 처지에서는 안타
까운 일이겠지만, (돝섬은 시에서 관리하고, 유람선은 민간 회사에
서 운영했다.) 팬데믹이 유지되는 한 돝섬 방문객은 허름한 동
네 목욕탕 수준밖에 되지 않을 듯했다.

은재는 유람선 출발 시간을 기다리며 선착장 주변을 걸었
다. 봄빛 아래서 바다가 반짝이고 있었다. 은재는 마산 앞바다
가 점점 깨끗해지고 있다는 사실에 새삼 놀랐다. 산업화 시절
의 바다가 아주 사라지진 않았다. 그러나 말로만 들었던, 그보
다 더 오래전의 맑은 바다가 밀물처럼 몰려오는 중이었다. 그
리고 그 한복판에 방문객의 발길이 뜸해진 돝섬이 있었다. 은
재는 돝섬에서 대마가 갯질경이처럼 자라는 모습을 상상했다.
갯질경이는 볼품없지만 쑥쑥 자랐고 누구도 눈여겨보지 않는
식물이었다. 대마 역시 100일 만에 4미터가 자라기도 할 만큼
성장 속도가 빨랐다.

돝섬에서 돌아온 가고파 1호가 출항 준비를 마쳤다. 80명
에서부터 270명까지 태울 수 있는, 규모가 다른 세 척의 유람
선이 터미널과 돝섬을 30분 간격으로 오가며 관광객을 실어

날랐다. 유람선의 이름은 가고파 1호, 가고파 2호, 가고파 3호였다. 그러나 근래엔 가장 작은 가고파 1호만 운행했다. 관광객이 적은 탓이었다. 그런데 표를 사려 할 때, 은재와 태웅은 예기치 못한 난관에 부딪혔다. 신분증을 제시하고, 승선신고서를 작성해야 했다. 그건 미처 생각지 못한 부분이었고, 곤란한 문제로 이어질 수 있는 충분한 조건이었다. 누군가 돝섬에서 대마를 발견한다면, 승선신고서가 결정적인 단서가 될 가능성이 컸다.

두 사람은 외딴섬에 고립된 표정으로 뒤돌아섰다. 가고파 1호로 돝섬을 가는 것은 포기해야 했다. 그러나 돝섬만큼 적합한 장소가 없다는 확신은 더욱 깊어졌다. 신분증을 보여 줘야만 닿을 수 있는 곳에서 대마를 키우려는 사람은 바닷가의 심마니처럼 드물 것이었다. 그럴 가능성을 의심하는 사람 역시. 두 사람은 돝섬에 갈 수 있는 다른 방법을 물색했다.

*

가고파 1호는 저녁 6시에 돝섬에서 마산항 관광 유람선 터미널로 출발했다. 관광객과 공원 관리자들을 모두 태우고 돌아갔기 때문에 돝섬은 다음 날 아침 9시 15분쯤 첫 배가 들어오기 전까지 무인도나 마찬가지였다. 은재와 태웅은 늦은 밤

요트를 타고 돌섬으로 갈 작정이었다.

요트를 대여해 주는 '마리나 마산'은 몇 년 전 재개장한 광암해수욕장 부근에 있었다. 요트 면허가 있는 은재가 마리나 마산을 찾아갔다.

마리나 마산은 간판이 조금 특이했다. 요트 모양의 네온사인 간판이었는데, 마리나와 마산 사이를 띄어 쓴 것뿐만 아니라 마리와 나 사이도 띄어 썼다. 마리나 마산이 아니라 마리, 나, 마산이었다. 마리와 나와 마산이라는 의미일까? 마리는 누구의 이름일까? 은재는 입구 문을 조심스럽게 열고 가게 안으로 들어갔다.

가게 안엔 사람이 없었다. 입구 왼편에는 허리 높이 정도의 성모마리아상이 놓여 있었다. 카운터 뒤쪽으로 뒷문이 보였는데, 요트 계류 시설과 연결된 것인 듯했다. 정면 위쪽 벽에는 모든 이에게 평화, 라고 적힌 나무패가 부착돼 있었고, 나머지 벽에는 청도, 스플리트, 시칠리아, 방콕, 샌프란시스코, 그리고 리우데자네이루의 바다를 배경으로 요트를 운전하는 남자의 사진이 걸려 있었다.

샌프란시스코는 가세가 기울기 전, 언니 은수가 유학을 갔던 도시였다. 은재는 샌프란시스코 금문교를 배경으로 찍은 요트 사진 앞으로 자신도 모르게 끌려갔다. 그때, 뒷문이 열리며 한 남자가 나타났다. 사진 속 모습보다 살이 조금 더 붙은 듯한 남자는 화가 나기 전의 까치복을 닮았다. 둥글둥글한 체격과 검게 그을린 피부, 그리고 검은자보다 흰자의 영역이 도드라지게 넓어서 늘 살짝 놀라 있는 듯한 동그란 눈.

은재는 남자에게 신분증과 요트 면허증을 보여 주며 말했다. 자정 무렵부터 해 뜨기 전까지 요트를 빌리고 싶다고, 가능하면 장기 렌털도 고려 중이라고. 남자는 신분증을 물끄러미 바라보았다.

어디를 항해할 생각이에요? 남자가 말했다.

은재는 빠르게 머리를 굴렸다. 늦은 밤에 요트를 빌리려는 사람은 중년의 낚시꾼과 치기 어린 젊은 커플, 그리고 범죄자와 사기꾼 중 하나일 것이다. 은재는 벽에 걸린 액자 중 하나를 가리켰다.

샌프란시스코요. 가장 가 보고 싶은 도시예요.

남자는 슬쩍 웃었다.

아름다운 곳이죠. 혹시 샌프란시스코가 성 프란체스코에서 비롯된 이름인 거 알아요?

네. 성 프란체스코는 가난하고 병든 사람에게 사랑을 쏟으신 분이라고 들었어요. 성 프란체스코가 가난한 사람을 위한 교회를 짓는 데 재산을 다 쓰자 그의 아버지는 유산을 물려주지 않겠다고 경고했어요. 성 프란체스코는 오히려 기뻐하며 입고 있던 옷까지 아버지에게 건넸고요.

언젠가 은수가 은재에게 들려준 이야기였다. 남자는 조금 전보다 눈이 더 커졌다.

가톨릭 신자? 어느 성당 다녀요?

세례를 받진 않았어요.

세례는 양덕성당에서 받으세요. 거기 하느님은 24시간 대기 중이시니까.

바다와 접해 있는 요트 계류 시설에는 구름다리 같은 잔교와 도교가 깔려 있었고, 그 주변으로 요트 몇 대가 묶여 있었다. 규모가 크진 않았지만 구색을 갖추려는 노력이 엿보였다. 캣(cat), 슬루프(sloop), 커터(cutter)처럼 돛대 양식이 다른 요트들이 파도 위에서 단정하게 출렁였다.

제일 싼 것이면 돼요. 은재가 말했다.

싸고 안전한 건 없어요. 남자가 말했다.

남자는 바다 쪽으로 제일 멀리 있는 요트를 가리켰다. 모터가 달린 세일링 겸용 요트였다. 은재는 남자를 따라 요트 쪽으로 걸어가다 요트 이름을 보곤 멈칫했다.

요트 이름이 촌스럽죠? 남자가 말했다.

그래서 놀란 건 아니에요.

은재가 다시 말했다.

광남호. 촌스럽지 않아요. 좋아요.

빛 광에, 남녘 남 자를 썼어요.

은재는 남자의 나이를 추측해 보려 했다. 40대 중반쯤? 짐작이 맞다면 아버지의 조카뻘 나이였다. 아버지 지인일 수도 있지만, 자신의 기억 속에 어렴풋이라도 남아 있는 얼굴은 아니었다. 광남이라는 흔하지 않은 이름으로, 남쪽에서 빛나리라는 의지로 우연히 묶인 관계가 전부일 듯했다.

마산항은 큰 배들이 드나드는 곳이라 요트를 마산항 부근에서 타는 건 삼가야 해요.

남자가 다시 말했다.

큰 배가 만든 파도에 휩쓸려서 요트가 뒤집힐 수 있어요. 해양경찰이 제지하기도 하고. 진해만은 괜찮아요. 통영이랑 부산 쪽도 좋고. 요트 선착장이 있어서 입출입이 훨씬 자유로워요.

은재는 덜컥했다.

그럼 돝섬 쪽으로 못 가는 건가요?

갈 수 있어요. 위험을 조금 감수하면. 근데 그건 정신적으로 불법이에요. 더 많은 위험과 모험을 감수해야 합법이에요.

네?

남자는 부드럽게 웃었다.

겁이 나더라도 더 멀리, 조금씩 더 멀리 나아가 봐요. 항로를 잃거나 영영 돌아올 수 없게 되는 건 아닐까, 그런 두려움이

190

생기는 건 당연해요. 바다는 한없이 넓고 자비도 없으니까. 그럴 땐, 남쪽으로 계속 나아가요. 두려움의 선을 넘는 거죠. 조금씩, 조금씩. 그럼 결국 밝고 따뜻한 곳에 닿을 거예요.

남자는 은재가 먼바다 항해를 두려워하는 것으로 여긴 듯했다. 두려움의 선을 넘지 못하는 사람. 은재는 속으로 웃었다. 오해를 풀 이유가 없었다. 돝섬으로 가는 것이 그 선을 넘는 일이었으니까.

마산 사람이라면 돝섬을 몰래 한번 가 보는 것도 잊지 못할 사건이 되긴 할 거예요.

남자가 다시 말했다.

나도 그랬던 적이 있어요. 늦은 밤에, 이 요트와 똑같은 이름을 가진 배를 타고 갔었죠. 낯설고 신비로운 보물섬에 가는 거 같았어요. 마치 해적이 된 기분이랄까.

남자는 은재에게 요트 키를 건넸다.

혼자 타요?

은재는 잠깐 생각했다.

아마도요.

샌프란시스코에는 혼자 갈 생각 말아요.

위험해서요?

남자는 웃었다.

젊은 시절엔 위험을 혼자 독차지하는 것도 범죄예요. 값진

교훈이 보상으로 주어지니까. 돈이나 명예는 언젠가 사라지지만 그건 안 없어져요.

은재는 남자가 마리, 나, 마산이라는 간판만큼 특이하게 느껴졌다. 커다란 모험의 대가로 별거 아닌 것을 손에 넣었어도 쾌활한 선원의 가슴을 지닌 사람이거나 회개한 걸 가끔 반성하는 범죄자의 심장을 지닌 사람 같았다. 남자가 마지막으로 말했다.

당일 요금은 받지 않을게요. 조건은 오늘은 시험 삼아 근해만 돈다는 거예요. 너무 멀리 가지 않고.

그럴게요.

은재는 남자에게 돈을 건넸다. 태웅이 받은 코로나19 재난지원금과 자신의 것을 합해 만든 것이었다. 나머지 금액은 카드 할부로 해결했다.

＊

이번이 첫 돌섬 방문이 아니라는 것을 항변하듯, 광남호는 돌섬에서 운영 중인 해양레포츠센터 요트 계류 시설에 이질감 없이 안겨 들었다. 태웅은 은재를 바라보며 엄지를 치켜세웠다.

은재는 재빨리 빠져나가야 하는 경우를 대비해 요트를 계

192

류 시설에 로프로 느슨하게 묶은 다음 뭍으로 올라갔다. 마산항과 돝섬 사이에 놓인 인공섬이 손에 붙잡힐 듯 가까운 곳에서 보였다. 마산항과 인공섬을 잇는 연륙교는 화려한 조명들로 반짝였지만, 인공섬 내부는 인적 끊긴 무덤처럼 어둡고 삭막했다. 은재는 언젠가 아버지가 했던 말이 떠올랐다. 아버지는 인공섬이라면 치를 떨었다. 수천억 원을 들여 마산에 제일 필요 없는 것을 만들었다고, 왜 세금을 바닷길을 막는 데 쓰는 거냐고, 마산이 땅이 부족해서 쇠락 중인 거냐고, 날로 깨끗해지는 마산 앞바다에 왜 저런 짓을 하느냐고. 아버지가 그 말을 할 때 곁에 있던, 해당 지역 전 시의원이자 목재상을 운영했던 아버지 친구는 좀 더 원색적으로 시의 행정을 비난했다.

내가 그렇게 반대했는데, 다들 상상력이 일관돼. 머리에 시멘트만 들어찼어. 세금을 갖다 쓰는 방법이 바다 메꿔 땅 만들고, 콘크리트로 건물 짓고, 다리 놓고, 보를 쌓는 것밖에 없다고 생각하는 거야. 한심한 새끼들.

아버지 친구는 3년 전, 망해 가던 목재상을 헐어 주차장을 만들었다. 또 다른 상상력의 결과. 주차장 바닥은 온통 흙이고, 넉넉하게 후진할 수 있는 공간도 부족했지만, 목재상을 운영할 때보다 월수입이 나았다. 아버지 친구는 아버지에게 이렇게 충고했다.

너도 호텔 헐고 주차장이나 만들어. 그게 속 편해. 시에서 보조금도 받을 수 있고.

은재는 그때를 떠올리며 인공섬을 다시 바라보았다. 머릿속에서, 폭포처럼 쏟아지는 뜨거운 햇살을 받으며 바닷바람에 나풀거리는 대마밭이 아른거렸다. 범죄자의 상상력. 은재는 흠칫 놀랐다.

관광은 나중에 해. 태웅이 말했다.

생각 좀 하느라.

태웅은 은재 곁으로 다가와 황무지나 다름없는 인공섬을 빙 둘러보며 감탄했다.

저기에 대마밭을 만들면 정말 끝내줄 텐데.

*

두 사람은 둘레길을 따라 돌섬을 한 바퀴 돌았다. 보안등은 고장이라도 난 듯 군데군데 꺼져 있었고, 풀벌레 울음소리와 파도 소리, 바람이 나뭇가지를 드문드문 흔드는 소리 외에 다른 것은 들려오지 않았다. 은재는 짙은 어둠과 밤바다의 숨소리가 두렵기보다 안락하고 안전하게 느껴져서 또 한번 흠칫했다. 앞서 걷던 태웅이 뒤를 돌아보며 말했다.

돌섬이 이렇게 예쁜 곳이었어?

과연 바다 위의 조각 공원이자 화원이라고 부를 만했다. 출렁다리로 이뤄진 소망의 길, 등대에 올라 주변을 조망할 수 있는 연인의 길 등으로 이뤄진 둘레길에는 유명 작가들의 조각품이 돝섬의 수호성인처럼 자리 잡고 있었다. 정상으로 이어지는 길을 따라서는 각종 나무와 봄꽃들이 달이 키운 식물들처럼 은빛으로 빛나는 중이었고, 하늘화원이라 이름 붙은 섬 정상에는 색색의 장미가 커다란 하트 모양으로 심겨 있었다. 그러나 두 사람은 밤의 돝섬이 품은 아름다움에 감탄하면서도 한편으론 실망감을 감출 수 없었다. 대마가 은밀히 자랄 수 있는 곳은 섬 정상과 섬 둘레길 사이의 좁은 경사면이 유일해 보였기 때문이다.

두 사람은 섬 정상의 「가고파」 시비와 문신 조각 옆에 서서 다시 한번 돝섬 구석구석을 살폈다.

경사면밖에 없어. 은재가 말했다.

내가 확인해 볼게. 수도꼭지 좀 찾아봐.

태웅은 없는 길을 만들어 가며 경사면 아래로 내려갔다. 삭은 잎들이 태웅의 발목 바로 위까지 차올랐다. 오랫동안 사람의 발길이 닿지 않은 것은 분명해 보였다.

은재는 태웅의 모습이 더 이상 보이지 않을 때까지 지켜보고 있다가 수도 시설을 찾으러 나섰다. 내륙에서 뻗은 해저 상수관이 돝섬까지 이어져 있어서, 대마를 심을 곳까지 물을 끌고 갈 방법만 있으면 됐다. 잠시 후, 은재는 장미 화원을 가꾸기 위해 설치해 놓은 수도의 호스를 발견했다. 호스 길이는 섬 구석구석에 물을 줄 수 있을 만큼 충분히 길었다. 은재는 수도 꼭지를 돌려 보았다. 수압 높은 물이 쏟아져 나왔다. 그때, 태웅에게 괜찮은 장소를 발견했다며 연락이 왔다. 은재는 물이 흘러나오는 호스를 손에 쥔 채 경사면 아래로 내려갔다.

은재는 경사면 주변을 둘러보았다. 해송들 사이로 얼핏얼핏 모습을 드러낸 돝섬 동쪽의 육지는 창원에 면한 마산항 제5부두였다. 부두에는 컨테이너 박스가 레고 블록처럼 쌓여 있었고, 한편에는 포크레인 같은 건설기계와 중고 자동차가 도열해 있었다. 해외로 수출되는 차량들이었다. 그 외에는 우거진 나무들이 시야를 차단했다. 은재는 태웅을 바라보며 고개를 끄덕였다. 그리고 머리 위를 올려다보았다. 나뭇가지들이 우산대처럼 듬성듬성 팔을 뻗고 있었고, 돝섬 정상 부근에서는 희미한 빛이 등대처럼 깜빡였다. 문신의 조각상이 있는 곳이었다. 은재는 그 불빛을 바라보며 신발로 땅을 쿡쿡 찍었다. 고운 흙과 삭은 잎들이 차돌처럼 튀어 올랐다.

오늘 심자. 은재가 말했다.

잘 자라겠지?

반만 수확해도 다행이라 생각해야지. 그래도 안전한 게 나아.

대마 씨앗 심는 방법은 인터넷으로 충분히 공부해 뒀다. 두 사람은 미리 발아시킨 씨앗을 일정한 간격으로 심기 시작했다. 그리고 물을 뿌렸다. 호스를 위로 향하게 해 하늘에서 내리는 비처럼. 두 사람은 섬 바깥의 시선을 차단하듯 높이 솟은 팽나무와 중국단풍나무에도 물을 줬다.

무학산 너머로 솟은 달이 점점 기울어 가며 마산항의 그림자를 바다 위에 길게 드리웠다. 두 사람은 작업을 끝낸 후 섬 정상으로 다시 올라갔다. 그리고 모내기를 마친 농부들처럼 마산항이 바라보이는 벤치에 털썩 주저앉았다. 해안가에 띄엄띄엄 자리 잡은 숙박업소들의 불빛이 바다 위에서 일렁였다. 광남호텔의 불빛도 거기에 있었다. 은재는 이마와 눈가에 맺힌 땀을 닦으며 생각했다. 모든 일이 계획대로 된다 해도 남은 빚을 다 갚을 수는 없다고, 그러나 광남호텔이 회생할 시간은 벌 수 있다고, 필요한 건 시간이라고.

마약 관련 다큐멘터리를 찾아봤어.

은재가 다시 말했다.

한때 마약 딜러였다가 지금은 목사가 된 사람이 씁쓸한 표정으로 과거를 회고하는 장면이 있었어. 그 사람은 각종 단속에도 마약 수요가 줄기는커녕 계속 늘어나는 이유는 마약 중독자 때문이 아니라고, 마약 딜러들 때문이라고, 자기처럼 돈에 중독되었던 사람들 때문이라고, 이들은 돈을 벌기 위해 어떻게든 마약 중독자들 손에 마약을 쥐여 준다고, 마약보다 돈

197

에 중독된 게 더 나쁜 일이라고, 돈에 중독된 사람들은 무슨 일이든 한다고, 그런 사람들은 정부에도, 학교에도, 회사에도, 가정에도 있다고, 돈에 중독되지 않아도 되는 사회를 만드는 것이 마약 중독자를 줄이는 길이라고 말했어.

아멘. 태웅이 말했다.

우린 메인 잡을 구한 게 아니라 일종의 아르바이트를 하는 거야.

이것조차 비정규직이야?

은재는 웃었다.

비정규직이야. 돈이 아니라 다시 시작할 수 있는 기회와 시간을 버는.

태웅은 느릿느릿 고개를 끄덕였다.

우리 엄마가 많이 아파. 말기 신장질환. 일주일에 세 번 병원에 가. 가면 네 시간씩 투석받고. 어쩌다 서울의 큰 병원을 갈 때면, 온 가족이 진을 빼야 해. 얼마 전엔 식당 문도 닫았어. 와 봤지? 가포우편물취급소 옆에 있던 백반집. 팬데믹 시작되고 동네 장사마저 안됐어. 엄만 요즘 우울증까지 앓아. 자신의 전부나 다름없는 식당마저 그렇게 됐으니까. 그래서 이번에 회사 옮길 때 엄마한테 이렇게 말했어. 좀 웃겨 보려고.

뭐라고?

냉장 회사라 아주 마음에 든다고, 더울 일이 전혀 없다고.

내가 더위를 많이 타거든.

웃으셨어?

아니. 더 걱정했어. 내가 추위도 제법 타거든.

태웅은 그날 밤, 집을 나와 해안가 산책로를 정신없이 달리던 순간을 떠올렸다. 태웅은 무언가에서 벗어나기 위한 발버둥처럼, 땅에다 대고 하는 원망처럼 달리고 또 달렸다. 이게 뭐냐고, 어쩌라는 거냐고, 도대체 나한테 왜 이러는 거냐고.

나는 인내심이 부족한 인간인가 봐. 태웅이 말했다.

일하는 곳은 시원하거나 따뜻해야 해. 덥고 추우면 누구나 힘들어. 당연해.

겨울에는 난방 회사에 취직했다고 할까 봐.

준구
1999년

마산의 겨울은 춥다기보다는 으스스했다. 차가운 바닷바
람이 냄새처럼 몸에 달라붙었다. 지난겨울, 월영동의 단칸방
에는 그 바닷바람이 장판처럼 눌러앉았다.

월영동으로 이사 온 첫날, 준구와 어머니는 바다 쪽으로 난
작은 창을 신문지로 빈틈없이 막았다. 슬며시 비쳐 드는 햇살
은 추위에 무용했다. 어머니는 벽에 걸린 이콘 십자가 (기도하
는 성모의 모습이 그려져 있었다.) 아래 놓아둔 선인장에도 신문
지를 둘렀다. 금전운을 부른다는 이 선인장은 이사 오며 유일
하게 새로 장만한 것이었다.

얼마 안 되는 짐을 정리한 후, 준구와 어머니는 옥상에 올
라 마산 시내와 마산항을 내려다보았다. 아버지는 돈을 빌리

기 위해 저 아래 어딘가를 표류 중이었다. 달의 그림자라는 의미를 지닌 월영(月影)동은 무학산 서쪽 줄기를 비스듬히 베고 누운 고지에 있었다. 옥상에 서면 마산항과 돝섬이 내려다보였고, 항구에 닿은 임항선을 따라 눈을 옮기면 신마산과 구마산을 관통할 수 있었다. 월영동은 마산의 지난 그림자를 들여다볼 수 있는 동네였다. 그때, 어머니는 아버지와 처음 만났을 때의 이야기를 들려주었다.

두 사람은 마산 선창에서 짐꾼으로 일하다 만난 어머니의 큰아버지와 준구 할아버지의 인연으로 맺어졌다. 경남 양산 출신인 어머니는 마산으로 시집올 때 임항선을 달리는 야간열차를 탔다. 야간열차는 꾸역꾸역 달렸다. 마산에서만 마산항을 포함해 서너 개의 역을 거쳐야 했다. 객실 안은 일자리를 찾아 마산으로 가는 사람들로 가득했다. 통로에도 사람들로 빼곡해서 몸을 움직이기 쉽지 않았다. 객실 중앙 창가 좌석에 앉은 어머니는 혹시라도 목적지인 북마산역에서 내리지 못할까 봐 전전긍긍했다. 그러나 기차가 마산항으로 접어들었을 때, 어머니는 창밖 풍경에 사로잡혔다. 밤바다가 기차와 나란히 달리고 있었다. 바다 위로는 마산의 달그림자가 번져 있었고, 달빛을 등에 업은 파도는 거북이 등처럼 솟은 조그마한 섬 주변에서 (어머니는 그것이 돝섬이라는 것을 그때는 몰랐다.) 춤을 추듯 경쾌하게 일렁였다. 어머니는 마산 앞바다의 풍경에 넋을 잃었다. 그러다 문득 정신을 차렸을 때, 기차가 북마산역에 막 닿았다. 어머니는 서둘러 기차에서 내리려다 균형을 잃었다. 순간, 땅이 눈앞으로 성큼 달려들었다. 어머니는 바닥에 넘어져 손바닥과 무릎이 까졌다. 그런데 아픔이 아니라 아버지를 보고 싶다는 열망만 느꼈다. 어머니는 아버지가 좋았다. 누구에게도 해코지하지 않을 사람 같았다.

북마산역 역사에 발을 디디니 인파들 사이로 초조하고 걱정스러운 표정을 짓고 있는 아버지의 얼굴이 보였다. 뒤늦게 어머니를 발견한 아버지는 온갖 시름이 다 날아간 사람처럼 활짝 웃었고, 어머니는 왈칵 눈물을 흘렸다. 어머니와 아버지는 손을 잡고 철길을 따라 걸으며 집으로 갔다. 달빛이 철로 위에서 물고기 비늘처럼 빤짝였고, 봄바람은 저 너머의 어둠 속으로 벚꽃잎을 부드럽게 실어 갔다.

집은 무학산 골짜기 부근에 있었다. 판자로 지은 것이었는데, 대문이 곧 부엌문인 집이었다. 어머니는 그 집에서도 마산항이, 임항선이 지금처럼 내려다보였다고 말했다. 준구의 기억에는 없는 집이었다. 준구가 네 살 무렵, 부모님은 양덕동으로 이사했다. 양덕동의 집은 작지만 마당이 있었다. 세 사람은 일요일 오전이면 양덕성당에 갔다. 어머니는 기도했다. 준구만은 건강하게 잘 자라도록 해 달라고. 어머니는 몰랐지만, 그때 준구 역시 간절히 바라는 것이 있었다. 준구는 지루함에 시달리며 기도했다. 양덕성당이 사라지게 해 달라고, 그게 어려우면 미사라도 없애 달라고.

여기 서서 달그림자를 보니 그때 그 시절로 다시 돌아간 거 같아.

어머니가 다시 말했다.

그땐 내일이 오늘보다 아주 조금이라도 나았어. 어제보다 나쁜 오늘은 없었어. 안 좋은 일이 겹치고 겹쳐도 그랬어. 점점 나아질 거란 희망이 있었고, 정말 그랬으니까.

준구는 어머니의 온기 어린 손을 붙잡았지만 마음은 데워지지 않았다. 임항선이 이끄는 데로 달려가다 보면 결국 만나게 되리라 여겨졌던, 철로 건널목에 놓인 신호등 불빛과 같이 그 자리에서 꼼짝하지 않고 반짝이던 희망이 존재하던 시절은 손을 흔들며 멀리 떠나갔다는 것을 직감했기 때문이었다. 마산항 부근의 화력발전소와 연탄 공장은 오래전 문을 닫았고, 열차에 실려 있던 석탄 더미 위로 돌멩이를 던지며 놀던 꼬맹이들은 사라졌다. 마산항을 찾던 선박들은 이제 부산항에 더 많이 닻을 내렸다. 항구 주변으로 대형 트럭이 오갈 수 있는 도로가 깔리면서 임항선의 쓰임새는 더욱 줄어들었다. 한 달에 서너 차례밖에 열차가 운행되지 않았다. 봄이면 선로 틈 사이로 나팔꽃과 이름 모를 잡초가 무릎 높이만큼 자라기 일쑤였고, 철로 양옆으로는 개나리와 진달래, 벚꽃 등이 난삽하게 꽃을 피웠다. 임항선은 현재의 마산과 비슷한 처지였다. 사람은 하나둘 떠나가고, 의도한 바 없이 꽃은 흐드러지게 피는. 임항선은 낮게 드러누운 채 과거의 기억을 속절없이 떠나보냈다. 준구는 마산 앞바다로 향한 어머니의 얼굴을 애처롭게 바라보았다. 어머니는 볼품없이 가난했음에도 희망이 존재하던 그 시절을 씁쓸하게 음미하는 중인 듯했다.

그런 어머니처럼, 레나 역시 과거에 사로잡혀 있었다. 돝섬에서 돌아온 지 사흘이 지난 후, 준구는 비틀스에서 레나를 다시 만났다. 그때, 준구는 레나에게 제안했다. 자동차 훔치는 걸 도와달라고, 도벽 때문이 아니라 네가 진심으로 갖고 싶은 게 생기면 자신도 훔치는 걸 돕겠다고.

나는 과거를 훔치고 싶어. 레나가 말했다.

과거?

준구가 다시 말했다.

이왕이면 근사한 미래를 훔치는 게 낫지 않아?

미래는 불확실해. 어떻게 될지 아무도 몰라. 그런데 과거는 아냐. 과거는 확실해. 원하는 게 있으면 가졌고, 하고 싶은 게 있으면 그냥 했어. 걱정도 없고, 부족함도 없었어.

결국, 돈이 필요하다는 거 아냐? 그것도 엄청 많은 돈이?

레나는 이 단순한 놈과의 대화는 여기서 끝이다, 라는 눈빛이었다. 레나는 지워지지 않는 슬픔이나 아픔 따위는 겪어 본 적 없던 때를, 그게 무엇인지 짐작조차 할 수 없던 때로 돌아가 길 원하는 것처럼 보였다.

넌 왜 자동차를 훔치려는 거야? 레나가 말했다.

준구는 지난 사정을 설명했다. 레나는 처음에는 시큰둥한 표정이었지만 준구의 입에서 부도, 경매, 파산, 빚쟁이, 절도 같은 단어들이 오르내릴 때마다 표정이 굳어졌다. 준구는 그런 레나의 모습을 보며 기대치 않던 위로를 받았다. 과거를 훔치길 원한다는 레나의 말도 조금은 이해할 수 있을 것 같았다. 이 시절, 파산의 경험으로 만들어진 생채기는 설사 부위가 달라도 아픔의 강도가 비슷했다. 그 아픔 이전의 현실은 물 밖으로 끌려 나온 생선의 눈에 비친 푸른 바다 같은 것이었다.

어릴 때부터 탈 수 있는 건 다 좋아했어. 준구가 말했다. 오토바이, 자동차, 배 같은 거. 그걸 타고 낯선 곳으로 가는 것도 좋아했고. 돈이 생기면 무조건 저금했어. 부모님 도움 없이 내 힘으로 하나씩 사려고.

부모가 돈이 많은 것도 자기 능력이야. 레나가 말했다.

그게 자기 능력이라고?

능력이야.

부모가 돈이 없으면 자기 무능이고?

무능이야.

우리가 전근대로 다시 돌아간 건가? 이해가 안 되는데?

그건 이해하는 게 아냐.

레나가 다시 말했다.

겪는 거야. 겪으면서 온몸으로 느끼는 거야. 비에 흠뻑 젖는 것처럼, 물에 빠져 허우적거리는 것처럼, 돌부리에 걸려 넘어지는 것처럼. 그깟 자동차는 그만 잊어버려. 돈 많은 부모 따위는 없어도 될 만한 걸 훔쳐.

그런 게 있어?

레나는 뜸을 들이다가 천천히 입을 열었다.

빌리가 대마초를 갖고 있어. 최소 3만 달러어치. 비틀스에서 내가 노래 부른 날, 가즈가 말해 줬어. 같이 훔쳐서 달아나자고. 부산과 대구에 대마초를 팔 수 있는 루트가 있다고 했는데, 외국인 영어 강사들을 말하는 것 같았어.

그래서?

거절했어. 그랬더니 못 들은 걸로 하라고, 그게 싫으면 섹스나 하러 가자고 했어.

준구는 잠깐 생각했다.

했어?

레나는 눈을 찌푸렸다.

빌리랑 서로 블로잡이나 해 주라고 했어.

아? 했을까?

준구는 곧바로 사과했다.

가즈는 믿을 수 없어. 레나가 말했다. 일이 잘못되면 나한테 다 뒤집어씌우려 했을 거야. 대마초는 빌리 집에 있어. 일부는 기타 가방에 넣어 가지고 다니고. 걔들 집 도어록 비밀번호를 알고 있어. 가즈가 한국에 처음 온 날. 1120. 대마초가 사라져도 너를 의심할 사람은 하느님밖에 없을 거야.

그게 부모님을 대신할 수 있다고? 대마초가?

그때 가즈가 바 안으로 들어왔고, 뒤이어 기타 가방을 든 빌리가 모습을 드러냈다. 레나는 맥주잔을 들고 자리에서 일어났다. 가즈와 빌리가 앉은 테이블로 가기 전, 레나는 뒤를 돌아보며 말했다.

우리 아빠는 빚을 못 갚아 구속됐어. 엄마는 계속 아프기만 하고. 병원에서도 병명을 알 수가 없대. 너는?

*

엘피 바 월영은 창동과 아귀찜으로 유명한 오동동을 잇는 좁은 골목길의 상가 건물 2층에 있었다. 1층은 아귀찜 전문 식당이었다. 월영은 1978년에 처음 문을 열었는데, 당시 모습을 그대로 간직하고 있어 마산 토박이들에게 제법 알려져 있었다.

준구는 2층으로 난 계단 앞에서 경표가 보낸 문자를 다시 확인했다.

찰스가 밤 10시쯤 월영으로 오래. 일하기 전에 술이나 한잔 하자는 거 같아. 사장님이 아니라 찰스라고 부르는 거 잊지 마. 취하지도 말고.

월영에서 일하는 건 수입이 늘어난다는 의미만은 아니었다. 이곳 단골손님이라는 우영과 마주할 기회가 생긴다는 뜻이기도 했다. 자동차의 행방을 파악하기 위해서라도 우영을 만나야 했다. 그리고 훔치기 위해서도.

준구는 굳은 얼굴로 계단을 올랐다. 계단 위 정면으로 보이는 화장실 오른편이 입구였다. 계단 끝에 다다르자 귀에 익은 올드 팝송이 문틈 사이로 흘러나왔다. 출입문에는 LP HOUSE라고 적힌 문패가 걸려 있었다.

준구는 바 안으로 조심스럽게 들어갔다. 20평 남짓한 바 안은 오래된 엘피의 고릿하면서도 매콤한 냄새가 감돌았다. 바 오른편에는 나란히 선 진열대 앞으로 허리 높이의 바 테이블이 세로로 길게 놓여 있었고, 왼편에는 여럿이 앉을 수 있는 테이블 몇 개가 의자와 함께 놓여 있었다. 진열대는 모두 네 개였다. 왼쪽 두 개의 진열대에는 엘피와 턴테이블, 스피커와 진공관이 놓여 있었고, 오른쪽 진열대들에는 손님이 남겨 놓은 양주들이 도열해 있었다. 그리고 양쪽 진열대 사이의 벽에는 세 개의 액자가 높이를 달리해 세로로 매달려 있었다.

구석 테이블에는 대여섯 명의 손님들이 있었다. 연령층이

다양했는데 흘러나오는 이야기를 얼핏 들으니 모두 연극을 하는 사람들 같았다. 바 테이블 안쪽에는 흰 와이셔츠, 회색 조끼, 검은색 나비넥타이 차림을 한 남자가 접시에 마른안주를 신중한 표정으로 하나하나 담고 있었다. 남자는 주름이 생기기 시작한 30대의 얼굴에, 70대의 희끗희끗한 머리, 고춧가루를 흩뿌린 아귀찜처럼 선홍빛이 도는 50대의 피부를 갖고 있었다. 기능은 뛰어난데 디자인은 이상한 백색 가전 같은 느낌이랄까?

이것이 찰스, 월영을 운영 중이던 나에 대한 준구의 첫인상이었다. 나는 집안 내력 탓에 그 당시에도 이미 반백에 가까웠다. 세월이 흐르면 아버지를 조금 덜 미워하게 될 줄 알았는데, 아니었다. 이유가 하나씩 더 늘어났다. 어린 시절 밥상 풍경 때문에 청주를 꼭 중탕으로 데워 마시려 하는 것도 별로였다. 아무튼, 문 앞에 멀뚱히 서 있던 준구는 나와 눈이 마주치자 긴장한 표정으로 꾸벅 고개를 숙였다. 그리고 이렇게 말했다.

안녕, 찰스.

나는 1998년 10월에 월영을 인수했다. IMF 외환 위기의 여파와 창원시 상남동 같은 또 다른 번화가가 활성화되면서 창동의 상점과 술집들이 하나둘 매물로 나오기 시작하던 때였다.

나는 한동안 혼자 일했다. 그러나 기존의 월영을 찾던 단골

손님 외에도 바텐더 찰스를 찾아오는 사람들이 생기면서 일손이 부족해졌다. 그렇게 준구는 월영의 첫 번째 아르바이트생이 됐다.

처음 만난 날, 나는 준구에게 찰스라고 부르랬지 반말을 하라고 한 적은 없다고 농담했다. 여전히 바 입구에 어정쩡하게 서 있던 준구는 놀란 표정으로 사과하며 푹 고개를 숙였다. 나는 슬쩍 웃으며 바 테이블 중앙의 스툴을 가리켰다. 자리에 앉은 준구는 손을 테이블에 가지런히 올린 채 내 다음 말을 기다렸다.

잠깐만.

나는 마른안주가 담긴 접시를 손님들에게 건넨 후 바 밖으로 나갔다. 손님이 미리 부탁한 아귀찜을 가지러 가야 했다. 나는 손님이 밖에서 안주를 사 와 바에서 먹는 것을 장려했다. 월영에서는 술을 팔고 식당은 안주를 파는 상황, 손님은 여기에 왔지만 저기에 간 것이나 마찬가지인 상황, 모두가 활짝 웃을 수는 없지만 적당히는 웃을 수 있는 상황, 당시 내가 원한 상황이 바로 그런 것이었다. 나는 창동이 불 꺼진 야시장처럼 되는 것만은 막고 싶었다.

내가 다시 바에 들어왔을 때, 준구는 벽에 걸린 액자들을 유심히 바라보고 있었다. 액자는 총 세 개였다. 제일 위쪽에 있는 것은 월영을 소개한 지역신문 기사였다. 두 번째 액자에는

100헤알*짜리 지폐가 담겨 있었는데, 지폐 아랫부분에 검은색 펜으로 글씨가 쓰여 있었다.

I Left My Heart In Masan.

「아이 레프트 마이 하트 인 샌프란시스코(I Left My Heart In San Francisco)」라는 곡을 패러디해 쓴 것이었다. 마산항에 정박한 외항선 소속의 마도로스가 배로 돌아가기 전, 한화 대신 이걸로 술값을 치르며 짧은 글을 남긴 것처럼 보이기 십상이었지만, 글의 진짜 주인은 따로 있었다.

세 번째 액자에는 이국적인 바다 풍경을 배경으로 동양인으로 보이는 중년 여자가 요트 조종석에 기대고 있는 사진과 짧은 시가 담겨 있었다. (나중에 알게 되었지만, 사진은 2002년 3월에 발행된《오 바르코(O Barco)》**라는 요트 잡지에서 찢은 것으로, 브라질에 사는 아시아 요터들에 대한 특집 기사의 일부였다.) 브라질에서 날아온 편지 속에 그것이 들어 있었다. 두 번째 액자에 담긴 지폐와 함께. 나는 좋아하는 시를 인쇄해 액자에 함께 담았다.

꽃의 마산이냐 마산의 꽃이냐

<hr>

*   브라질의 화폐 단위.

** 'the boat'라는 의미의 포르투갈어이다.

봄 깊어 가는 달의 포구

술의 마산이냐 마산의 술이냐

꽃도 술술 피어나고 물은 용솟음치네*

마지막 액자는 개인적 사연도 담고 있었지만, 처음 월영을
방문한 손님들, 마산이 초행인 손님들과 말문을 트는 역할도
했다. 나는 손님들에게 과거 마산이 주조 생산량 전국 1위였
다는 것, 조선의 나다자케**로 불리며 만주까지 수출되었다는
것, 국화는 마산에서 처음 상업 재배를 시작했다는 것, 생산량
역시 전국에서 여전히 제일 많다는 것, 가을에 어시장 부근에
서 국화 축제가 열린다는 것, 박정희 전 대통령 내외의 장례식
때 마산 국화가 서울까지 공수됐다는 이야기를 들려주었다.

나는 헛기침을 하며 아귀찜을 바 테이블 위에 올려놓았다.

김춘수 시인의 「꽃」이라는 시는 알지?

준구는 뒤늦게 나를 발견하곤 자세를 고쳐 잡았다.

* 마산에 관한 종합 안내서라 할 수 있는 『마산 항지(馬山港誌)』(1926)를 쓴
스와 시로우(諏方史郎)가 남긴 시이다. 두 번째 행은 본래 '가을 깊어 가는
달의 포구'였으나(秋は洰えたる 月の浦), 소설 배경에 맞게 봄으로 변경했
다. 경남대학교 배대화 명예교수의 번역을 사용했다.

** 일본에서 가장 유명한 술로 일컬어졌던 나다자케(灘酒, 탄주)는 일본의 효고
켄(兵庫縣)의 나다(灘)지방에서 나는 고급 청주이다.

그게 김춘수 시인이 마산에서 중고등학생 가르칠 무렵에 지은 시야. 마산 여기저기 흐드러지게 핀 꽃을 보고 시심이 절로 솟은 게 아닐까, 하는 추측들을 해. 그때 학생이고, 지금은 영감이 된 사람들이 말해 준 건데, 김춘수 시인이 수업 시간에 자기 시를 학생들 앞에서 낭송하곤 했다는 거야. 행운이고 영광이지. 더 재밌는 사실은 그 학생들 중 하나가 「귀천」을 쓴 천상병 시인이라는 거고.

몰랐어요. 준구가 말했다.

마산이 이미지와는 다르게 꽃과 인연이 깊어. 문학도 그렇고.

그때, 한 남자가 바 안으로 들어왔다. 준구는 입구 쪽으로 고개를 돌렸다가 굳은 표정으로 되돌아왔다. 검은 피부에 서글서글한 눈 그리고 대구처럼 커다란 입을 가진 남자는 어 실장, 우영이었다.

어 실장님, 오랜만이에요.

바 손님 중 장발을 한 중년 남자가 우영에게 알은체했다. 마산 창동에 적을 둔 한 극단의 대표였다. 우영은 바 테이블에 앉으려다 그쪽으로 먼저 갔다.

오랜만입니다, 대표님. 우영이 말했다. 지난 연극은 잘 봤습니다.

어 실장님이 도와준 덕분에 잘 마무리했습니다. 아, 이제는 정말 사장님이신가?

우영은 웃었다.

돈놀이하는 사람이 무슨 사장씩이나.

돈으로 할 수 있는 좋은 일들이 얼마나 많은데.

조금 취한 듯한 극단 대표는 우영의 손을 힘껏 붙잡았다.

우리 극단, 공연 하나 또 준비 중이에요. 이번엔 장기 프로젝트로. 부마항쟁을 다룬 작품인데, 지금까지 나온 대본만으로도 너무 좋다며 단원들이 더 적극적이야. 올해가 부마항쟁 20주년인데, 시간이 촉박하지만 늦어도 겨울엔 무대에 올릴 작정이에요. 30주년인 2019년에는 지역 대학 연극 동아리 친구들과 합동 공연도 추진할 예정이고. 정말 의미가 크지 않겠어요? 마산의 위상도 되돌아보고, 젊은 사람들한테 마산 사람이라는 자부심도 심어 줄 수 있는 작업이니까. 문제는, 정부 지원금이 확 줄었다는 거야. 돈 없다고 이런저런 문화 예산을 다 깎아 버렸어요.

극단 대표가 다시 말했다.

마산 토박이들이 도와야 마산 극단이 살아남고, 또 마산의 훌륭한 역사와 문화도 이어지는 거 아니겠어요?

계좌 번호 그대로죠? 무대 소품 필요한 게 있으면, 사무실에 한번 들르세요.

극단 대표는 우영의 손을 힘차게 흔들었다. 우영은 바 테이블로 돌아와 입구에서 제일 먼 자리에 앉았다. 우영이 준구가 있는 곳으로 눈을 돌릴 때쯤, 준구는 복권이라도 긁는 사람처럼 몸을 웅크린 채였다. 우영이 주머니에서 담배를 꺼내며 말했다.

과일 안주로 할까 봐. 사과는 빼고 줘.

나는 아귀찜을 접시 두 개에 나눠 담은 후 준구에게 내밀었다. 준구는 접시를 건네받으려다 움찔했다. 내 오른쪽 손바닥과 왼쪽 손등에 자리 잡은, 불가사리를 올려놓은 듯한 화상 자국 때문이다. 준구는 엉거주춤한 자세로 접시를 받아 든 후 테이블로 가지고 갔다.

나는 술이 반쯤 담긴 시바스 리갈과 얼음을 우영에게 건넸다. 우영은 잔에 얼음을 담은 후 술을 따랐고, 준구는 다시 돌아와 스툴에 앉았다. 우영은 앞을 바라보며 위스키로 목을 천천히 축였다. 나는 잔을 닦으며 준구에게 말했다.

어디 살아? 뒷정리하고 나면 시내버스가 끊겨 있을 거야.

걸어가면 돼요. 준구가 말했다.

내일부터 일할 수 있어?

네.

나는 고개를 끄덕인 후 방금 닦은 잔에 진열대에 놓여 있던 잭 다니엘을 잔에 따라 준구에게 내밀었다.

손님들이 남긴 양주 몰래 마시는 건 안 돼. 내가 한 잔씩 주는 것만 마셔. 앞으로 잘 부탁해.

잘 부탁드립니다.

첫 월급 받으면 뭐 할 거야? 우영이 말했다. 부모님 내의 사
드리나?

준구는 우영 쪽으로 고개를 돌리지 않았고, 대꾸도 하지 않
았다. 우영은 위스키와 잔을 들고 준구 옆자리로 옮겼다.

그것 말고도 돈 쓸 일이 많지 않나? 우영이 말했다. 빚도 갚
아야 하고.

아는 사이? 내가 말했다.

50퍼센트. 이 친구 월급의 50퍼센트를 매달 나한테 줘도
될 만큼 가까운 관계지. 농담이 아니라, 정말 그래 줬으면 좋겠
는데?

우영이 다시 말했다.

잔 하나 더 줘. 온더록스 잔으로.

우영은 내가 건넨 잔에 시바스 리갈을 가득 따랐다. 그리고
준구 앞에 놓았다.

우리 계약을 축하하는 의미.

저는 빚을 갚을 의무가 없어요. 준구가 말했다.

우영은 하품을 하듯 입을 크게 벌렸다가 다물었다. 나는 무
심한 표정으로 포도를 씻고, 수박을 자르고, 바나나 껍질을 벗
겼다. 그러나 귀는 두 사람의 입을 향해 있었다.

아버지, 어디 계시냐? 우영이 말했다. 어머니는 아버지랑 같이 있을 테고.

그걸 말할 의무도 없어요.

네가 그렇게 말하니까 누가 나쁜 놈인지 점점 헷갈리네. 원래는 내가 나쁜 놈 아니었나?

저는 잘못한 게 없어요.

나도 알아. 잘못은 네 부모님이 하셨지.

우영은 위스키로 입을 축였다.

마산모방 망한 후에 밀린 월급 못 받은 노동자들이 회사 옷이랑 이불 들고 나와서 회사 정문 옆에서 파는 모습 본 적 있지?

준구는 대답하지 않았다.

도매가격도 안 되는 값으로 마구 팔았는데, 그 사람들 돈 좀 만졌을까? 안된 일이지만 인건비도 안 나왔어. 그보다 싼 옷들이 외국에서 쏟아져 들어오고 있었으니까. 섬유산업이 언제부터 내리막길을 걸은 것 같아? IMF 외환 위기 때부터? 아니, 그보다 훨씬 전부터야. 마산에 있던, 한국에 있던 섬유 공장들은 90년대 초부터 인건비가 낮은 동남아시아로 떠나갔어. 노조랑 으르렁거릴 필요 없는 인도네시아나 베트남 같은 곳으로. 네 부모님은 그것도 모르고 사업을 키우신 거야. 실은, 알면서도 고집부렸다는 게 더 맞는 말이지. 나는 계속 말렸어. 헛

돈 쓰지 말라고, 이제는 3차산업 시대라고. 그런데 자기들이 제일 잘하는 게 그건데 어쩌겠느냐면서 말을 통 안 들으시더라고. 네 부모님이 정말 잘못한 게 맞아.

우영은 혀를 찼다. 그때, 극단 대표가 불쾌한 얼굴로 다가와 우영의 어깨에 손을 올렸다.

호텔 공사 시작했어요? 언제 완공입니까?

기초공사 중이에요. 대표님, 연극 잘 만들어 주세요. 그 연극 보러 서울에서도 오고 부산이랑 대구에서도 와서 우리 호텔에서 묵으면 더 바랄 게 없겠네요.

광남호텔이라고 했죠?

네. 광남호텔.

우영은 준구를 바라보며 말을 이었다.

아버지가 상호를 너무 잘 지으셨어. 광남. 남쪽에서 빛나리라. 아버지께 이름 좀 빌려 쓰자고 말씀드리려 했는데 만날 수가 있어야지. 외국에 가셨다는 소문을 들었어. 중국? 미국? 부모님이 영어 좀 하셨나?

준구는 잠깐 생각했다.

제 자동차 돌려주세요.

우영은 씩 웃었다.

뭘 돌려달라고?

자동차요.

218

준구가 다시 말했다.

영어로는 car.

동미
1974년

t, i, m, i, n, g.

운동장에 대자로 뻗은 남자가 하늘을 바라보며 중얼거렸다. 석호는 덩치 큰 남자를 둘러메쳐 쥐포처럼 납작하게 만든 참이었다. 남자는 신음을 내뱉으며 옆으로 고개를 돌렸다. 그리고 석호를 올려다보며 어이없다는 눈빛을 지었다.

timing, 타이밍을 정말 몰라?

몰라. 석호가 말했다. 도대체 그게 뭐 어쨌다는 거야?

석호는 남자에게 다가가려 했다. 남자와 함께 있던 여자가 석호의 앞을 막아섰다. 동미는 예상과는 전혀 다른 전개에 어리둥절해 있던 것도 잠시, 세 사람이 있는 쪽으로 황급히 달려가며 소리쳤다.

그만해요!

여자는 바닥에 쓰러져 있던 남자를 부축해 일으켜 세웠다.

괜찮아?

부러진 데는 없는 것 같아요. 남자가 말했다.

남자와 여자 모두 동미와 안면이 있는 사람들이었다. 남자는 가공과 기계공이었고, 여자는 가공과 부반장이었다. 이들은 노조가입신청서를 모으는 중이었다. 동미에게는 언제 같이 밥이나 한번 먹자고 말을 건넸었다. 조심스럽게 진행해야 하는 일이었고, 위험을 감수해야 하는 행동이었다. 크고 작은 파업의 결과로 임금 인상과 작업환경 개선 등을 부족하나마 관철시킨 노조도 있었지만, 파업 주동자들은 경찰에 연행되고 구타당하기 일쑤였다. 그 과정에서 정부 기관인 노동청은 언제나 사측 편에서 문제를 해결하려 들었다. 마치 잔혹 동화 속 현실 같았다. 이를 잘 알고 있던 동미는 두 사람의 제안을 거절했다. 불미스러운 일에 또 휘말리고 싶지 않았다.

남자가 바지에 묻은 흙을 털어 내며 석호에게 말했다.

그렇게 혼자 설쳐 대다간 우리 일까지 망칠 수 있어.

여자가 말을 보탰다.

타이밍을 강제로 먹게 하는 건 시작에 불과해. 짐승도 이렇게까지 일을 시키진 않아. 이걸 막으려면 조직이 필요해. 논리가 있어야 하고, 힘을 하나로 모아야 해. 타이밍부터 금지시키는 게 우리 1차 목표야. 그런데 당신이 회사에 우리를 기꺼이 탄압해도 된다는 빌미를 주고 있어. 우리와 같이할 생각이 없다면, 독단적으로 아이들을 학교에 보내는 일 같은 건 하지 말길 바라.

여자는 동미에게 고개를 살짝 숙인 후 남자를 부축하며 뒤돌아섰다. 두 사람은 삐걱삐걱 걸어갔다. 석호는 자책하듯 자기 귓불을 세게 잡아당겼다.

동미 씨는 타이밍이 뭔지 알아요?

잠 안 오게 하는 약이에요. 피로도 잘 못 느끼게 한다고 했어요. 예전 회사에서도 간부들이 야근하는 사람들한테 영양제라면서 건넸어요. 반강제로 먹이는 거죠. 졸다가 다치는 것도 문제지만 어떻게든 생산 일정을 당기려는 거예요. 회사에서 지시했겠죠. 흔한 일이에요.

당시 언론에서는 미군부대, 일부 대학가와 재수 학원가 주변에서 대마초를 비롯한 마약과 각성제, 환각제 등이 유행하고 있다며 현 세태를 질타했다. 「대학가에 침투한 해피스모크」(《중앙일보》, 1970. 6. 9.), 「기지촌… 환각제의 뒷골목 지하서 흥청대는 만국숙폐」(《동아일보》, 1971. 2. 19.), 「각성제에 시드는 중고생 체력… 김영춘 박사 조사 결과」(《조선일보》, 1971. 3. 3.). 그러나 공장에서는 타이밍 같은 각성제가 버젓이 돌아다니고, 심지어 장려되기까지 했다. 정부는 국민정신 속의 녹

222

슨 것을 벗기는 일이라며 대마초와 환각제를 비롯한 의약품 단속을 벌였지만, 타이밍을 반강제로 먹이는 현실에 대해서는 모른 척하고 외면했다.

전혀 몰랐어요. 먹은 적도 없고.

석호가 다시 말했다.

그래서 나도 처음엔 그냥 좋게 넘어가려 했어요. 그런데 다짜고짜 건방 떨지 말라며 윽박지르잖아요.

그렇다고 사람을 던져요? 동미가 말했다.

석호는 머리를 긁으며 웃었다. 반성을 하다가 만 듯한 태도. 동미는 그때 아버지와 나의 모습을 떠올렸다. 대화로 문제를 푸는 방법을 보지도 듣지도 배우지도 못한 사람들, 쉽게 지울 수 없는 상처와 기억을 서로에게 태연히 심어 주는 구멍 뚫린 영혼들, 사랑과 공감 없는 세계의 원인과 결과 같은 존재들. 동미는 자기도 모르게 석호의 팔을 철썩 때렸다.

석호보다 더 놀란 사람은 동미였다. 지금껏 속으로 삼키기만 했던 말과 행동이 석호 앞에서는 자제가 되지 않았다. 석호는 팔을 쓸어내리며 아픈 척을 했다.

나보다 손이 매운데요?

다음번엔 진짜로 그렇게 느낄 거예요. 동미가 말했다. 엄살 피울 마음조차 안 생기게 때릴 거예요.

*

　남성동성당은 길 하나를 사이에 두고 어시장을 마주 보는 곳에 있었다. 미사를 드릴 때는 어시장의 왁자지껄한 분위기도 잠시 어깨를 움츠렸다. 남성동성당은 천주교 마산교구 주교좌성당으로, (1979년 4월부터는 양덕성당이 그 역할을 맡았다.) 1966년 주교 서품을 받고 마산교구장 초대 주교로 부임한 김수환 신부가 대주교로 승품된 1968년까지 미사를 집전했던 곳이었다. 김수환 신부의 사목 표어는 '너희와 모든 이를 위하여(Pro Vobis et Pro Multis)'였다.

　6·25전쟁과 가난에서 벗어나기 위해 마산으로 온 많은 사람이 남성동성당을 찾았다. 동미의 어머니도 그중 한 사람이었다. 어머니는 일요일이면 아버지의 아침을 챙긴 후 여름 바다로 뛰어드는 아이처럼 동미의 손을 붙잡고 성당으로 향했다. 어머니는 두 손을 모으고 옆에 앉은 동미가 들을 수 있을 만큼의 목소리로 기도했다.

　우리 동미, 좋은 사람 만나게 해 주세요. 마음 따뜻한 사람 만나게 해 주세요. 부자는 아니어도 밥은 굶지 않고 살게 해 주세요. 동미 아버지, 살아만 있게 해 주세요. 다른 여자랑 살고 있으면, 따끔하게 벌을 내려 주세요. 그래도 밥은 굶지 않고 지내게 해 주세요. 저랑 동미는 잘 살고 있다고, 아무 걱정 하지 말라고 전해 주세요.

오늘 오전 미사 때, 동미 곁에 앉아 기도를 드린 사람은 석호였다. 어머니가 화장실을 간 사이, 석호가 은근슬쩍 자리에 앉았다. 동미는 안절부절못했지만 한편으론 다행이었다. 어머니가 있을 때 불쑥 나타나는 것보다는 나았기 때문이다.

석호는 깍지 낀 두 손에 머리를 기대고 눈을 감았다. 동미는 곁눈으로 석호를 힐끗힐끗 살피며 다른 좌석으로 옮기라고 말할 기회를 엿보았다. 그러나 처음 보는 석호의 진중한 모습 때문에 입이 쉽게 떨어지지 않았다. 잠시 후, 천천히 눈을 뜬 석호는 동미 쪽으로 고개를 비스듬히 기울였다.

무슨 기도 드렸는지 궁금하지 않아요? 석호가 말했다.

어서 다른 곳으로 가요. 동미가 말했다.

석호는 뒤를 슬쩍 돌아보았다. 그리고 다시 고개를 돌려 동미에게 오른손을 자기에게 줘 보라고 손짓했다. 동미는 거절했다. 석호는 아랑곳하지 않고 계속 재촉했다. 뒤에 앉은 노인이 헛기침을 하며 눈치를 줬다. 동미는 어쩔 수 없이 좌석 아래로 오른손을 내밀었다.

어진 사람이 되게 해 달라고 기도했어요.

석호는 동미의 손바닥에 어진 사람 인(儿)을 쓰고, 그 위에 불 화(火)를 써 보였다.

이 둘을 결합하면 빛 광(光) 자가 돼요. 어진 사람 머리 위에 불이 밝혀져 있는 모양. 인천 답동성당 신부님께서 알려 주신 거예요. 빛은 하늘 위의 해가 아니라 어진 사람의 마음이 만드는 거라고, 빛나는 사람은 결국 어진 사람이라고. 신부님이 그런 분이었어요. 어질어서 빛이 나는 사람. 신부님이 내가 만든 배에 이름을 붙여 주셨어요. 광남호. 남쪽에서 빛나리라.

동미는 성당 천장을 바라보았다. 스테인드글라스를 통과한 환한 햇살이 신도들의 머리 위로 쏟아지고 있었다.

그런데 왜 사람을 때리고 다녀요? 동미가 말했다.

어진 사람이 폭력을 쓰지 않는 사람은 아니니까.

석호가 다시 말했다.

좋은 것, 옳은 것을 얻을 방법이 그거밖에 없으면 어떡해요?

동미는 한숨을 내쉬었다.

빨리 다른 곳으로 가요. 엄마 곧 올 거예요.

미사 시작 전에 어머니한테 인사드렸어요, 회사 동료라고. 동미 씨가 소개해서 왔다고 했더니, 어머니가 너무 좋아하시던데요?

거짓말.

이 말도 하셨어요. 동미 씨가 보기보다 여리고 착하다고, 잘 좀 봐 달라고. 그래서 제가 그랬죠. 보기에도 그래 보인다고, 어머니께서 너무 잘 기르신 것 같다고. 아, 어머니께서 너무 좋아하셨다고 제가 말했나요? 너무 좋아하셔서 제가 한마

226

디 더 보탰어요. 동미 씨한테 크게 도움받은 일이 있어 오늘 저녁을 사기로 했다고.

미쳤어. 엄마가 뭐랬어요?

이렇게 말씀하셨어요.

석호는 눈을 감고 성호를 그었다.

성부와 성자와 성령의 이름으로, 아멘.

동미는 벌어진 입을 다물지 못한 채 성호를 그었다. 그리고 말했다.

성부와 성자와 성령의 이름으로, 아멘.

*

해 질 무렵의 어시장은 술에 취하기라도 한 것처럼 흥청거렸다. 홍콩바에서는 일요일인데도 작업복 입은 노동자들이 삼삼오오 모여 회포를 달래고 있었고, 그 앞 좌판 상인들은 어물을 씹으며 막걸리를 들이켰다.

1부터 시작해 차례대로 번호가 부여된 대략 60여 개의 홍콩바가 바닷가와 어시장 사이에 진을 치고 있었다. 동미와 석호는 그중 16번 홍콩바 안으로 들어가 바닷가와 바로 접해 있는 테이블에 자리 잡았다. 바닥에서 파도가 철썩이는 소리가 들려왔다. 동미가 술과 안주를 주문했다.

왜 자기 이야기는 안 해요? 석호가 말했다. 싫어하는 건 뭐고, 좋아하는 건 뭐예요?

사람들이 좋아하는 거 좋아하고, 싫어하는 거 싫어해요.

석호는 웃었다.

취미는요?

피아노 연주. 고등학교 때 합창부에서 활동했어요.

좋아하는 음식은?

닭도리탕.

좋아하는 가수는?

김추자.*

나도 말해 줄까요? 아무거나 물어봐요.

감옥에 갔다 온 적 있어요?

동미가 마치 이 순간을 기다리고 있었던 것처럼 말하자 석호는 멈칫했다.

없어요.

동미는 슬쩍 미소 지었다.

그럼 마산에 오기 전엔 무슨 일 했어요?

석호도 슬쩍 미소 지었다.

---

* "담배는 청자, 노래는 추자."라는 말이 회자될 정도로 인기를 누렸지만 1975년 '마리화나 파동'으로 큰 고초를 겪었다.

서울에서 자동차 만드는 회사 다녔어요.

석호가 다시 말했다.

회사는 어둡고, 거칠고, 삭막한 곳이었어요. 땀이 피처럼 튀고, 피가 땀처럼 솟았어요. 쉴 틈 없이 압도당하는 느낌이었어요. 몰아붙이고 쏘아붙이는 일에 온종일 시달렸어요. 살던 집은 북한산 산자락에 있었어요. 몸 하나 눕히면 꽉 차는 비좁은 방이었어요. 낮이든 밤이든 빛이 들지 않았죠. 주변에 판자로 지은 그런 방과 집들이 벌집처럼 쌓여 있었어요. 아침 일찍 출근하고 밤늦게까지 일하고 들어와 눈만 감았다가 다시 나가는 생활을 1년쯤 했어요. 한 시간이, 한 주가, 한 달이 내 몸 바깥에서 지나가는 것이 아니라 몸 안에서 매일 조금씩 뜯겨 나가는 듯했어요. 그러다 지난겨울 새벽에 계시라도 받은 것처럼 번쩍 눈을 떴어요. 불을 지르고 싶다, 남김없이 불태워 버리고 싶다, 모든 것을 재로 만들어 버리고 싶다, 그리고 처음부터 다시 시작하고 싶다, 그런 충동을 느꼈어요. 해 뜨기 전까지 그 생각에 사로잡혀 있었어요. 판잣집들이, 회사가 불길로 뒤덮인 모습이 눈앞에 생생하게 그려졌어요.

동미는 놀란 눈빛으로 물었다. 불을 지르고 마산으로 도망온 것이냐고. 석호는 손을 저었다.

안 질렀어요. 달아났어요. 아무에게도 알리지 않고 인천에서 어선 만들던 작은 삼촌에게 다시 갔어요. 삼촌 일을 도우면서 만든 배가 광남호예요.

정말 불 안 지른 거 맞죠?

석호는 고개를 끄덕였다.

거기 계속 있었으면 불을 질렀을 거예요. 그것밖에 방법이
없는 것 같았으니까.

석호가 다시 말했다.

나도 진짜 궁금한 게 있어요. 왜 일본에 가려는 거예요?

동미는 잠깐 생각했다.

한국을 불태울 수는 없으니까.

석호는 씩 웃으며 방파제 주변에 묶여 있는 배들을 가리
켰다.

저기에 광남호가 있어요. 어시장에서 좌판 깔고 장사하는
아저씨한테 고기잡이배로 쓰라고 빌려줬어요, 공짜로. 대신
관리를 부탁했죠. 배가 생각보다 손이 많이 가거든요. 머리 잘
썼죠? 타고 싶을 땐 언제든 탈 수 있어요. 저기 보이는 게 돌섬
맞죠? 옛날에 일본 사람들이 저길 휴양지로 만들려고 했다면
서요? 가 봤어요?

돌아다니는 거 별로 안 좋아해요. 동미가 말했다. 친아버지
는 좋아했어요. 집에 영영 돌아오지 않을 만큼. 새아버지는 그
게 일이에요. 여객전무.

새아버지랑 살아요?

동미는 턱을 끄덕였고, 석호는 그보다 느리게 고개를 끄덕였다. 바닷바람이 두 사람의 머리 위로 불어왔고, 먼바다로 나간 어선들이 선창으로 하나둘 돌아오기 시작했다. 마산자유무역지역의 불빛, 야간 조업에 나선 어선들의 불빛, 저녁 장사를 시작한 홍콩바의 불빛이 밤바다 위에서 별처럼 반짝였다. 마산 앞바다는 밤에만 슬쩍슬쩍 아름다운 모습을 드러내는 중이었다. 낮에는 붉은 쇳물과 검은 기름 덩어리들이 해파리 무리처럼 떠다녔다.

주문한 음식과 술이 나왔다. 석호는 접시에 가지런히 놓인 꼬시락 회를 보고 눈을 껌뻑였다. 물고기 살점을 가늘게 썬 것이 아니라 내장만 제거한 것이 통째로 접시 위에 올려져 있었다.

이렇게 먹는 거예요. 동미가 말했다.

동미는 꼬시락 대가리에 초고추장을 묻힌 후 한입에 다 넣고 씹었다. 석호는 잠깐 주저하다 동미가 했던 방식을 따라 했다. 두 사람은 말없이 뼈를 꼭꼭 씹었고, 또 말없이 막걸리 잔을 부딪쳤다. 동미는 아주 오랜만에 끼니를 해결하는 것이 아니라 음식을 먹는 기분이었고, 석호는 마산에 온 이후 처음으로 눈을 마주 보며 먹는 식사의 즐거움을 느꼈다.

친아버지 이야기 좀 더 해 줘요. 석호가 말했다. 아버지라는 사람들은 가족이라는 것에 어울리는 존재가 아닌가 봐요.

우리 아버지는 술집을 전전하다 사흘에 한 번꼴로 집에 왔어요. 엄마한테 돈 받아 가려고.

동미는 막걸리를 들이켰다. 그리고 현실처럼 느껴지지 않는 기억 속의 이야기를 꺼냈다. 친아버지는 전국을 떠도는 철도 노동자였다고, 어쩌다 집에 머무를 때면 젓가락으로 밥상을 두드려 가며 노래를 불렀다고, 그러다 다음 날이면 연탄불 위에서 끓고 있던 주전자 증기처럼 스르륵 사라졌다고, 싫었다고, 그러나 모든 것이 싫지는 않았다고, 네가 더 빨리 자랐으면 좋겠다고, 어서 나랑 여기저기 마음껏 다닐 수 있는 나이가 되었으면 좋겠다고, 자기에게 그렇게 말하곤 했다고, 얄밉게 군 초등학교 시절 짝꿍처럼 가끔 그리워지는 날도 있다고.

실은 나도 떠돌아다니는 거 좋아하지 않아요.

석호가 다시 말했다.

그런 사람 아니에요.

그럼 어떤 사람이에요?

석호가 입을 떼려는데 낯선 남자가 석호의 어깨에 손을 얹으며 대화에 끼어들었다.

너 빨갱이지?

석호는 자기 옆에 선 남자를 무뚝뚝한 표정으로 올려다보았다. 남자는 비누처럼 네모난 얼굴과 턱을 지녔지만 매일 세수를 할 것 같은 깔끔한 인상은 아니었다.

아닌데, 빨갱이. 너는 누군데? 경찰이야?

석호는 남자의 행색을 아래위로 훑었다.

아닌 것 같은데?

남자는 고개를 돌려 횟집 입구를 바라보았다. 굳은 표정의 사내 둘이 거기 있었다. 갈치처럼 얼굴이 뾰족한 남자와 염색과 전방 담임.

동미는 막걸리 잔을 내려놓았고, 석호는 혀를 차며 바다를 바라보았다. 낮게 깔린 먹구름이 남쪽 바다 위로 몰려오며 검은 그림자를 드리웠다.

은재와 태웅
2021년

그때도 비가 왔어, 마산에 처음 도착한 날. 1998년 11월 20일이었지.

남자는 조니워커 블랙을 잔에 따라 태웅에게 내밀었다. 바 테이블 안쪽에서 엘피를 닦고 있던 태웅은 짧게 고개를 끄덕였다. 바에는 남자와 태웅, 둘뿐이었다.

태웅은 오디오 볼륨을 낮춘 후 남자가 건넨 잔을 비웠다. 그리고 진열대에서 다른 손님이 맡기고 간 조니워커 블루를 (조니워커 블랙보다 비쌌다.) 꺼내 남자에게 따라 주었다.

역시 센스가 있네. 남자가 말했다.

남자는 일주일에 한 번 이상 바에 왔는데, 주로 바 테이블이 아닌 곳에 앉아 뒤늦게 온 일행과 체스라도 두듯 조용히 꼼

지락거리다 돌아갔다. 태웅은 남자가 자신을 힐끔힐끔 쳐다본다는 것은 느꼈지만, 그것이 자신을 관찰하는 중이었다는 사실은 몰랐다. 스피커 볼륨을 줄이거나 높이고, 물이나 기본 안주를 더 달라는 것인가 싶어 실제 몇 번 갖다주기도 했다. 남자는 씩 웃으며 고개만 끄덕였다. 두 사람이 바 테이블을 사이에 두고 마주 앉아 이야기한 것은 그날이 처음이었다.

남자는 조니워커 블루로 입술을 살짝 축였다.

비를 맞으면서 댓거리 남부시외버스터미널 근처를 헤매고 있었는데 한 술집이 눈에 띄었어. 비틀스. 여기 알아?

태웅은 고개를 저었다.

이름만큼 멋진 곳이었지. 2002년 월드컵 때가 절정이었어. 매일 토할 만큼 술 마시고 목이 상할 만큼 소릴 질러 댔지. 툭하면 싸우고. 거기 모인 놈들 국적이 다양했거든. 내가 마산에 계속 살기로 결심한 것도 그때부터야. 정말 다시 태어난 것 같았어. 그래서 누가 고향이 어디냐고 물어보면 나는 비틀스라고 답해. 나는 비틀스에서 태어났어. 거기 자식이야. 그런데 2004년에 문을 닫았어. 사장이 대학생이었는데 졸업 후 뒤늦게 서울에 있는 대기업에 취직하더니 가게 접고 마산을 떴어. 주방 가구를 파는 회사 영업직이라나? 칵테일 만들던 놈이 왜 갑자기 싱크대를 팔러 다니겠다는 건지 이해가 안 됐어. 망할 새끼. 다시 만나면 가만 안 둘 거야. 남의 고향을 상의도 없이 없애 버리는 건 예의가 아니지. 마산의 이름을 지워 버린 일도 마찬가지야. 통합창원시?* 창원특례시? 다들 술이 덜 깬 채로 일하는 거야?

남자는 술잔을 단숨에 비웠다.

마산이 고향이야?

태웅은 잠깐 생각했다.

오사카.

오사카? 일본인이었어?

술집 이름이에요. 창원 상남동에 있는. 나는 거기서 새로 태어났어요. 첫 키스를 오사카에서 했거든요.

두 사람은 함께 웃었다. 남자는 가게 안을 빙 둘러본 후 태웅의 잔에 다시 술을 따라 주었다.

여기도 비틀스만큼 괜찮아. 너무 한적한 거만 빼면. 불만이라는 건 아냐. 요즘은 그것 때문에 오니까. 창동에 몇 개 안 남은 노포 중 하나이기도 하고. 나도 늙은 거지.

노포라는 말도 알아요?

남자는 코웃음을 쳤다.

내가 너보다 한국말 더 잘해. 한국 사람들, 한국말 잘하는 외국인들 보면 덜떨어진 표정으로 좋아하는데, 한심한 짓거리

---

* 2010년 7월, 마산, 진해, 창원은 통합을 통해 통합시인 '창원시'가 됐다.

야. 오히려 그런 외국인들이 늘어나는 걸 두려워하고 무서워해야 해. 너네는 영어를 못하지만 걔들은 좀 하거든. 걔들은 적어도 두 개의 국가를 알지만 너네는 한국만 알고. 네가 회사 사장이라면 누굴 쓰겠어? 너희 일자리를 뺏는 게 바로 그런 놈들이야. 커다란 회사의 근사한 자리는 그런 놈들이 차고앉는다고. 작은 회사도 다를 거 없어. 지금은 외국인 노동자들 싼값에 쓰겠지만 점점 달라질 거야. 걔들이 도시의 주인이 되는 거지. 납세자가 되고, 소비자가 되고, 이웃이 되고, 친구가 되고. 이런 생각 안 해 봤어?

태웅은 어깨를 으쓱했다.

관점을 바꾸면 세상이 달리 보여. 예를 하나 더 들어 볼까? 2차 세계대전 때, 독일은 병사들한테 메스암페타민을 보급했어. 자지도 말고 지치지도 말고 밤낮으로 나가서 싸우라고. 그래서 폴란드가 단숨에 먹힌 거야. 그걸 보고 깜짝 놀란 영국도 비슷한 걸 병사들한테 주기 시작했어. 미군도 가만히 있을 수 없었지. 아이젠하워는 벤제드린을 군에 보급했어.

남자가 다시 말했다.

메스암페타민이 뭔지 알아? 벤제드린은?

태웅은 몰랐다.

알고 있었는데 갑자기 생각이 안 나요.

별거 아냐. 만들기도 쉽고. 너도 만들 수 있어. 방법은 인터넷에 다 나와 있으니까.

남자는 바 입구를 힐끗 바라본 후 천천히 입을 열었다.

메스암페타민은 필로폰이야. 히로뽕이라고 부르는 거. 벤제드린도 그거랑 비슷해.

마약?

남자는 씩 웃었다.

중요한 건 그게 아냐. 한국 사람들 마약 했다고 하면 아주 난리를 치는데, 국가가 그걸 사람들에게 먹이던 때도 있었다는 사실이 중요해. 나쁜 게 원래부터 나쁜 게 아니고, 좋은 것도 원래부터 좋았던 게 아냐. 영원히 나쁜 것도 없고, 영원히 좋은 것도 없어. 변함없이 낯선 것과 변함없이 익숙한 것도 없고. 대마초가 좋은 예지. 요즘은 미국뿐만 아니라 다른 나라들도 어떻게 금지시키느냐가 아니라 어떻게 합법화시키느냐를 두고 다투고 있어. 관점 차이. 관점 차이가 제일 중요한 문제지 다른 건 큰 문제가 안 돼.

태웅은 잠자코 있다가 툭 내뱉었다.

혹시 궤변이라는 단어 알아요?

남자는 낄낄거렸다.

대마초 피워 본 적 있어?

태웅은 본 적도 없었다.

피워 볼 기회는 많았는데 거절했어요. 폐가 좀 안 좋아서.

집안 내력이에요.

키워 본 적은 당연히 없을 거고.

키우는 사람을 알긴 해요. 친하진 않지만.

남자는 코웃음을 치며 배추 심고 무 뽑는 일을 말하듯 현재 자기가 키우고 있는 대마에 관해 떠들기 시작했다. 앞으로 돈이 되는 건 이런 농사일일 거라고, 농사일의 장점은 둘이 같이 하면 혼자 할 때보다 수확량이 세 배, 네 배가 되는 거라고. 태웅은 아무렇지 않은 척했지만 긴장한 탓에 술보다 침을 더 많이 삼켰다. 이후로도 한참 동안 대마초에 대해 열을 올려 말하던 남자는 새벽 2시 무렵, 현금으로 술값을 계산한 후 자리에서 일어났다.

대마 키워 볼 생각이 좀 들어? 나머지 작업은 내가 하고.

푼돈 좀 만지는 정도 아니에요? 태웅이 말했다.

대마초보다 허세가 남자 건강에 더 안 좋아. 알겠어? 허세가 폐암만큼 남자를 죽인다고.

두 사람은 함께 웃었다.

거스름돈은 됐어. 팁이야.

남자는 지갑에서 명함을 꺼내 태웅에게 내밀었다.

대마초를 안 해 봤어도 상관없어. 술을 안 마시는 사람도 술을 만들거나 팔 순 있으니까.

태웅은 무언가 엄청 뜨거운 것을 거머쥔 느낌이었다. 주황색 바탕의 명함 앞면에는 케임브리지 잉글리시 스쿨이라는 학원 이름과 주소가, 뒷면에는 남자의 이름이 적혀 있었다.

남은 위스키에는 가즈라고 적어 놔. 너도 가즈라고 부르고. 외국인 좋은 게 이런 거 아냐?

가즈는 입구로 걸어 나가다 고개를 돌렸다.

이름이 뭐랬지?

태웅이요.

존댓말 안 써도 돼.

태웅이야.

가즈는 술에 취해 휘청거리며 바 밖으로 나갔다. 태웅은 가즈가 따라 준 조니워커 블랙을 홀짝이며 명함을 다시 바라보았다.

처음 명함을 받아 들었을 때의 두근거림은 술잔 속 얼음처럼 천천히 녹아내렸다. 가즈의 제안은 취중에 한 허풍 같았다. 그런 확신이 들었다. 허세꾼은 허세꾼을 알아보는 법이니까. 무엇보다 가즈는 대마를 정성스레 기를 만큼 성실해 보이지 않았다. 선인장도 말려 죽일 듯했다. 훌륭한 농부가 술꾼이라는 이야기는 들어 본 적이 없었다. 다만, 한 가지 이상한 점은 가즈가 실제로 대마를 키우는 중이라 해도 위험 인물처럼 느껴지지 않는다는 것이었다. 민물인지 바닷물인지도 모르고 신나게 뛰어든 금붕어 같은 느낌이었다.

    그날 이후에도 가즈는 월영에 출근하다시피 드나들며 불콰해질 때까지 술을 마셨다. 그러나 태웅에게는 일상적인 안부만 물을 뿐 대마초에 관해서는 일절 언급하지 않았다. 일말의 호기심과 의구심이 남아 있었지만 태웅 역시 태연한 표정으로 없던 일처럼 굴었다. 그러다 어느 날 다시 둘만 바에 남았을 때, 가즈가 태웅에게 말했다. 경찰에 신고하거나, 자신의 눈을 슬금슬금 피할지도 모른다고 생각했는데 그러지 않은 이유가 뭐냐고. 태웅은 흰소리를 했다. 술친구를 배신할 순 없다고. 그리고 잠시 후, 다시 말했다. 농담 아니었냐고.

    농담이 아니라 시험을 한 거지. 가즈가 말했다. 간이 큰 놈인지, 신뢰할 만한 놈인지.

    농담이 아니라고?

    아냐.

    내가 경찰에 신고했으면 어쩌려고?

    그땐 농담이 되는 거지. 증거가 될 만한 게 전혀 없으니까. 투약 검사를 해도, 집과 학원을 뒤져도. 내가 그렇게 허술한 놈처럼 보여?

    태웅은 소리 없이 웃었고, 가즈는 낄낄거렸다.

    사람 보는 눈은 없는 거네. 괜찮아. 그건 내가 있으니까.

    가즈가 다시 말했다.

    너를 계속 지켜봤어. 가진 것 없는 놈 중에 믿을 만한 놈을 찾고 있었거든. 센스도 좀 있고. 가난하지?

태웅은 잠깐 생각했다.

딱히?

허세만 좀 줄이면 되겠어.

가즈는 웃었다.

서두를 것 없어. 강요할 일도 아니고. 천천히 더 생각해 봐.

이것이 태웅이 은재에게 들려준, 대마초 사업을 제안한 외국인과의 지난겨울 사연이었다.

돌섬에 심은 대마가 부쩍 자란 것을 확인한 날 밤, 두 사람은 가즈와 접촉할 때가 되었다고 생각했다. 태웅은 가즈에게 전화해 다짜고짜 말했다. 대마를 살 생각이 있느냐고. 가즈는 아무런 대꾸 없이 툭 하고 전화를 끊었다. 그리고 잠시 후, 문자를 보냈다.

무슨 소리인지 모르겠네. 토요일, 11시. 월영.

은재는 태웅에게 가즈를 함께 만나자고 말했다. 태웅은 반대했다. 가즈가 낯선 사람을 꺼려 할 수 있다고, 혼자 하는 일처럼 구는 게 낫다고, 일이 꼬였을 때 자유롭게 움직일 수 있는 사람이 필요하다고.

비겁하게 구는 것 같아서 싫어. 은재가 말했다.

비겁한 게 아니라 똑똑하게 구는 거야. 혹시라도 문제가 생기면 네가 내 몫까지 뒤처리를 해야 하니까.

242

허세 부리지 말고.

태웅은 웃었다.

허세가 태도가 된 걸 자신감이라고 하는 거야.

월영에는 같이 가. 은재가 말했다. 일단, 처음엔 서로 아는 척하지 않다가 상황을 봐서 자연스럽게 합석해.

*

토요일 밤, 11시 무렵, 월영엔 혼자 온 손님들만 남았다. 처음 본 얼굴도 있었다. 이들은 맥주, 칵테일, 위스키를 홀짝이며 휴대폰을 보고, 수첩에 무언가를 끄적이고, 시집을 읽었다. 간만에 월영을 찾은 태웅도 혼자 바에 들어선 참이었다. 메모 중이던 중년 남성이 산울림의 「내 마음에 주단을 깔고」를 신청했다. (연서를 쓰는 중인 듯했다.) 나는 산울림 2집 앨범을 턴테이블에 올린 후 태웅에게 말했다.

뭘로 줄까? 네가 자주 훔쳐 먹던 게 조니워커 블루였나? 첫 잔은 내가 사지. 다음 잔부터는 값을 두 배로 받고.

일행이 있어요. 태웅이 말했다.

가즈가 반쯤 남은 조니워커 블랙과 잔을 들고 자리에서 일어났다.

잔만 하나 더 줘요. 가즈가 말했다.

오늘은 정식으로 얻어먹을게요. 태웅이 말했다.

태웅은 꾸벅 고개 숙인 후 가즈가 자리 잡은 구석 테이블로 갔다. 당시 나는 두 사람이 이렇게 따로 만나 술까지 마시는 사이라는 것이 의아하게 느껴졌지만, 그냥 입을 다물었다. 그쪽에서 먼저 나서서 알려 주지 않는 이상 사적인 일들은 모르는 게 더 나았다. 바에서 일하며 깨달은 사실 중 하나는 그런 것이 즐거움을 줄 때도 있지만, 대부분은 그 사실을 안다는 것만으로도 피곤한 상황에 처할 수 있다는 점이었다. 나는 가즈에게 위스키 잔을 건네주고 바텐더 자리로 돌아갔다.

그때, 은재는 바 테이블 좌석에서 맥주를 홀짝이고 있었다. 은재의 첫인상은 좋은 편이라 할 순 없었다. 맨 끝자리에 앉아 휴대폰 화면에 머리를 계속 박고 있었으니까. 대·화·사·절. 그렇게 느껴졌다. 훗날 은재는 그때와 똑같은 자리에 앉아 가즈를 처음 본 날을 회상하며 내게 이렇게 말했다. 태웅과 아는 사이라는 것을 티 내지 않기 위해 혼신의 연기를 하는 중이었다고. 나는 인정할 수밖에 없었다. 연극 동아리에서 활동한 덕분인지 그날 은재의 연기력은 준수한 편이었다. 음악 소리가 커서 가즈와 태웅의 대화가 들리지 않자 은재는 처음으로 내게 말을 걸어왔다.

사장님이 좋아하는 노래 중에 제일 잔잔한 곡이 뭐예요?

스피커에서는 산울림의 「어느 날 피었네」의 후렴 부분이 흘러나오는 중이었다.

어느 비 오는 날 꽃을 심었어요
무슨 꽃이 필까 기다렸었어요
어느 날 피었네 하얀 꽃
너무 예뻤어요 너무 기뻤어요

나는 진열대에 꽂혀 있는 엘피를 위에서 아래로 쭉 훑다가
하나를 꺼내 들었다.

볼륨은 조금 낮춰 주세요. 은재가 말했다.

나는 「김추자 베스트 20」을 턴테이블에 올린 후 「봄비」를
틀었다. 템포가 느리고 빈틈이 많은 곡이었다. 은재는 마음에
든다는 듯 눈인사를 했다. 그때, 가즈가 바 테이블 쪽을 바라보
며 말했다.

볼륨 좀 키워 줘요. 이 친구한테 와이프 흉 좀 보려 하니까.

가즈가 다시 말했다.

좋은 일 있어요? 평소에도 그렇게 좀 웃고 있어요.

내가 그랬나?

나는 진열대 사이 벽에 걸린 액자를 바라보았다.

반가운 손님이 마산에 오기로 했어. 몇십 년 만에.

나중에 소개해 주세요. 가즈가 말했다.

나는 음악 볼륨을 아주 조금 높였다. 은재는 나를 바라보며 어깨를 으쓱했다. 그리고 다시 휴대폰 화면에 눈을 고정했다.

　「봄비」가 흐르는 가운데 가즈와 태웅의 대화가 띄엄띄엄 들려왔다. 맥락을 이해할 정도는 아니었다. 그러나 시간이 지날수록 가즈와 태웅의 표정이 차가운 봄비를 맞은 것처럼 얼어붙어 갔다는 것을 모를 수는 없었다.

　어디서 키워? 가즈가 말했다.

　그건 아직 말할 수 없어. 사람들 눈에 안 띄는 곳인 건 확실해. 태웅이 말했다.

　제대로 하고 있는 거 맞아? 씨앗은 어디서 구했어? 출처가 확실해야 거래해.

　믿을 수 있는 친구한테 구했어.

　뭐 하는 친군데? 어디서 알게 됐고?

　태웅은 잠깐 생각했다.

　대학교 동창.

　가즈는 뒤로 물러나 앉았다. 그리고 태웅을 물끄러미 바라보고 있다가 천천히 입을 열었다.

　언제 심었어?

　2주일 전쯤.

　광원은 뭐야?

태웅은 순간 머뭇거렸다.

혼자 키워?

태웅은 또 머뭇거렸다.

그 친구랑 같이하는구나? 그 친구도 너처럼 초보고?

태웅은 소리 없이 웃었다.

그 친구는 베테랑에 가깝다고 할 수 있어.

허세 부린다고 대마가 자라진 않아. 아까운 씨앗만 날리겠는데? 씨앗 출처도 불확실하고.

가즈는 비릿하게 웃었다.

이게 어시장에서 생선 사고파는 일처럼 보여? 대마가 자라려면 물과 햇빛이 중요해. 근데, 그만큼 중요한 게 또 있어. 믿음과 신뢰. 어쩌면 한국에서는 이 두 가지가 물과 햇빛보다 더 중요할지도 모르지.

가즈는 자신의 정수리를 태웅의 턱밑으로 내밀었다. 사탕을 으깨 놓은 듯한 흉터 자국이 남아 있었다.

예전에 마산 놈들한테 뒤통수 맞은 결과가 바로 이거야. 내 작업장을 알려 줄 테니 내일 네 친구를 그리로 데리고 와.

꼭 그래야 해? 태웅이 말했다.

아직 이해를 못 하겠어? 신뢰할 수 없는 애들하고는 일 안해. 전문성 없는 애들하고도. 그런데 내 작업장에 오면 이 두 가지를 한번에 얻게 되는 거야.

가즈는 술잔을 비웠다.

내가 학원에 찾아온 엄마들한테 늘 하는 말이 뭔지 알아? 영어는 조기교육이 제일 중요해요, 어머니. 악당이 될 거면 프로페셔널한 악당이 돼. 어설픈 악당만큼 불쌍하고 못난 놈들이 없으니까.

가즈는 자리에서 일어났다.

다시는 전화로 대마가 어쩌고 하는 말들 지껄이지 마. 젊은 나이에 죽고 싶지 않으면 허세도 줄이고.

가즈가 태웅을 내버려두고 바 밖으로 나갈 때, 은재는 감히 앞으로 나설 수 없었다. 대화는 정확히 듣지 못했지만 분위기는 명확했다. 지금 자신의 정체를 밝히는 건 신체 건강에 반드시 좋지 않은 영향을 끼칠 것 같았다. 은재는 태웅을 바라보며 어깨를 으쓱했다. 태웅은 은재에게 눈빛으로 말했다. 허세를 부리는 건 자기만으로 족하다고.

준구
1999년

명길은 초조한 눈빛으로 마산모방 앞을 한 시간째 서성이는 중이었다. 누가 훔쳐 갔든 도둑맞은 자동차가 있을 곳을 짐작하기는 그리 어려운 일이 아니었다. 중동이나 아프리카로 향하는 선박에 이미 올랐거나, 부두에서 적재를 기다리며 바닷바람을 맞고 있을 것이었다. 도둑맞은 것은 자동차가 아니라 현금으로 바꿀 수 있는 무언가라고 부르는 것이 더 정확했다. 차를 훔친 후 사고 차량과 폐차 직전 차량의 번호판을 부착해 해외로 빼돌리다 붙잡힌 일당들에 대한 뉴스는 너무 흔해서 호기심조차 자극하지 않았다. 도둑질이 해무처럼 짙고 넓게 퍼져 있었다. 끼니를 해결할 돈이 없던 사람들은 길거리, 농지, 공사장 등을 돌며 현금화할 수 있는 구리 전선과 교량의 구리 명판을 훔치고 다녔다.

돝섬과 마주한 마산항 제5부두는 해외로 수출되는 차량으로 늘 북적였다. 중고 차량 비율이 높았다. 수출용 중고 차량들은 대부분 인천항과 마산항을 거쳐 이라크를 비롯한 중동 지역과 중남미, 아프리카로 팔려 나갔다. 해외로 팔려 나가는 중고 차량이 늘어나면서 (경기가 불황일 때 중고차 사업은 더 호황이라는 것이 이 업계의 오랜 속설이다.) 시에서는 1997년 부도 처리된 이후 가동이 중단된 마산모방의 부지에 임시 중고 차량 보관소를 만들었다. 이곳의 중고 차량들은 마산항 제5부두에 빈자리가 생기면 그곳으로 옮겨진 후 수출용 선박 앞에 다시 줄을 섰다. 명길은 마산모방으로 오기 전 마산항 제5부두를 훑었지만 성과가 없었다. 준구의 자동차는 바다 냄새를 아직 맡지 못한 것 같았다.

명길은 까치발을 하고 마산모방 정문 너머를 살폈다. 교도소 정문처럼 두꺼운 철판을 둘렀던 회사 정문은 중앙에서 양쪽으로 밀려 나가는 슬라이딩 게이트로 교체됐고, 직장 예비군 중대 본부로 사용됐던 입구 왼쪽의 좁고 기다란 건물은 관리실로 바뀌었다. 노동자들이 분주히 오갔을 운동장에는 각종 중고 차량이 열과 줄을 맞춰 정렬 중이었고, 운동장을 둘러싼 각종 공장들과 그 뒤편에 솟은 네 개의 커다란 굴뚝은 침울한 표정으로 이를 굽어보고 있었다.

명길은 벽에 바짝 붙어 서서 관리실 안을 들여다보았다. 쨍한 형광등 불빛만 가득할 뿐 사람의 모습은 보이지 않았다. 관리 직원은 순찰 중이거나 잠깐 자리를 비운 듯했다. 명길은 다시 정문으로 돌아와 슬라이딩 게이트에 감겨 있는 체인 자물쇠를 흔들어 보았다. 자동차를 찾더라도 이곳을 빠져나가기는 쉽지 않아 보였다.

명길은 공장 옆을 흐르는 삼호천을 가라앉은 눈빛으로 바라보았다. 과거보단 덜했지만 여전한 오물 냄새가 코를 찔러왔고, 엉뚱한 곳에서 먹이를 찾으려 했던 갈매기 한 마리가 마산만이 엎어져 있는 남쪽으로 빠르게 날아갔다. 그곳에서 채 2킬로미터가 되지 않는 거리에 바다가 있었다.

마산모방이 수출 기업으로 한창 기세를 떨치던 1980년대 후반, 삼호천 주변은 공장 폐수와 각종 생활하수로 머리가 멍해질 만큼의 악취가 들끓었다. 그 시절, 명길은 삼호천을 가로지르는 다리를 지나다 롯데 자이언츠 야구 모자를 떨어뜨린 일이 있었다. 어린 아들의 생일 선물로 어렵게 구한, 롯데 자이언츠 어린이 야구단 회원만 가질 수 있는 모자였다. 그 특별한 모자가 더러운 물에 실려 바다를 향해 무심히 떠내려갔다.

명길은 모자에서 눈을 떼지 않은 채 삼호천 옆으로 난 길을 내달렸다. 모자가 바다에 도착하면 영영 되찾을 수 없을 것이었다. 명길은 결국, 삼호천에 발을 담갔다. 그리고 모자를 향해 엉기적거리며 나아갔다. 오물이 엉겨 붙은 바닥의 돌들 때문에 발은 계속 미끄러졌고, 수심은 예상보다 빠르게 깊어졌다. 명길의 무릎, 허리, 그리고 턱밑까지 금세 더러운 물이 차올랐다. 그러나 명길은 포기하지 않았다. 까치발을 한 채 모자를 향해 끈질기게 나아갔다.

그때처럼 절박한 마음으로, 명길은 안주머니에 있던 소주를 꺼내 들이켰다. 그리고 빈 소주병을 삼호천에 집어 던진 후 슬라이딩 게이트를 뛰어넘었다. 명길은 잠든 아들의 머리맡에 깨끗이 씻은 모자를 놓아두었던 아침을, 그 모자를 쓴 아들과 돝섬 하늘정원에서 캐치볼을 했던 오후를, (돝섬 방문은 마산에서 자란 아이들이 제일 좋아하는 생일 선물 중 하나였다.) 자기만 두고 놀아서 삐진 딸에게 돝섬 매점에서 솜사탕을 사 줬던 저녁을 좋았던 시절의 마지막 추억처럼 떠올렸다.

온기 없는 적막이 명길을 둘러쌌다. 마산모방은 광남유니폼사가 그러했듯, 피난민들이 머물다 떠난 공터 같았다. 쓸쓸하고 을씨년스러웠다. 유일하게 빛을 발하는 것은 꼭대기 부근에 빨간색 조명을 매단 채 주기적으로 깜빡이는 네 개의 굴뚝이었다.

명길은 어둠이 삼켜 버린 과거를 찾아 헤매는 사람처럼 부지 안을 뒤지고 다녔다. 자동차 번호판은 당연히 교체됐을 것이고, 차량 도색을 했을 수도 있었다. 명길은 눈에 들어온 모든 프린스 도어 손잡이에 키를 찔러 넣었다. 그러다 운동장 제일 오른쪽 세 번째 라인에서 고양이처럼 웅크리고 있는 검은색 프린스 앞에 멈춰 섰다. 명길은 주변을 둘러본 후 도어 손잡이에 자동차 키를 밀어 넣고 돌렸다. 잠금 버튼이 툭 소리를 내며 위로 올라갔다. 명길은 숨죽인 채 운전석에 올라탔다.

이곳을 빠져나갈 방법은 한 가지뿐이었다. 슬라이딩 게이트를 박차고 나가는 것. 명길은 차의 시동을 걸려 했다. 그러나 차창 밖으로 펼쳐진 깜깜한 어둠이 눈앞을 가로막자 애써 억눌렀던 두려움이 밀려왔다. 명길은 생각했다. 차를 훔치더라도 요란을 떨 필요까지는 없다고, 이 방식은 문제에 문제를 더하는 것이지 그 반대는 아니라고.

명길은 시동 장치에 꽂혀 있던 자동차 키를 다시 거두었다. 자동차가 부두로 옮겨지면 지금보다 더 험난한 과정을 거쳐야 했다. 어쩌면 부두에 우두커니 서서 자동차를 싣고 먼바다로 나아가는 선박을 속절없이 바라만 보고 있어야 할지도 몰랐다. 훔치려면 여기서 훔쳐야 했다. 명길은 주머니에서 휴대폰을 꺼냈다.

*

시내버스 차고지로 빨리 와 줘.

레나가 보낸 문자에는 다급함이 서려 있었다. 전화도 두 번이나 걸려 왔다. 명길에게도 문자가 왔다.

마산모방으로 와. 급한 일이야.

바 월영에 가기 위해 시내버스를 기다리고 있던 준구는 몇대의 시내버스를 그냥 흘려보냈다. 어떤 것에도 의욕이 생기지 않았다. 지난밤, 우영은 비꼬듯 말했다. 자신은 자선사업가가 아닐 뿐만 아니라 차량 절도범도 아니라고. 그러나 부모님이마산에 돌아오시면 광남호텔 스위트룸에는 한번 모시겠다고.

레나에게 또 문자가 왔다.

Hurry up!

노선이 다른 시내버스 몇 대가 다시 정류장에 도착했고 또떠나갔다. 준구는 여전히 정류장에 멍하니 서 있었다. 그러다잠시 후, 눈앞에 도착한 시내버스에 덜컥 올라탔다.

준구를 찾는 사람이 많은 밤이었다. 준구가 차창에 머리를기대고 있을 때, 어머니에게서 전화가 왔다. 어머니는 취기 묻은 목소리로 말했다.

아들, 엄마야. 잘 지내지?

준구는 선뜻 입이 떨어지지 않았다. 잘 지내는 게 이상한 상황 아닌가? 준구는 부모님을 무작정 비난하고 싶었다. 쓸모 없어진 일을 세상 그 누구보다 잘하는 사람들, 그게 부모님 같았다.

어머니가 다시 말했다.

아들, 잘 안 들려?

차창 밖으로 어둡고 차가운 거리가 스치듯 지나갔다. 준구는 소리 죽인 한숨을 내쉰 후 천천히 입을 열었다.

별일 없어. 엄마는?

미안해, 아들. 아빠랑 엄마가 모자란 게 많은 사람이야. 모자란 부모라서 너무 미안해.

어머니가 다시 말했다.

아니야, 미안하지 않아. 먹여 주고 재워 주고 대학까지 보내줬으면 다 한 거 아냐? 그렇지 않아, 아들? 아니야, 미안해. 그래도 미안해, 아들. 아들, 엄마가 너무 사랑하는 거 알지?

무슨 일 있어?

침묵, 한숨, 다시 침묵. 뭔가 잘못되었음을 감지한 준구는 가슴이 닻처럼 내려앉기 시작했다.

한 달 전쯤 한국 김치 회사가 이 부근에 김치 공장을 열었어. 어머니가 말했다. 여길 어떻게 알고 왔는지 모르겠는데, 거기가 우리보다 월급을 조금 더 많이 준다니까 공장 직원들이 다 그리로 가 버렸어. 김치 만드는 방법까지 정말 열심히 알려

줬는데, 그렇게 돼 버렸어.

전부? 전부 다?

그 사람들은 잘못 없어. 속상하지만 엄마라도 그랬을 거야.

준구는 말문이 막혔다. 밤바다를 헤엄치던 까나리가 목구멍으로 쏟아져 들어오는 듯했다.

김치 공장이 생길 줄 또 몰랐어. 벙커를 쓰게 해 준 중국 공무원한테 물었더니 자기도 정말 몰랐다고 했어. 자기 윗선에서 처리된 일인 것 같다고 했어. 그 사람도 안타까워하는데 무슨 수가 있는 건 아니었어.

어머니는 잠깐 숨을 골랐다.

브라질에 아빠 예전 직장 동료가 살아. 엄마는 좋아하지 않는 사람이야. 아빠랑 여태 연락하며 지내는지도 몰랐어. 이전에는 일본 오사카에 살았는데, 브라질로 이민을 갔나 봐. 3년 전쯤, 그 사람이 브라질에서 자기 주소와 전화번호가 적힌 편지를 아빠한테 보냈어.

어머니의 말에 따르면, 아버지는 일말의 기대를 품고서 편지에 적힌 전화번호로 연락했다. 아버지의 전 직장 동료는 편지에 쓰인 것처럼 여전히 브라질에서 카사바 농장을 운영 중이었다. 카사바는 고구마와 비슷하게 생긴 식물이었다. 대만 사람들이 즐겨 마시는 버블티에 넣는, 젤리 같은 식감의 타피오카 펄이 카사바 뿌리를 이용해 만든 것이었다. 아버지는 전

직장 동료에게 말했다. 마산 앞바다를 지키는 부표처럼 살았는데 지금은 어느 바다 위인지 모르고 흘러 다니는 난파선이 된 것 같은 기분이라고, 바람이 계속 불어와 어딘가로 계속 떠밀려 내려가기만 한다고, 하려던 일이 곤경에 곤경이라고, 염치없지만 혹시 조금이라도 도움을 줄 수 있느냐고. 전 직장 동료는 기꺼운 목소리로 대꾸했다. 한국에서도 버블티를 마시는 사람들이 생길 거라고, 카사바 뿌리 가루 수입 문의가 조금씩 오고 있다고, 자신이 싼값에 줄 테니 카사바 뿌리 가루를 수입해 한국에 팔아 보는 건 어떠냐고, 좋은 거든 나쁜 거든 세상 전체가 함께 나누는 시대가 되었다고, 운 좋게도 카사바는 아주 좋은 것이라고, 언제든지 브라질에서 와서 확인해 보라고.

거기까지 말한 후, 어머니는 잠깐 머뭇거렸다. 말하기 조심스러운 부분이 또 있는 듯했다. 그러나 준구는 놀랄 수 있는 마음이 이미 거덜 났다. 잠시 후, 어머니가 말했다.

사실, 아빠랑 엄마, 지금 브라질이야. 온 지 이틀 됐어. 엄마가 너한테 너무 미안해서 미리 말할 수가 없었어.

준구는 타고 있던 시내버스에서 무작정 내렸다. 그리고 깜깜한 밤하늘을 한참 동안 바라보았다. 그때, 준구가 느낀 감정은 짜증도, 원망도, 분노도 아니었다. 두려움이었다. 느닷없이 빠진 깊은 구덩이에서 다시는 벗어나지 못할 것 같은 두려움, 이를 모두가 방관만 하고 있으리라는 두려움, 혼자서 만든 사다리는 구덩이 위까지 끝내 미치지 못하리라는 두려움, 손 내밀 존재가 성모마리아님밖에 없을 것이라는 두려움. 준구는 눈앞에 도착한 시내버스에 다시 올라탔다.

*

시내버스 차고지 겸 차량 정비소는 마산만이 좁아지는 가포유원지 부근의 곶에 위치했다. 곶의 경사면에 기대어 선 5층 높이의 건물이었는데, 아래 3층은 골조로만 이뤄졌고, 그곳으로 바닷물이 들이쳤다. 나머지 2층은 식당과 사무실로 이용됐다. 건물 옥상에 시내버스 차고지와 정비소가 있었다. 육지와 돝섬 사이의 거리가 가장 가까운 곳이라 오래전 바다가 맑았을 때, 이 아래서 돝섬까지 헤엄쳐서 갔던 일을 술안주 삼아 떠올리는 동네 아저씨들을 준구는 기억하고 있었다. (나도 준구에게 무용담처럼 들려준 적이 있다.)

시내버스 차고지 입구에 들어서자 왼편 바다 방향으로 정차된 버스 두 대가 보였다. 오른편의 주유기 두 대는 사용한 지오래된 듯 녹이 슬었고, 닦고 조이고 기름 치자, 라는 문구가 적혀 있는 정면 제일 안쪽의 정비소 앞에는 정체를 알 수 없는 쓰레기 더미가 바닷바람에 이리저리 쓸려 다녔다. 한때는 차량과 사람들로 붐볐던 곳이지만 시내버스 사용자가 줄어들고 여기보다 접근성이 좋은 공간에 새로운 차고지가 생겨서 지금은 사람들의 발길이 뜸했다.

준구는 레나를 찾기 위해 어둠 속을 살폈다. 그러나 차고지 주변을 둘러싼 무성한 나무 그림자들만 유령처럼 어른거렸다. 레나를 소리쳐 부르고 싶지는 않았다. 우연한 건수나 잡으려 드는 부랑자와 곤히 잠든 산짐승의 심기만 건드릴 것 같았다. 대신 준구는 귀를 기울였다. 다행히도 정차 중인 시내버스 앞머리 부근에서 희미한 노랫소리가 들려왔다. 준구는 그쪽으로 조심스럽게 다가갔다.

레나는 난간 밖으로 두 다리를 내놓고 있었다. 옆에는 버드와이저 세 병이 놓여 있었다. 음악은 시디플레이어에 연결한 소형 스피커에서 흘러나오는 것이었는데, 레나가 보낸 문자의 조급함과는 달리 나른한 피아노 반주가 곁들여진 곡이었다.

레나는 준구를 슬쩍 올려다보더니 맥주병을 옆으로 치우며 자리를 만들었다. 준구는 레나처럼 두 발을 난간 밖으로 내민 채 바닥에 앉았다. 아래는 완만한 경사로로 바다와 면해 있었고, 바닥에 깔린 자갈밭이 끝나는 부근에는 낡은 배 한 척이 묶여 있었다.

준구는 레나가 건넨 맥주를 마시며 마산만과 마산 시내를 가만히 바라보았다. 새롭게 지었거나, 지어지는 중인 호텔과 모텔에서 새어 나온 불빛이 화려한 폭죽처럼 바다 위에서 일렁였다. 저 불빛들 사이에 광남호텔의 것도 조간만 섞여 들 것이었다.

이번 토요일에 빌리, 가즈랑 같이 부산에 갈 거야. 새로 생긴 클럽에서 놀기로 했어. 반나절 동안 집이 비는 거지.

레나가 다시 말했다.

대마초가 없어지면 빌리는 주변부터 의심할 거야. 나는 알리바이가 있으니 의심을 안 받거나 덜 받겠지. 가즈는 그걸 같이 훔치자고 나한테 먼저 제안했으니까 빌리에게 내가 대마초의 존재를 안다는 사실을 쉽사리 밝히진 못할 거야. 이번이 마지막 기회일지도 몰라. 빌리가 통화하는 걸 엿들었는데 클럽에 춤만 추러 가는 게 아니었어. 대마초 구매자를 만나기 위해서였어.

준구는 냉기를 힘껏 들이마신 표정이었다.

왜? 겁나? 레나가 말했다.

겁나. 도둑질도 겁나고, 훔쳐야 되는 게 마약이라는 건 더 겁나. 넌 안 겁나?

레나는 고개를 돌려 어둠에 잠긴 바다를 바라보았다.

셋째 이모가 고층 빌딩 유리창 닦는 일을 시작했어. 금은방을 했었는데 아빠 사업 보증 서 줬다가 낭패를 봤거든. 이모한테 물어봤어. 안 무섭냐고. 이모가 그랬어. 사는 게 더 무섭다고. 나도 그래. 삶이 이대로 멈춰 버리는 게 더 무서워.

돈이 전부는 아니잖아?

돈이 전부는 아니지. 근데, 진짜 많은 돈은 전부가 될 수 있어.

레나가 다시 말했다.

잠잠해질 때까지 보관할 곳은 생각해 뒀어. 집은 안 돼. 빌리가 분명히 한 번은 찾아올 거야. 너희 집은 빚쟁이들이 들이닥칠 수 있고.

레나는 마산 앞바다 어딘가를 손으로 가리켰다. 레나의 손끝이 닿은 곳에는 돌섬이 있었다.

저기 숨겼다고는 아무도 생각 못 할 거야. 벤치 아래 그 구덩이에.

준구는 고개를 저었다.

유람선은 해가 지기 전에나 탈 수 있어. 낮에는 사람들 눈이 너무 많아.

밤에 가야지. 아무도 없을 때. 배 몰 줄 안댔지?

배도 훔치게?

레나는 어깨를 으쓱했다.

빌릴 수 있으면 빌리고. 가포유원지에 보트 빌리는 곳이 있어. 못 하겠으면 다른 사람을 찾을 거야. 돈이 전부라고 생각하는 사람.

그때, 준구의 휴대폰으로 전화가 왔다. 명길이었다. 준구는 망설이다가 전화를 받았다. 명길은 지금까지의 상황을 자세히 설명했다. 그리고 덧붙였다. 차를 혼자서는 갖고 나올 수 없다고, 도움이 필요하다고, 자기를 도와주면 광남호를 주겠다고, 시간이 별로 없다고, 늦어도 이번 주말에는 실행해 옮겨야 한다고.

생각해 볼게요.

준구는 전화를 끊고 절벽 아래를 바라보았다. 잔잔한 바람을 등에 업은 파도가 낡은 배의 엉덩이를 툭툭 건드렸다. 마치 곤히 잠든 아이를 부드럽게 깨우는 것 같았다.

동미
1974년

누군가 억지로 잠을 깨운 것처럼, 파도는 신경질적으로 뒤척였다. 석호에게 빨갱이냐고 물었던 남자는 바다에 빠진 채 먼바다 쪽으로 밀려나고 있었다. 팔을 계속 휘저어도 파도가 몸을 붙잡았다. 쇳빛 물색 때문에 남자는 매운탕 속 두부처럼 보였다. 갈치처럼 뾰족하게 생긴 남자는 바닥을 기는 중이었다. 석호에게 복부를 맞은 듯했다. 그리고 염색과 전방 담임은 망연자실한 표정으로 석호와 마주 선 채였다.

뒤늦게 홍콩바 밖으로 나온 동미는 상황 파악이 끝난 듯 방파제를 향해 달려갔다. 그리고 방파제 부근에 쌓여 있던 통발을 바다에 빠진 남자를 향해 집어 던졌다. 남자가 통발을 붙잡자 동미는 통발에 묶인 줄을 끌어당겼다. 선창에 서서 이를 구경거리처럼 보고 있던 나이 지긋한 인부 한 명이 동미 곁으로 다가왔다. 늙은 인부는 싱거운 줄다리기라도 하듯 동미를 도우며 실실거렸다.

저기가 김주열이 건져 냈던 부근 아냐?

입조심해요!

늙은 인부는 움찔거리며 입을 다물었다. 석호는 동미가 있는 쪽을 바라보다 다시 염색과 전방 담임의 굳은 얼굴로 눈을 옮겼다.

더 할 겁니까? 석호가 말했다.

염색과 전방 담임은 잠깐 생각했다.

내가 결정할 수 있는 거면, 여기까지 하지.

동미와 늙은 인부는 남자를 방파제 위로 끌어올렸다. 남자는 모로 누운 채 바닷물을 토해 내려 애썼고, 염색과 전방 담임은 남자를 원망하는 눈빛으로 쏘아보며 혀를 찼다.

큰소리치더니만.

염색과 전방 담임은 등에 메고 있던 가방을 바닥에 내려놓았다. 어린 학생들이 쓰는 네모난 모양의 가방이었다.

식권 6개월 치, 현찰 60만 원.*

염색과 전방 담임은 홍콩바 입구 왼편에 놓여 있는 상자를

---

* 당시 방직공 일당은 500원에서 800원 사이였다.

가리켰다.

저 상자 안엔 타이밍이 들었어.

내가 고분고분 말을 들었으면 돈이랑 식권은 본인들이 가질 생각이었던 거네요. 석호가 말했다.

그건 미안하게 생각해.

염색과 전방 담임이 다시 말했다.

앞으로 두어 달이 회사 입장에서는 정말 중요한 시기야. 진해 해군교육사령부에 납품해야 할 것도 있고. 해군에서 우리 회사로 물량을 몰아 준 거나 다름없어. 이건 우리끼리 치고받는 걸로 결판이 난다고 해서 끝나는 문제가 아냐.

노조가입신청서 받고 다니는 걸 협박이든 폭력이든 써서 중단시키고, 가능하면 지금까지 모은 노조가입신청서도 뺏어라. 이거죠?

내가 할 수 있는 일이라면 내가 했을 거야. 창동 한복판에 근사한 양복점을 낼 수도 있는 돈이니까.

염색과 전방 담임은 동미가 있는 곳을 바라보며 말을 이었다.

여공들한테 타이밍을 나눠 주는 건 저 총무과 아가씨가 하면 돼. 식권처럼 기록도 하고. 위에서 내려온 지시가 그래.

그러다 뭔 일이라도 터지면 책임은 우리가 지고, 회사는 모른 척하겠다는 거겠죠? 돈은 퇴직금 명목일 테고.

무슨 책임? 직원들에게 타이밍을 나눠 주고, 노조 설립을 방해했다고 누가 잡아가기라도 한대? 노조, 파업, 권리 같은 말을 입에 담는 사람을 연행하고 구타하는 건 경찰이 더 적극적이야. 나라에서 그러라니까 그러는 거겠지. 그게 자기들한 테도 빨갱이들이 설치는 것보다는 나을 거고. 회사가 문제 삼지 않으면 아무도 문제 삼지 않아. 설사 문제가 되더라도 금방 해결될 거야. 복직도 당연히 될 거고.

그만두면 그만이에요. 회사는 여기 말고도 많아요.

어디든 여기랑 다를 것 같아? 그렇지 않은 곳을 알게 되면 나한테도 알려 줘. 같이 가게.

염색과 전방 담임은 한숨을 내쉬었다.

노조가 생기고, 생산 차질을 빚고, 야근 수당을 줘서 이익이 줄고, 계속 그런 일이 반복되면 노동자들이 아니라 회사가 마산을 떠 버릴 거야. 그럼 다 같이 넋 나간 표정으로 마산 앞 바다만 바라보고 있겠지. 가능하다면 저 바닷물로라도 배를 채우려 할 거고.

바다에서는 생선을 잡으면 돼요.

저렇게 더러운 바다에서?

가방 도로 가져가세요.

석호에게 복부를 맞고 쓰려져 있던 사내가 비틀거리며 일어났다. 사내의 입가에서 걸쭉한 침이 흘러내렸다. 바다에 빠졌던 남자도 일어설 기운은 되찾은 모양이었다.

일주일. 염색과 전방 담임이 말했다. 그게 내가 끌 수 있는 시간이야. 생각해 보고 결정해. 애국이 별게 아냐. 일터를 지키는 게 애국이야. 그게 효도고, 가족 사랑이야. 나머지는 그 반대에 있고.

염색과 전방 담임은 사정하듯 덧붙였다. 공장 기름밥을 평생 먹으려는 사람은 없다고, 누가 이런 곳에서 계속 일하고 싶겠느냐고, 기회를 붙잡으라고, 가방은 나중에 다시 돌려달라고, 자기 막내딸 거라고. 애국은 염색과 담임에게도 쉬운 일이 아닌 것 같았다.

*

동미는 가방을, 석호는 타이밍이 든 상자를 들고 사람들로 북적이는 번화가를 지났다. 대로를 건너면 동미의 집이 있는 북마산역을 향해 뻗은 길이 나타났다. 차들이 지나가기를 기다리는 동안 두 사람 모두 말이 없었고, 거리에 드리워진 그림자처럼 표정이 어두웠다.

대로를 건넌 후 석호는 왼쪽으로 난 길 앞에 멈춰 섰다. 그길에는 특수복 상점들이 모여 있었고, 상점 진열창에는 말끔한 작업복을 입은 마네킹들이 뽐내듯 서 있었다. 거리 초입의

267

3·15의거탑 앞에 놓인 시위 참가자들의 조각상이 그러하듯, 석호는 분노와 슬픔 그리고 가느다란 희망에 영원히 사로잡힌 사람처럼 불빛이 반짝이는 거리를 한동안 꼼짝 없이 바라보았다.

어릴 때 유도 선수가 되고 싶었어요. 석호가 말했다. 못되게 구는 놈들을 냅다 집어 던지는 맛이 있더라고요. 못사는 놈들이 똑같이 못사는 놈들 괴롭히는 게 그리 재밌는 일이냐고 따지고 싶은데, 말이 통해야지. 그런데 사회에 나와 보니까 잘사는 놈들이 못사는 놈들 시켜서 또 다른 못사는 놈들 괴롭히고 있었어요. 두 배로 못된 놈들인데, 이런 놈들을 말로 타이르는 건 시간 낭비예요.

유도 선수 대신 깡패가 된 거네요. 동미가 말했다.

석호는 씩 웃었다.

유도복 살 돈이 없었어요.

다른 선택지도 있어요.

이걸 돌려주면 빨갱이, 시키는 대로 하면 배신자, 이도 저도 싫으면 깡패가 되겠죠. 어떻게 하면 좋겠어요? 그냥 이 돈 가지고 도망가는 건 어때요? 도둑이 그나마 낫지 않아요?

동미는 나서지 말자고, 튀지 말자고, 모포처럼, 스웨터처럼 접히면 접히는 대로 살자고 말하려 했다. 그러나 지금 상황에서는 어느 쪽에 줄을 서야 나서지 않는 것이고, 튀지 않는 것이며, 안전하게 접히는 것인지 알 수 없었다. 배신자, 빨갱이, 깡패, 그리고 도둑. 동미는 생각했다. 나쁜 경우에만 선택지가 넓다고.

동미가 집을 향해 먼저 걸음을 옮겼고, 석호는 한 걸음 뒤에서 동미를 뒤따랐다. 기차 소리가 가까이서 들려오기 시작했다. 두 사람은 차단기가 내려진 철도 건널목 앞에 멈춰 섰다. 통로까지 승객들로 가득 찬 완행열차가 검은 연기를 내뿜으며 두 사람 앞을 느릿느릿 지나갔다. 동미는 창가 좌석에 앉은 한 여자와 눈이 마주쳤다. 동미와 비슷한 또래로 보이는 여자는 말쑥한 차림의 동미를 부러운 눈빛으로 쳐다보았다. 기차가 멀어지고 차단기가 올라갔다.

동미 씨, 돈보다 중요한 게 뭐예요?

석호가 다시 말했다.

손가락 열 개도 모자랄 만큼 알고 있었던 거 같은데, 갑자기 생각이 안 나요.

엄마, 애인, 친구.

동미는 깜짝 놀란 표정으로 뒤를 돌아보았다. 그 말을 한 사람은 나였다. 자신이 화장실에 있을 때마다 무턱대고 문을 여는 사람, 돌부리에 걸려 넘어지거나, 빙판을 걷다 미끄러진 창피한 순간마다 눈이 마주치는 사람, 동미는 그런 사람을 맞닥뜨린 눈빛으로 나를 쳐다보았다. 같은 핏줄처럼 끈덕지고 다른 핏줄처럼 얄미운 놈. 동미는 그런 말을 하고 싶은 것 같았다. 동미 입장에선 그럴 만했다. 그러나 나는 아무렇지 않은 표정으로 석호를 올려다보며 동미에게 물었다.

이 사람 누구야? 남자 친구야? 다 큰 사람이 왜 이런 것도 몰라?

석호는 씩 웃었다.

코피부터 닦고 말하는 건 어때? 네가 찬수지?

아버지한테 또 대들었어? 동미가 말했다.

나는 코를 재빠르게 훑었다. 말간 피가 손가락에 묻어났다. 나는 피 묻은 손가락을 바지에 닦았다.

둘이 싸우는 거 말리려다 이렇게 됐어. 집에 빨리 가 봐.

아버지랑 엄마? 무슨 일로?

편지 때문에.

무슨 편지?

나는 석호가 듣지 못하게 입 모양으로만 말했다.

남편이 보낸 편지.

넋이 나간 것도 잠시, 동미는 돈가방을 석호에게 떠맡기듯 건넨 뒤 집을 향해 뛰어갔다. 석호는 얼떨떨한 표정으로 동미의 뒷모습을 바라보았다.

돈보다 중요한 게 또 있어요. 내가 말했다.

뭐?

가족.

나는 석호를 향해 손바닥을 위로 한 채 내밀었다.

돈 좀 빌려주세요.

돈?

석호는 나에 대해 아는 것이 많다는 표정을 지었다.

술 사려고? 어릴 때부터 술 좋아하면 어떻게 되는지 알아?

술집 사장 되겠죠.

내가 다시 말했다.

차비가 필요해요. 나중에 갚을게요.

어딜 가는데?

의령에요. 엄마가 거기 있어요. 거기가 내 고향이에요. 아,
고향도 돈보다 중요해요.

*

동미 엄마 보시오.

두 달 전, 밀양에 갔더니 당신과 함께 젓가락 장단을 치느라
밥상 모서리가 닳고 닳았던 밤들만 남아 있었소. 당신과 동미가
밀양을 떠난 것을 그때야 알게 됐소.

67년 가을밤에 밀양을 찾았을 때는 당신이 그 밤에 속해 있었

271

소. 집 앞의 깜빡이는 불빛 아래서 훤칠하게 큰 사내가 당신 손을 꼭 쥐고 있었소. 그 모습을 멀리서 지켜보다 기척 없이 뒤돌아섰소. 나는 그날의 쓸쓸하고 비참한 마음을 영동선을 달려 강릉역에 도착한 기차 위에 다 두고 내렸소.

그날 밤이 아직 나를 붙잡고 있는 건 아닌가? 서글픈 것인가? 염치없이 원망하는 것인가? 그런 것인가? 마음을 찬찬히 들여다보고 하는 말이오. 그건 아니오. 신경 쓸 것 없소. 동미를 보지 못하고 돌아선 안타까움이 불분명한 내 마음의 정체일 것이오. 그때의 그 사내가 지금 당신과 같이 살고 있는 사람이어서 정말 다행이오.

나는 당신과 동미에게 철길 위의 터널처럼 스쳐 지나간 추억에 불과한 사람으로 남을 자격밖에 가지지 않았소. 그러나 내가 처음부터 이런 상황을 원했던 것이라고 여기지는 말길 바라오.

어쩌면 이 모든 일이 젓가락에서부터 시작됐는지도 모르겠소. 강릉과 양양 사이에 있는 마을에 머물고 있을 때였소. 동해북부선 공사에 투입됐던 날, 점심으로 국수가 나왔소. 막걸리도 한잔씩 나눠 마시는데 흥이 오르자 누군가 노래를 부르기 시작했소. 나머지 사람들은 젓가락으로 장단을 맞추었소. 그런데 나무젓가락이 힘 한번 제대로 못 쓰고 툭 부러졌소. 내 것만 그런 게 아니었소. 하도 오래 쓴 것이라 나무젓가락 속이 모두 썩어 있었소. 나는 회사 간부에게 젓가락을 바꿔 달라고 요구했소. 사

272

용한 나무젓가락을 대충 씻어 준다는 것도 알고 있다고 했소. 몇 사람이 나와 의견을 같이했소. 과거, 어느 철로 공사 때 이와 비슷한 일이 있어 노동자들이 집단으로 항의한 적이 있다는 것은 나중에 알게 됐소.

그날 밤, 처음 보는 사람들이 나를 여관 밖으로 끌어내더니 빨갱이 새끼라며 막무가내로 때리기 시작했소. 무리 중엔 경찰복을 입은 사람도 있었소. 나는 진동리지구 전투에* 참가했던 해병이었음을 증명하려 했소. 빨갱이가 아니니 제발 때리지 말라고 사정했소. 젓가락을 바꿔 달라고 해서 해병이 빨갱이가 되는 건 아니라고 읍소했소. 나라에서 빨갱이냐 아니냐를 결정해서는 안 된다고 소리쳤소. 마음의 깃발이 꽂히는 곳은 누구도 간섭할 수 없는 것이라고 항변했소. 그러나 아무 소용없었소.

그들이 돌아갔을 때 나는 이대로 죽을 운명인가 싶었소. 혼자서는 일어설 수도 없었소. 나는 빨갱이로 죽었으면 죽었지, 빨갱이가 아닌데 빨갱이로 죽긴 싫었소.

---

* 1950년 8월과 9월, 해병대 김성은 부대를 중심으로 한 연합군이 마산 진동리에서 북한군과 벌인 전투이다. 연합군 최초의 승리이자 마산, 부산이 북한군에 점령되지 않는 결정적 역할을 한 것으로 평가받는다. 당시 종군기자였던 《뉴욕 헤럴드 트리뷴》의 마거리트 히긴스는 당시 해병대의 활약을 보며 "귀신이라도 잡겠다."라고 보도했고, 이것이 훗날 '귀신 잡는 해병대'라는 말의 유래가 됐다.

정신을 잃고 길에 쓰러져 있는 나를 병원으로 데려간 사람은 여관방 셋째 딸이었소. 내가 빨갱이가 아니라는 걸 믿어 주는 사람은 그 사람밖에 없었소.

몇 달간 그 사람이 나를 돌봐 줬소. 나는 갈비뼈에 금이 가고, 오른쪽 발목은 부서진 채로 굳어 목발에 의존하지 않고는 제대로 걸을 수조차 없었소. 그런 나를 그 사람이 먹이고 씻겨 주고 재워 줬소. 그러나 나는 갈비뼈가 붙은 이후로도 누군가 목을 조르는 듯 숨을 제대로 쉴 수 없는 날들을 보내야 했소. 지금도 그런 날들이 나를 붙잡고 놓아주질 않고 있소.

그 사람과 내가 정을 나눈 게 젓가락 때문이라고 말하고 싶은 건 아니오. 나는 그 사람을 떠나고 싶지 않았소. 진심으로 그랬소. 나는 그 사람에게 몸과 마음을 의탁했소. 빨갱이로 몰려 몰매를 맞던 밤, 그 밤이 예전의 나를 다시 돌아올 수 없는 어느 기차역에 내려놓고 떠나 버렸소.

어둠에 잠긴 철길을 바라볼 때면 거친 바다를 눈앞에 둔 것처럼 두렵고 무서운 마음이 밀려왔소. 다시는 철길 위에 서지 못할 것 같았소. 그러다 도화가 태어났소. 도화는 동미를 닮았소. 웃을 때 왼쪽 볼에 보조개가 생기고, 미간에 얕은 주름이 있소. 나도 그러해서, 나는 나의 애꿎은 운명만은 자식들에게 이어지지 않기를 간절히 바라고 있소.

67년 가을에 밀양으로 찾아간 건 이런 내 사정을 말해 주고 싶어서였소. 그때 당신을 만나지 않은 건 지금도 잘한 일이라 생각하고 있소. 나는 내가 완전히 잊혀서 당신과 동미의 행복이 지켜지길 바랐소. 그러나 끝까지 그러지 못해 나는 나를 얼마나 원망하고 미워해야 할지 모르겠소.

내가 많이 아프오. 무슨 병인지 알지도 못하고 앓고 있소. 서울의 큰 병원으로 가 보라는데 나는 가진 돈이 없소. 일을 할 수 없는 내 몸을 나는 너무 오랫동안 지켜만 봤소. 내가 먼저 버렸어야 할 내 몸이었으나 도화 엄마가 그렇게 두지 않았소. 그 사람은 지금도 그러고 있소. 밤낮으로 일하며 도화를 돌보고 또 나를 보살피고 있소. 나는 그 사람을 오래전에 떠나야 했소. 그러나 이런 몸으로 당신에게 갈 수도 없었소.

밀양의 처남이 당신이 살고 있는 곳을 알려 줬소. 처남은 나를 보고 주먹을 휘둘렀소. 나는 처남의 손에 죽을 각오였소. 처남이 나를 때려죽이도록 내버려두고 싶었소. 처남은 울면서 나를 때렸소.

나는 지금 허공에 주먹을 휘두르며 당신에게 편지를 쓰고 있소. 누구를 향해 휘둘러야 할지도 모른 채 그러고 있소. 당신에게 손을 벌리는 나 자신에게 먼저 주먹을 휘둘러야 마땅할 것이오. 당신에게 돈을 빌려달라고 부탁하는 것이 내가 할 수 있는 일의 전부이기 때문이오. 나를 도와줄 수 있는 유일한 사람이 당신이라는 것이 슬프고 미안해서 나는 내 뺨을 치고 또 치고 있소.

동미가 내 소식을 알게 되지 않길 바라오. 나는 동미에게 소식이 끊긴 아버지로, 생사조차 알 수 없는 그리운 아버지로 기억되고 싶소. 못난 아버지로 남고 싶지는 않소.

못난 동미 아비가.

은재와 태웅

2021년

은재와 태웅은 임항선 그린웨이를 따라 걸으며 가즈가 알려 준 곳으로 향했다. 가즈의 작업장은 임항선 그린웨이가 지나는 북마산역 부근에 있었다.

1905년 개통한 임항선은 2011년 2월 결국 폐지됐다. 그리고 총 8.6킬로미터의 노선 중 4.6킬로미터 구간만 임항선 그린웨이라 불리는 산책로로 바뀌었다. 100여 년의 역사는 여기가 철길이었음을 알려 주는 두 개의 가느다란 선로로만 남았다. 철로 중앙 철목은 모래와 우레탄 아래 파묻혔고, 철로의 형태가 온전하게 보존된 곳은 3·15의거탑 옆을 지나는 가도교뿐이었다.

임항선 그린웨이는 광남호텔에서 멀지 않은 곳에 있는 해

277

안가 분수대에서 시작해 신마산의 중심지였던 합포구청, 구마산의 구심점이었던 몽고정과 3·19의거탑, 6·25전쟁 때 외부에서 온 피난민과 산업화 시기 교육과 구직을 위해 마산으로 온 이주민들이 주로 모여 살던 북마산역과 북마산시장을 거쳐, 과거 마산모방이 자리했던 석전동 사거리 부근에서 끝이 났다. 임항선 그린웨이는 옛 마산의 도심을 관통하는 길이자 근대 마산의 나이테를 확인할 수 있는 장소였다. 산책로 양쪽에는 오래된 집과 폐가, 새롭게 지어진 아파트와 빌딩, 철거 중인 건물과 철거 예정인 건물들이 높이를 달리하며 역사 교과서처럼 펼쳐졌다. 그러나 대마가 은밀하게 자랄 수 있는 곳과는 거리가 멀었다. 영산홍, 편백, 다정큼나무, 산철쭉, 금사철 등이 줄지어 선 산책로에는 손뼉을 치며 오가는 노인들이 늦은 밤까지 끊이질 않았다.

가즈가 알려 준 주소에 도착했을 때, 두 사람을 기다리고 있는 것은 기찻길 옆 오막살이를 재현한 듯한 낡은 집이었다. 집은 해태처럼 보이는 석상이 놓인 철길 바로 옆에 등을 지고 있었는데, 지대가 낮아 산책로에서는 시멘트를 덧대고 덧댄 흔적이 뚜렷한 집 지붕만 보였다.

폐가 같은데? 태웅이 말했다.

그래야 말이 되겠지.

은재는 주변을 둘러보았다. 폐가 옆으로는 공터가 있었고,

그 안을 가로등 불빛이 뿌옇게 채웠다. 그 희미한 불빛으로 파악할 수 있는 또 다른 사실은 폐가와 맞닿은 외벽이 다른 집의 것보다 더 높게 쌓여 있어 집 내부를 볼 수 없다는 점이었다. 외벽에는 공터 바닥을 지지대 삼은 쇠 받침대가 버팀목처럼 붙어 있었다.

저 벽을 넘으랬어. 태웅이 말했다.

은재는 왼쪽 벽 앞으로 다가가 쇠 받침대를 타고 올랐다. 그리고 아래를 조심스럽게 내려다보았다.

마당에는 무성한 풀들이 아무렇게나 자라 있었다. 마당 왼쪽에는 과거 외부에 있던 화장실을 허물다 만 것인지 허리 높이만큼의 벽돌이 양쪽으로 쌓여 있었고, 그 앞으로는 시골집에서나 볼 법한 수도 펌프가 땅에 꽂혀 있었다. 마루로 통하는 미닫이문은 한쪽이 떨어져 나갔고, 집 오른편의 골목길로 향해 있는 녹슨 대문은 체인으로 감아 놓은 것으로도 부족했는지 썩은 나무판자와 의자, 테이블 등이 겹겹이 쌓여 있었다. 대문 옆 담벼락 위에는 가시 철조망까지 쳐져 있어 집 안으로 들어가려면 외벽을 타고 내려가거나, 무언가를 부수고, 헐고, 끊어야 했다.

귀신 나올 것 같아. 은재가 말했다.

그때, 낡은 마룻바닥이 삐걱거리는 소리가 들려왔다. 이어서 플래시 불빛이 번쩍이더니 마당으로 누군가 천천히 걸어

나왔다. 가즈였다. 가즈는 플래시 불빛으로 은재의 얼굴을 확인했다.

태웅은 어디 있어? 가즈가 말했다.

여기 있어.

태웅이 공터에서 속삭이듯 대꾸하자 가즈는 낄낄거렸다.

재개발 허가 떨어지기 전에는 귀신도 안 나타날 테니까 걱정하지 말고 넘어와.

은재는 여전히 벽에 매달린 채 임항선 그린웨이 저 너머를 바라보았다. 옛 마산모방 자리에 위치한 초고층 주상복합건물이 하늘 높은 곳에서 빨간 불빛을 깜빡이고 있었다.

어린 시절, 은재는 마산모방의 커다란 공장 굴뚝이 폭파되는 장면을 아버지와 함께 지켜봤다. 네 개 중 세 개는 이미 폭파됐고, 마지막으로 남은 굴뚝이 폭파 신호를 기다리는 중이었다. 한국 산업화의 어둡고 가파른 장면을 저 굴뚝들만큼 잘 보여 주는 것은 없었다. 구름을 찌를 듯한 높이와 한눈에 가늠할 수 없는 둘레의 크기, 그리고 쉴 새 없이 뿜어져 나오던 검은 연기들. 잠시 후, 사이렌 소리가 울리며 폭파 신호가 떨어졌다. 굴뚝 아래 있던 굴착기가 굴뚝 옆구리에 일격을 가하자 마지막 굴뚝은 몸통 아랫부분의 균열이 점점 심해지며 한쪽으로 기울어지기 시작했다. 그러다 마침내 스르륵 고꾸라졌다. 검은 구름 같은 먼지가 바닥에서 일어나 시야를 가렸다. 은재는 탄성을 질렀다. 먼지가 바닥으로 가라앉자 삭은 나뭇가지처럼 으스러진 굴뚝의 잔해가 모습을 드러냈다.

그리고 몇 년 후, 그 자리에는 초고층 주상복합건물이 굴뚝의 잔해를 자양분 삼아 우뚝 솟았다. 분양 당시, 마산에서 제일 비싼 아파트가 될 것이라며 서울을 비롯한 외지의 부동산 투기꾼들이 몰려들었다. 분양 공고 이후 15일 사이에 주변 지역으로 2천여 명이 전입신고를 했고, 청약 열풍으로 마산 시내 은행과 동사무소 업무가 마비됐다. 분양가는 마산 기존 아파트의 2.5배 이상으로 책정됐다. 그러나 기다리고 있었다는 듯, 단기 차익을 노린 거품이 수그러들자 미분양 물량이 속출했다. 높은 분양가 때문에 오래전부터 마산에 살았고, 그곳에 실제 거주하려던 사람들만 손해 봤다. 곳간이 거덜 난 곳에서 벌어진 잔인한 축제. 그런 축제에는 술과 꽃이 빠질 수 없었다. 그리고 이것도. 은재는 빨간 불빛을 깜빡이는 초고층 주상복합건물이 마치 불을 붙인 거대한 대마초처럼 보였다.

3부

불타는 도시

동미, 준구, 은재와 태웅

마산모방 운동장에 쌓인 옷들은 마치 돛단배를 형상화한 것 같았다. 밤 10시 무렵, 노동자들이 작업 중인 옷들을 공장 밖으로 하나둘씩 들고 나와 한곳에 쌓으면서 만들어진 것이었다. 누군가의 지시와 주도로 이뤄진 일이 아니었다.

휴일에도 쉬지 못한 채 잔업과 특근에 시달린 노동자 중 한 명이 근무 교대 후 운동장을 가로질러 가다 갑자기 정신을 잃고 쓰러졌다. 곁에 있던 사람들이 그를 업어 구내 의료실로 데려갔고, 그가 쓰러진 자리에는 해진 외투만이 상흔처럼 남았다. 그때부터 그곳에 옷이 쌓여 갔다.

같은 시각, 공장 안에 있던 석호는 피곤함 때문에 자기도 모르게 감겨 오는 눈을 억지로 붙잡고 있었다. 그러다 잠깐 눈을 감았다 떴을 때, 석호는 자신이 운동장 한편에 우두커니 서서 옷이 쌓여 가는 과정을 처음부터 지켜보고 있었음을 깨달았다.

회사 간부 몇이 운동장으로 향하는 노동자들을 붙잡으려했다. 그들로서는 역부족이었다. 그 흐름은 막을 수 없는 물길 같았고, 점점 쌓여 가는 옷들은 마치 항해 준비를 마친 배처럼 보였다. 공장 밖으로 옷을 들고 나온 노동자들은 자신들의 행동이 무엇을 의미하는지 알았다. 서로가 서로의 곁을 지켜야 한다는 점도 느꼈다. 그러나 앞으로 어떤 일이 벌어질지는 어느 누구도 예상치 못했다.

석호는 운동장에 모인 노동자들 사이에서 동미를 찾으려고개를 두리번거렸다. 마치 그러리라는 것을 알고 있었다는 듯, 어느새 동미가 석호 곁에 와 있었다. 밤하늘을 가리키며 동미가 말했다.

저기 봐요.

공장 저 너머로 병풍처럼 펼쳐진 무학산에서 꼬리에 꼬리를 문 바람이 불어왔다. 바람은 눈으로 볼 수 있고, 손으로 붙잡을 수 있을 만큼 선명했다. 석호는 머리 위로 불어온 바람을 향해 손을 뻗었다. 그리고 해안가의 모래처럼 부드럽게 움켜쥐었다.

석호는 천천히 손바닥을 펼쳤다. 손바닥 안에는 분홍빛 불씨를 간직한 벚꽃잎 한 송이가 작고 뜨거운 심장처럼 놓여 있었다. 석호는 다시 밤하늘을 올려다보았다. 불씨를 품은 벚꽃잎들이 마산모방 대지 위로 하늘하늘 내려앉고 있었다.

바닥에 내려앉은 벚꽃잎은 눈송이처럼 사그라들었다. 그러나 불씨는 남았다. 불씨는 옆으로 번져 가며 점점 몸을 키워 나갔다. 벚꽃잎이 닿았던 곳마다 빨간 불길이 피어났다. 쌓여 있는 옷가지들 역시 파도 위에서 출렁이듯 불길 속에서 일렁였다. 마치 화염에 휩싸인 돛단배 같았다.

출항을 알리는 뱃고동 소리처럼, 거대한 소리가 운동장을 메우기 시작했다. 노동자들이 불길을 바라보며 함성을 질렀다. 분노와 고통과 기쁨이 뒤섞인 제각각의 함성은 불길이 미치지 않은 어둠 속으로 빨려 가듯 스며들었다. 그리고 거대한 바람으로 다시 일어섰다.

그 바람이 옷가지 돛단배의 동력이었다. 불타오르는 돛단배는 바람에 떠밀려 운동장과 정문을 미끄러지듯 통과하더니 마침내 삼호천에 몸을 실었다. 거대한 바람과 함성이 그 뒤를 이었다. 돛단배는 활활 불타오르며 마산 앞바다를 향해 나아가기 시작했다. 모두의 안녕을 기원하며 불이 붙은 꽃가루를 물 위로 흩뿌리는 함안 낙화놀이의 순간처럼, 온갖 더러운 것들을 물리치라는 염원을 담아 불을 붙인 채로 강물에 띄우는 왕예의 배*처럼.

노동자들이 돛단배의 뒤를 따라 걸으며 긴 행렬을 이루었다. 그들의 눈동자에는 환호와 조바심과 두려움이 달빛처럼 아른거렸다. 행렬에는 지금껏 석호와 동미를 감시하듯 지켜봤던 이들도 포함돼 있었다. 회사 간부들과 염색과 전방 담임, 홍콩바 앞에서 몸싸움을 벌였던 두 남자와 운동장에서 실랑이를 벌였던 노조 활동가들까지. 그들은 석호와 동미가 돈과 타이밍을 보관한 채 여전히 갈등 중임을 알았다. 그래서 두 사람이 어디를 가든 따라붙었고, 무슨 행동을 하던 의심의 눈초리를 거두지 않았다. 두 사람은 어떤 식으로든 곧 결정을 내려야 했다.

석호가 행렬을 바라만 보고 있자 동미가 석호의 팔을 잡아끌었다. 동미는 석호의 얼굴을 바라보며 웃었고, 석호는 화답하듯 슬며시 미소 지었다. 두 사람은 행렬의 마지막 조각이 됐다.

달그림자가 드리워진 마산 앞바다가 눈앞에 나타났다. 그러나 행렬은 더 이상 앞으로 나아가지 못했다. 등 뒤의 어둠이 다리를 붙잡기라도 한 것 같았다. 버둥거릴수록 붙잡는 힘이 거세졌다. 돛단배 역시 암초에 부딪히기라도 한 것처럼 멈춰 섰다. 돛단배는 이를 뿌리치기 위해 좌우로 거세게 요동쳤다.

---

* 왕예는 중국 당나라 시절 억울하게 죽은 진사 중 한 명이다. 대만의 한 축제에서는 왕예를 모신 배를 만들어 불태운 채로 강에 흘려보내며 복을 기원한다.

그러나 그것도 잠시, 요란을 피우다 목덜미를 붙잡힌 강아지처럼 허공으로 떠오르기 시작했다.

석호와 동미는 머리 위로 솟은 돛단배를 올려다보았다. 허공에 매달린 돛단배는 순식간에 열기를 빼앗긴 채 조각처럼 굳어 갔다. 사방의 어둠이 불길을 집어삼키기라도 한 것 같았다. 그때, 등 뒤의 누군가가 석호의 어깨를 흔들며 말했다.

이래서 타이밍을 먹으라는 거야. 졸다가 방직기에 몸이 끼이는 것보다는 낫잖아? 아니, 벌써 그렇게 된 거 아냐?

석호는 두려움에 사로잡힌 채 자신의 몸을 눈으로 훑었다. 그러다 왼쪽 무릎이 피를 흘리며 고무처럼 녹아내리는 중임을 발견한 순간, 석호는 꿈에서 깨어났다. 염색과 전방 담임이 눈앞에 있었고, 방직기의 세찬 소리가 귓가에 밀려왔다. 방직기 옆에 잠깐 기대앉았다가 깜빡 잠이 든 듯했다.

괜찮아? 염색과 전방 담임이 말했다.

석호는 고개를 들어 천장을 바라보았다. 원단 작업 과정에서 발생한 뿌연 먼지와 분진이 무언가를 불태운 연기처럼 천장 주변을 떠돌고 있었다. 염색과 전방 담임은 석호를 바라보며 고개를 절레절레 저었다.

너도 못 버티겠지? 나도 그래.

석호는 낑낑거리며 바닥에서 일어났다.

일을 적당히, 할 수 있을 만큼만 시키면 되잖아요?

적당히? 나라에서 '국민 저력을 총집결'하라는데,* 그걸 무슨 수로 어겨?

염색과 전방 담임은 주변을 둘러보며 목소리를 낮췄다.

타이밍 말고 다른 것도 빨리 진행하라고 위에서 난리야. 노조가입신청서, 머릿수를 거의 다 채웠나 봐. 이러다 정말 큰일 터질 것 같아서 조마조마해.

큰일은 벌써 났어요. 사람들 얼굴 좀 보세요. 내 얼굴이랑 담임님 얼굴도요. 물 다 빠진 옷 같지 않아요?

석호는 공장 입구 쪽으로 걸어갔다. 걸어가는 동안 자신을 힐끗거리는 또 다른 눈들이 느껴졌다. 감시하듯 옭아매듯 따라붙는 시선들. 석호는 공장 출입구 너머로 보이는 운동장에 시선을 고정했고, 그쪽을 향해 곧장 나아갔다. 천장을 맴돌다 내려앉은 먼지와 분진 때문에 운동장은 안개 낀 바다처럼 흐릿했다.

*

운동장 구석에 불을 지르는 거야.

* 박정희 전 대통령의 1972년 신년사 중 일부이다. "국민 저력의 총집결"이라는 휘호로도 남았다.

명길은 준구에게 그렇게 말한 후 머리 높이의 돌탑 상층부에 돌멩이 하나를 더 올려놓으려 애썼다. 돌탑은 이미 뾰족해서 더 쌓아 올리는 건 무리였다. 그러나 명길은 생떼를 부리는 아이처럼 끈질겼다.

공장 굴뚝 부근도 괜찮아. 그쪽으로 시선을 끌기만 하면 되니까.

준구는 골짜기 위쪽을 바라보았다. 팔룡산 기슭에 자리한 골짜기에는 크고 작은 돌탑 300개가량이 (높이가 2미터를 넘는 것도 있었다.) 염불을 외는 부처님의 두상 모양으로, 기도하듯 모은 예수님의 두 손 형태로 쌓여 있었다. 그리고 그 주변으로는 노인과 중년 남녀 몇몇이 제각각 거리를 둔 채 돌탑에 머리를 조아리는 중이었다.

1993년부터 매일 새벽 3시 30분에 이곳을 찾아 출근 시간인 아침 8시 무렵까지 돌탑을 쌓기 시작한 사람은 마산에 사는 실향민의 아픔에 공감한 중년의 남자였다. 그는 남북통일을 기원하며 총 1,000기의 돌탑을 쌓을 작정이었다. (2010년 무렵 1,000기가 완성됐다.) 그러다 이곳에 영험한 기운이 서렸다는 소문이 인근에 퍼지면서 사람들이 하나둘씩 찾아왔다. 특별한 염원을 담은 타인의 지극 정성마저 훔치고픈 시절이었던 것일까? 이들은 명길처럼 스리슬쩍 돌탑에 돌을 보태며 거덜 난 가계와 피폐해진 신체의 회복을 빌었다. 준구의 부모님 역시 중

국에 가기 전, 팔룡산 불암사와 이곳에서 가족의 안녕을 기원
했었다.

명길은 가까스로 돌을 올려놓는 데 성공했다. 까치발을 오
래 하고 있던 터라 명길의 다리는 지진이라도 난 것처럼 후들
거렸다.

너도 이리 와서 같이 빌어. 명길이 말했다.

뭘 빌어요?

붙잡히지 않게 해 달라고 비는 거지.

나쁜 소원도 들어줘요? 도둑질 성공하게 해 주세요, 같은?

그 자동차는 원래 네 거야. 아니, 우리 거였어. 아니지, 이젠
내 거지.

명길은 헛기침했다.

소원이라는 게 보통 그래. 시험에 합격하게 해 달라고 비는
건 다른 누군가는 떨어지게 해 달라는 거고, 돈 많이 벌게 해
달라는 건 다른 누군가가 돈을 잃게 해 주세요, 하고 비는 거랑
다를 바 없어. 누가 더 간절히 비느냐가 문제지 다른 건 문제가
아냐. 모두 행복하게 해 주세요, 이런 건 빌어 봐야 소용없어.
있을 수 없는 상황이니까.

명길은 자기 옆에 서라며 재차 손짓했다. 준구는 내키지 않
는 표정으로 다가가 엉거주춤 섰다. 명길이 말을 이었다.

어젯밤에 가서 확인해 보니 차가 50대쯤 빠졌어. 자동차 위

치는 정문에서 훨씬 가까워졌고. 서둘러야 해. 부두는 정문 자물쇠가 닻처럼 커. 다시 찾는 것도 일이지만 자칫하면 바다 위를 달려야 할 수도 있어.

명길의 계획은 간단했다. 먼저, 준구는 자동차와 최대한 멀리 떨어진 회사 운동장 구석이나 공장 굴뚝 아래로 숨어든다. 그리고 시너를 뿌린 옷가지에 불을 붙인다. 불은 단숨에 꺼지지도 주변으로 번지지도 않을 만큼의 크기여야 했다. 옷가지는 마산모방 제품으로 명길이 이미 준비해 뒀다. 밀린 월급을 받지 못한 노동자의 소행처럼 보이기 위해서였다.

준구는 옷가지에 불이 붙은 것을 확인한 후, 회사 밖으로 빠져나가 정문으로 향한다. 관리실 직원들이 화재가 난 곳으로 달려가면, 준구는 준비한 도구로 정문 자물쇠를 끊고 슬라이딩 도어를 옆으로 밀어낸 후 명길과 합류하기로 한 장소로 달려간다. 그사이 자동차에 올라타고 있던 명길은 슬라이딩 도어가 열리는 순간 마산모방을 재빠르게 빠져나간다.

약속 장소는 팔룡산 돌탑 골짜기였다. 두 사람은 이곳에서 자동차 번호판을 (돌탑 옆 돌무더기 아래 숨겨 놓았다.) 갈아 끼울 예정이었다. 번호판 역시 명길이 마련했다. 자기 고향인 거제도에서 굴 양식을 하는 작은아버지의 낡은 차량에서 몰래 떼어 낸 것이었다. 명길은 자동차를 훔치기 위해 자동차 번호판을 먼저 훔쳤다. 그리고 마지막으로, 모든 것이 계획대로 진

행되면 두 사람은 광남호가 있는 곳으로 갈 것이었다. 명길은
그 장소를 준구에게 아직 말해 주지 않았다.

이 소원도 빌지 마.

명길은 눈을 감고 두 손을 합장하듯 모았다.

이것도 절대 안 이뤄질 거야.

그게 뭔데요? 준구가 말했다.

남북통일.

준구는 눈을 감고 두 손을 모았다. 그리고 소원을 빌었다.
제발 붙잡히지 않게 해 주세요. 그러나 그 순간, 준구가 떠올린
것은 마산모방에 있는 자동차가 아니었다. 레나와 대마초, 그
리고 바다 위에서 출렁이고 있을 광남호였다.

*

배를 왜 저기다 둔 걸까? 바다 옆도 아니고, 공중에 띄워 놓
은 채로? 가즈가 말했다.

빨간불이야. 태웅이 말했다.

가즈는 자동차 속도를 줄였다.

여길 지날 때마다 이상했어.

가즈는 브레이크를 밟은 채 담배에 불을 붙였다. 새벽 1시
무렵이라 해안도로는 한산했다. 길가에는 컨테이너를 싣는 대

형 트레일러들이 듬성듬성 자리 잡은 채 졸고 있었고, 간혹 지나는 차들은 어둠과 경쟁하듯 빠르게 내달렸다. 태웅은 차창을 내리고 옆을 바라보았다.

가즈가 말한 배는 임항선 그린웨이 서쪽 시작점이자 동쪽 종착점에 설치된 분수대였다. 마산, 창원, 진해가 결합된 통합 창원시의 지도를 본뜬 수조 중앙에는 세 도시를 상징하는 세 개의 기둥이 설치돼 있었고, 그 위에는 실제 크기의 돛단배 조각이 놓여 있었다. 돛단배는 가즈의 말처럼 어둠 속 허공에 붙들린 채 저만치 놓인 바다를 애타게 바라만 보는 모양새였다. 바다는 해안도로를 끼고 형성된 3·15해양누리공원 (김주열 열사의 동상이 놓여 있었다.) 너머에 있었다.

오래전에는 해안도로도 바다였다고 들었어. 태웅이 말했다. 인구는 계속 늘어나는데 땅이 부족하니까 바다를 흙으로 메운 거지. 저 분수대 옆을 지나던 기차가 각지의 사람들을 마산으로 데리고 왔다는데, 나는 기차를 본 기억이 없어.

나는 있어.

가즈는 분수대 건너편의 3·15해양누리공원을 시큰둥한 표정으로 바라보았다.

한국 사람들은 아름다운 걸 포기하는 습관 같은 게 있어. 바다를 포기하고, 산을 포기하고, 자유를 포기하고, 인권을 포기해.

태웅은 생선 가시가 목에 걸린 표정이었다.

내가 이런 말 하는 게 이상해? 대마초나 파는 놈이어서? 가즈가 말했다.

조금?

아름다운 건 누가 봐도 아름다운 거야.

가즈가 다시 말했다.

물론, 그런 걸 포기해야 할 때도 있겠지. 그보다 더 좋은 게 있으면 말이야. 그게 뭔지 알아?

돈?

가즈는 낄낄거렸다.

정말 한국 사람 맞네. 떠오르는 게 돈밖에 없어?

가즈는 담배꽁초를 차창 밖으로 내던졌다.

한국인들은 순서를 잊었어. 돈은 세 번째 아니면 네 번째 야. 첫 번째, 두 번째는 절대 아냐.

첫 번째, 두 번째는 뭐야?

가즈는 씩 웃었다.

내가 대마초를 키우게 된 사연을 말해 줄까?

가즈는 담배를 다시 입에 물며 말을 이어 나갔다. 2005년 경남대 앞에 토익 전문 학원을 세웠다고, 제법 잘나갔다고, 창원에 있는 대학에 다니는 학생들도 찾아왔다고, 기업 공채 시기가 다가올 때면 강의실이 부족할 정도였다고, 그런데 해가

지날수록 빈자리가 조금씩 늘어났다고, 토익 공부도 서울에
서 해야 한다며 염병 떠는 사람들이 늘어났기 때문이라고, 어
쩔 수 없이 어린아이와 청소년 들을 대상으로 한 영어 수업 비
중을 늘렸다고, 별 재미를 못 봤다고, 젊은 부부들이 발전 중
인 창원으로, 부산과 서울 같은 대도시로 떠나갔기 때문이라
고, 그때부터 주식에 손을 댔다고, 큰돈은 못 만졌지만 학원 운
영비를 충당할 만큼은 벌었다고, 그러다 작년을 기점으로 가
진 주식이 대폭락했다고, 염병할 팬데믹 때문이라고, 강의실
엔 함께 고스톱 칠 수 있을 만큼의 수강생만 남았다고, 그것 역
시 염병할 팬데믹 때문이었다고, 돌파구를 찾아야 했다고, 빚
을 내 위험부담이 큰 선물시장에 투자했다고, 감당할 수 없는
손해만 봤다고, 머리를 쥐어뜯고 있을 때, 무언가가 눈에 들어
왔다고, 자신이 마산에 처음 왔을 때와는 비교할 수 없을 정도
로 늘어난 외국인들이었다고, 대마초를 겁내지 않고, 대마초
에 익숙하고, 자기처럼 즐거움을 아는 존재들이 마산을 활보
중이었다고.

　　태웅은 가즈의 사연에 자신도 모르게 빨려 들어갔다. 어둠
이 내린 외진 바닷가에서 쏘아 올린 한 가닥 불꽃처럼 대수롭
진 않지만 은근슬쩍 마음을 사로잡는 부분이 있었던 것이다.
한 개인의 운명이란 것이 따지고 보면 한 개인만의 운명만은
아니라는 느낌. 태웅은 가즈와 조금 더 가까워진 기분이었다.

그러나 의문은 해소되지 않았다.

그래서 첫 번째, 두 번째가 뭐라는 거야? 태웅이 말했다.

가즈는 머뭇거리지 않았다.

오늘의 행복과 찰나의 쾌락.

신호등이 파란불로 바뀌었다. 자동차는 튀어 나가듯이 도로를 내달렸다.

두 사람은 돝섬을 중간에 둔 채로 마산항과 일직선상의 곳에 위치한, 과거엔 시내버스 차고지이자 정비소였고 지금은 마산만과 돝섬이 내려다보이는 근사한 카페로 바뀐 곳으로 향하는 중이었다. (카페 벽에는 검은색 페인트로 커다랗게 써 놓은, 닦고 조이고 기름 치자, 라는 문구가 남아 있었다.) 그곳 아래 바다에서 은재와 만나기로 했다. 돝섬으로 함께 가기 위해서였다. 태웅도 요트를 몰고 온 은재와 늘 그곳에서 만났다.

내 고객들을 저기 묵게 해. 거래도 저기서 하고.

가즈가 저 멀리, 정면 오른편에 있는 건물을 가리키며 다시 말했다.

몇 달 전까진 월영에서 거래했는데, 요즘 부쩍 손님이 늘어서 저기로 옮겼어. 시설이 낡은 게 장점이야. 호텔 직원도 늙은 남자 한 명뿐이고. 자주 봐도 뭘 묻는 법이 없어. 나체로 인사해도 무표정하게 카드 키만 건넬 것 같은 얼굴이야. 그게 최고 장점이지.

태웅은 고개를 살짝 숙여 차창 밖을 바라보았다. 가즈가 가리킨 호텔은 다른 고층 건물들과 신축 호텔들에 가려져 네온사인 간판만 간신히 목을 내밀고 있었다.

우리 거래도 저기서 하게 될 거야. 가즈가 말했다.

가즈가 말한 호텔이 옆을 스쳐 지나갔다. 광남호텔. 태웅은 그곳이 은재 아버지가 운영하는 호텔이라는 것을 며칠 전에 알았다. 호텔 운영에 어려움을 겪고 있다는 것도. 가즈가 말한, 한없이 무력해 보이는 남자는 은재의 아버지인 듯했다. 태웅은 눈을 껌벅이며 지난밤 북마산역 폐가에서의 일을 떠올렸다.

폐가 안은 밖과 달리 온기가 가득했고 습도도 높았다. 큰방과 작은방의 창은 스펀지로 막아 빛과 외부 시선을 차단했고, 천장에는 환기를 위한 연통이 연결돼 있었다. 그리고 은박 단열재를 두른 사방의 벽면에는 고압 나트륨 램프 여러 개가 하늘의 위성들처럼 매달린 채 수십 그루의 대마를 둘러싸고 있었다. 물은 마당에 놓인 수도용 펌프에서 끌어다 썼다. 진달래와 벚꽃을 키우고, 간장과 술을 만드는 데 사용됐던 무학산 지하수였다.

가즈는 은재와 태웅에게 대마 잎 수확률을 높일 수 있는 방법에 대해 자세하게 설명했다. 메모나 녹음은 못 하게 했다. 혹시 문제가 생겼을 때 증거가 될 수도 있다는 것이었다. 가즈는 은재에게 대마 씨앗의 출처를 꼬치꼬치 캐묻는 것도 잊지 않았다.

은재와 태웅은 당황하지 않았다. 가즈가 물을 것을 알고 미리 답변을 준비했다. 태웅은 그때 대마 씨앗의 출처를 알게 됐다. 은재와 태웅은 답변을 준비하며 사소한 의견 차이가 있었지만 이것 한 가지에는 이견이 없었다. 씨앗 출처를 광남호텔 분실물이라 말하는 것만큼 어리석은 답변은 없다는 것.

LA에 사는 언니가 보내 줬어. 은재가 말했다. 친언니. 피를 나눈 자매.

LA에서 뭘 하는데? 마약 딜러야? 가즈가 말했다.

학비와 생활비가 필요한 대학생. 대마초를 한국에서 팔면 돈이 더 되니까 언니가 같이해 보자고 했어.

어떻게 들여왔어?

가운데 구멍이 생기도록 양초를 녹이고 대마 씨앗을 감싼 은박지를 끼워 넣었어. 녹인 양초로 다시 위를 메웠고. 속이 빈 볼펜을 이용할 때도 있었어. 2년에 걸쳐서 조금씩 들여왔어.

LA에 사는 가난하고 멍청한 대학생이네. 식상한 방법이야. 안 걸린 게 신기한데? 평생 쓸 운을 거기 다 쓴 거라 생각해도 될 정도야.

가즈는 대마 키우는 장소를 직접 봐야겠다며 다시 약속을 잡으려 했다. 은재는 내키지 않았지만 가즈가 자기 작업장까지 보여 준 상황이라 거부할 명분이 부족했다.

섬에 대마를 심었어. 은재가 말했다.

언니보다 똑똑한데? 어디에 있는 섬이야? 이름은? 가즈가 말했다.

돝섬.

돝섬?

가즈는 눈을 찌푸렸다.

헛똑똑이였네. 공원에서 대마를 키워 팔겠다고?

사람 발길 닿지 않는 곳에 심었어. 코로나19 때문에 돝섬을 찾는 사람들도 거의 없고. 요트를 이용해 늦은 밤에 움직여. 밤에는 아무도 없어.

가즈는 잠깐 생각했다.

내가 가서 확인해 보고 위험하다는 판단이 들면 여기로 옮기는 거 어때?

여기로? 태웅이 말했다.

내 몫은 정해 놓은 대로 할 테니까 걱정할 필요 없어. 양아치 짓은 안 해. 같이 관리하면 나한테도 이익이야. 시간도 절약하고, 대마초 품질도 높일 수 있으니까.

그건 나중에 다시 이야기하는 게 좋겠어. 은재가 말했다.

가즈는 느릿느릿 턱을 끄덕였다. 태웅은 방 안의 벽을 툭툭 두드렸다.

여긴 정말 안전한 거야? 누구 집인데? 설마, 샀어? 주변이 다 재개발 중인데 여기도 곧 철거되는 거 아냐?

주인은 따로 있어. 가즈가 말했다. 남의 집이라서 더 안전한 거야. 대마가 발각돼도 빠져나갈 구멍이 있으니까. 폐가인 것도 장점이지. 찾아오는 사람이 없거든. 철거 걱정은 안 해도 돼. 이유가 있어.

집주인이 누군데? 아는 사람이야? 태웅이 말했다.

너도 잘 아는 사람이야.

가즈가 다시 말했다.

찰스.

월영 사장님?

찰스도 진짜 주인은 아닌 것 같았어. 찰스가 그랬어. 진짜 주인이 마산으로 돌아올 때까지는 이 집을 팔지도 않고, 다시 짓지도 않을 거라고. 이해할 수 없는 말도 했어. 이 집을 보기만 해도 마음이 무너져 내린다나? 그래서 발길도 끊었다는 거야. 과장하는 건 줄 알았는데, 두 달 동안 지켜보니 정말 그랬어. 전혀 안 나타났어.

찰스는 여기서 대마 키우는 걸 모르는 거야? 태웅이 말했다.

술 마시다 들은 이야기로 내가 머릴 굴린 거야.

찰스한테 피해가 가면 어떡해?

경찰에 발각되면 귀찮은 일이 조금 생기겠지만, 아무것도 모

302

른다는 이유로 처벌받진 않아. 나, 찰스 좋아해. 좋은 사람이야.

가즈는 은재와 태웅을 번갈아 바라보았다.

찰스는 거짓말을 안 해. 허세도 안 부리고. 찰스는 진실한 사람이야.

은재는 마음속으로 입술을 깨물었고, 태웅은 소리 없이 웃었으며, 가즈는 낄낄거렸다.

긴장할 거 없어. 농담이니까.

잠자코 있던 은재가 입을 열었다.

진짜 주인은 언제 돌아온다고 했어?

찰스는 이렇게 말했어. 그때 이 단어를 배웠지. 기약 없다.

*

어머니를 태운 기차는 상행선을 따라 발걸음을 천천히 내디뎠다. 동미는 창가에 앉은 어머니를 바라보며 천천히 손을 흔들었다. 어머니는 손수건으로 눈물을 닦았다. 동미는 어머니가 긴 여정 중 혹시 쓰러지는 것은 아닐까 걱정스러웠다. 친아버지의 편지가 도착한 이후, 어머니는 매일 잠을 설쳐서 눈의 실핏줄이 부어오르고 터진 채로 집안일을 했다. 마치 부서지고 무너져 내린 마음이 움직이는 것처럼 보였다. 그러다가도 태엽이 풀린 시계처럼 멍하니 멈춰 섰다. 동미는 어머니에게 말했다. 자신이 돈을 구해 볼 테니 그만 애태우라고.

어머니는 돈이 없다는 것보다 동미가 친아버지에게 보낸 편지의 내용을 더 가슴 아파했다. 동미는 편지에 이렇게 썼다. 돈이 얼마나 필요하냐고, 최대한 만들어 보겠다고, 그냥 주는 것이 아니라 빌려주는 거라고, 꼭 갚으라고. 그리고 마지막으로 덧붙였다. 어머니의 재가를 위해 이혼 절차를 밟았으면 좋겠다고.

어머니는 눈물을 글썽였다.

엄마는 네가 다시 편지를 썼으면 좋겠어. 아빠한테 그렇게 말하지 않았으면 좋겠어.

그럼 어떻게 말해? 모시고 살겠다고 해? 자기도 우리랑 같이 살기 싫다잖아? 동미가 말했다.

돈이 중요한 게 아니잖아. 돈보다 중요한 게 있잖아. 엄마는 네가 아빠를 미워하지 않았으면 좋겠어. 아빠가 너를 많이 예뻐했어. 정말 그랬어.

돈 때문에 우리한테 연락한 거야.

어머니는 수긍하고 부언하고, 수긍하고 또 부언했다. 아빠가 잘못한 게 맞다고, 그런데 아빠도 괴롭고 억울할 거라고, 아빠가 좋은 남편은 아니었다고, 좋은 아버지도 아니었다고, 그러나 철길을 만들던 사람이 철길 위에 설 수도 없게 된 건 자기 잘못이 아니라고, 아빠 역시 우리만큼 비참할 거라고. 그러나 동미는 단호했다.

나는 이제 아빠 없이 살 수 있어. 엄마도 그렇고. 돈이 마련 되면 내가 직접 주고 올게.

엄마가 아빠를 한번 봐야겠어.

어머니가 다시 말했다.

돈은 나중에 마련하더라도 한 번은 봐야겠어, 한 번은. 안 그럼 평생 가슴에 못이 박힌 채로 살 거 같아.

동미는 어머니의 마음을 꺾을 수 없었다. 어머니는 아버지 에게 거듭 말했다. 남편을 보고 오겠다고. 아버지는 밥상을 두 어 번 엎은 후론 더는 개의치 않았다. 대신 돈은 한 푼도 보태 주지 않겠다고 했다. 어머니는 동미에게 늦어도 일요일에는 돌아올 것이라며 집을 나섰다.

어머니에게 기차표를 구해 준 사람은 아버지였다. 동미는 아버지가 무슨 생각을 하고 있는지 알 수 없었다. 그러다 토요 일 밤, 동미가 퇴근하고 집에 왔을 때, 아버지가 안방으로 동미 를 불렀다.

지금 회사는 다닐 만해? 아버지가 말했다.

다녀야 해서 다니는 거예요.

바보 같은 말이야. 회사를 다니고 싶은 곳으로 만들어야지. 그러라고 학교도 다니고 교육도 받는 거야.

동미는 아버지를 물끄러미 바라보았다.

기차표, 감사해요. 어떻게 말씀드려야 할지 몰랐어요.

돈 안 들었어. 돈 들여야 했으면 안 구했어.

아버지가 다시 말했다.

너는 안 만나 봐도 되겠어?

돈이 마련되면 제가 직접 찾아갈 생각이에요.

회사는 어쩌고? 이틀은 족히 걸릴 텐데?

아프다 하려고요.

아버지는 데워진 청주를 홀짝였다.

돈은 있어?

모아 둔 돈이 있어요.

아버지는 코웃음을 쳤다.

그깟 월급 얼마나 된다고. 네가 번 돈이니 내가 뭐라 할 생각은 없어. 처신만 잘해. 친아비가 빨갱이라 낙인찍히면 자식들 인생도 끝장나기 쉬우니까.

빨갱이 아니에요.

나도 알아. 그래도 상관없고. 그렇게 치면 마산 사람 절반은 빨갱이야. 망할 새끼들, 3·15의거 때도 거리로 나선 사람들을 빨갱이로 매도하더니.

삼당 합당* 전까지 마산은 야당의 도시로 불렸다. 나이 지긋한 사람들은 마산 시민들이 거친 바닷가 사람들이라서, 불같은 성정을 지녀서, 위에서 내리누르는 꼴은, 더러운 협잡은,

마음에 안 드는 것은 두고 보질 못한다고 말하곤 했다. 남성동 성당 신부님의 설명은 달랐다. 신부님은 여러 지역 출신 사람들이 모여들어 만들어진 도시의 다양성이 민주주의를 추동하고, 그것이 독재에 대한 항의와 여러 노조 활동으로 이어진 것이라 말했다. 이와 같은 측면을 종합하면, 집에서는 독재자와 다름없는 아버지 같은 사람이 민주주의와 자유를 말하는 모순도 그리 특이한 것은 아니었다. 동미는 생각했다. 이들은 거울로 자기 자신의 모습만 보지 않는다고.

주무세요. 동미가 말했다.

할 말 남았어.

동미는 다시 자리에 앉았다. 아버지는 잠깐 뜸을 들인 후 천천히 입을 열었다.

내가 사람이 하나 더 있었어.

네?

네 엄마 말고 사람이 하나 더 있었다고. 대구에.

동미는 놀라지 않았다. 아버지는 밀양에 살던 어머니와 그러했듯, 기차가 닿는 곳마다 한 이불 덮고 자는 여자를 만들고

---

* 1990년 1월에 이뤄진 삼당 합당은 여당인 노태우의 민주정의당과 야당인 김영삼의 통일민주당, 김종필의 신민주공화당이 합당한 대한민국 정치사 최초의 여야 합당 사건으로, 당시 야당 지지 성향이 강하던 부산, 마산 등의 정치 지형에 중요한 변화를 가져왔다.

도 남을 사람이었다. 그건 놀랄 일이 아니었다.

그 사람을 마산으로 데려오려는 거예요? 동미가 말했다. 엄마가 안 돌아올 거 같아서요?

끝까지 들어. 그 사람이 얼마 전에 유명을 달리했어. 시름 시름 앓아서 병원 좀 가 보라고 돈을 쥐여 줘도 말을 안 들었어. 괜찮아질 거라면서 애들 먹일 것을 샀더라고. 자기를 위해 돈 쓰는 법을 배운 적이 없었던 거야.

아버지는 라이터로 담배에 불을 붙였다.

그러다 갑자기 그렇게 됐어. 남편이 몇 해 전에 먼저 가서 아들 둘을 혼자 키우고 있었어. 순흥 안씨 집안 애들인데 친척 들이 전쟁 통에 다 흩어져서 고아나 마찬가지야. 외가는 이북 에 있고.

아버지는 마침표를 찍듯 다시 말했다.

내가 거둘 생각이야. 이미 마음 정했어. 내일 올 거야. 네 엄 마도 내일 온다고 했지?

동미는 생각했다. 아버지는 가족과 부족을 혼동하고 있다 고, 아버지가 꾸리려는 건 가족이 아니라 부족이라고, 아버지 는 부족을 거느리고 싶어 한다고.

엄마도 알아요? 동미가 말했다. 찬수는요?

내일 알게 되겠지. 찬수, 또 집 뛰쳐나가지 않게 잘 구슬리 고 다독여. 네가 해 줬으면 하는 게 그거야.

엄마가 싫다고 하면요?

아버지는 피식 웃었다.

애들은 당분간 안방에서 같이 지낼 거야. 건넌방 얼음 장수
내보내면 네가 그 방을 써. 찬수랑 애들은 작은방을 같이 쓰게
할 테니까.

동미는 이부자리에 누워 돈가방과 타이밍이 든 상자를 바
라보고 또 바라봤다. 저기에 마치 삶의 전부가 담겨 있는 것 같
았다. 석호와 동미는 내일 아침에 만나 최종 결정을 내리기로
했다. 스스로를 흉하게 여길 만큼 미적거린 터였다.

그때, 나는 얼굴까지 이불을 뒤집어쓴 채 동미와 조금 떨어
진 곳에 누워 있었다. 내 삶에 대한 선택과 결정이 언제나 문
밖에서 이루지는 상황에서 내가 할 수 있는 두 가지였다. 아무
도 없는 곳으로 내달리거나 이불을 뒤집어 쓴 채 몽상의 세계
로 빠져드는 것. 특히, 눈을 감고 있을 때, 내 마음이 늘 도착해
있는 곳은 의령의 집 마루였다. 친엄마의 무릎을 베고 누워 있
던 곳. 나는 그 모습을 떨쳐 내듯 몸을 틀어 옆으로 누웠다. 눈
물이 콧등을 타고 흘러내렸다. 눈물은 순식간에 울음이 됐고,
울음은 이내 분통이 됐다. 그러나 동미는 아무런 말도 하지 않
았다. 나는 그게 더 이상해서 이불을 걷어 내고 옆에 누워 있는
동미를 슬쩍 쳐다보았다. 동미는 등을 돌린 채 누워 있었다. 나

는 코를 훌쩍이며 말했다.

자?

안 자. 동미가 말했다.

나도 내일 성당 가면 안 돼?

성당? 갑자기 왜?

기도드리려고. 엄마한테 가려면 그거밖에 방법이 없는 것 같아.

동미는 몸을 바로 해 천장을 바라봤다.

아버지한테는 뭐라고 하게? 성당 가는 거 싫어하실 텐데.

공책이랑 연필 나눠 준다고 하면 돼.

동미는 자리에서 일어났다. 어슴푸레한 달빛이 내 머리 위로 내려앉고 있었다. 동미는 하고 싶은 말을 몇 번 삼키다가 이렇게만 말했다.

알았어. 같이 가.

다음 날 아침, 동미는 가방을, 나는 상자를 들고 집을 나섰다. 나는 상자 안에 무엇이 들었는지 몰랐다.

안에 뭐가 들었어? 내가 말했다.

약.

무슨 약?

먹으면 아픈 약. 회사에서 사람들에게 이걸 먹여.

아파? 낫는 게 아니라?

아픔을 또 다른 아픔으로 잊으라고.

나는 잠깐 생각했다.

마약 같은 거네?

대문 밖으로 나오자 석호가 담벼락에 기대서 있는 모습이 보였다. 나는 석호를 보고 씩 웃었다. 처음 만날 날, 석호는 내게 동전 한 개를 쥐여 주었다. 의령으로 갈 수 있는 차비에는 모자란 금액이었지만, 내 손에 기꺼이 돈을 쥐여 준 사람은 동미 이후 석호가 처음이었다.

나도 성당 가요. 내가 말했다.

어쩌지? 석호가 말했다. 성당은 다음에 가야겠는데?

석호는 동미를 바라보며 골목길 어귀 쪽을 눈짓으로 가리켰다. 따라붙은 사람이 있다는 뜻이었다. 부러 신나는 목소리로, 석호가 다시 말했다.

우리 놀러 가요.

그리고 목소리를 낮춰 빠르게 덧붙였다.

배를 타죠. 따라붙을 수 없게.

＊

빌리는 마치 다리를 다친 개가 꾸는 꿈처럼 운전하곤 했다.

사선을 넘나들 듯 차선을 변경했고, 경적을 쉬지 않고 울려 댔다. 그러나 오늘은 달랐다. 두 손으로 운전대를 붙잡고, 백미러를 수시로 살피고, 규정 속도를 철저히 지켰다. 마산과 부산을 잇는 남해고속도로는 주말 자정을 넘긴 시각이라 낡은 호텔 주차장처럼 휑했다.

뭐 해? 가즈가 말했다.

보면 몰라? 운전 중이잖아.

조수석에 앉아 있던 가즈는 눈을 찌푸렸다. 그리고 슬쩍 몸을 돌려 뒷좌석에 앉은 레나를 바라보았다. 이 자식, 꼴 좀 봐. 그런 의미 같았다. 레나는 어깨를 으쓱했다. 가즈는 다시 앞을 바라보았다.

빌리는 긴장하고 있었다. 가즈는 그 이유를 알았다. 부산의 클럽에서 고객을 만나기로 한 날이었기 때문이다. 그러나 가즈는 레나도 그 사실을 알고 있다는 것은 몰랐다. 빌리 역시 마찬가지였다. 빌리는 가즈에게만 귀띔했다. 가즈와 빌리는 레나가 빌리만큼 긴장하고 있다는 것도 몰랐다. 두 사람은 자동차 앞을 주시했지만 레나의 초점은 뒤쪽 어둠 너머에 고정돼 있었다. 빌리는 기타 가방은 물론, 대마초가 들었을 법한 또 다른 가방 역시 챙기지 않았다. 오늘은 새로운 고객에게 대마초 샘플만 보여 주는 게 확실해 보였다.

고속도로에 차들이 네 머리숱처럼 듬성듬성하네.

가즈는 빌리를 바라보며 다시 말했다.

내가 잘못 본 건가?

빌리는 코웃음을 쳤다.

네 머리도 그렇게 만들어 줄까?

가즈는 계속 빈정거렸다.

그거 알아? 우리 증조할머니도 너보다는 빨리 차를 몰아.

입 닥치고 라디오 주파수나 맞춰.

마산과 부산의 경계로 들어서자 라디오 잡음이 더 늘어났다. 자동차는 낙동강 위를 지나는 중이었다. 목적지인 부산 서면에는 50분쯤 후에나 도착할 것이었다. 여기까지 오는 데도 그만큼 걸렸다.

가즈가 라디오 채널을 맞추고 있는 사이, 빌리는 룸미러로 레나를 힐끗 바라보았다.

클럽 가는 거 좋아하잖아? 오줌 마려운 개처럼 표정이 왜 그래?

계속 그렇게 멍청이처럼 운전하면 차에 눌지도 몰라. 레나가 말했다.

빌리는 씩 웃었다.

좀 달려 볼까?

그러나 자동차 속도는 변화가 없었다. 레나는 생각했다. 빌리는 가끔 간이 부을 뿐 원래부터 큰 인간은 아니라고.

부산에 진입하자 고가도로가 10킬로미터가량 이어졌다. 빌리는 빠져나가는 길을 여러 번 놓쳤다. 결국, 자동차는 서면 역 부근에 도착해서야 고가도로를 벗어났다. 가즈는 숨 쉬듯 욕을 내뱉었다.

빌리는 서면역 주변 골목에 아무렇게나 차를 세워 놓은 후 화장실을 찾아 달렸다. 레나가 그 뒤를 따랐다. 자동차 트렁크 에 기대선 가즈는 담배를 입에 문 채 두 사람의 뒷모습을 지그 시 바라보았다.

서면역 지하 화장실에 들어간 레나는 화장실 문을 걸어 잠 근 후 준구에게 문자를 보냈다.

서면에 도착했어. 지금 돌아가도 1시간 30분은 걸릴 거야. 여기서 출발할 때 다시 연락할게. 내 연락이 올 때까지는 집 에 계속 머물러도 된다는 뜻이야. 찾으면 내일 자정에 거기서 만나.

잠시 후, 레나는 다시 문자를 보냈다.

하지 않아도 괜찮아. 그걸 들고 어딘가로 혼자 사라져도 괜 찮고. 어떤 선택을 하든 나는 이렇게 생각할 거야. 이 자식, 다 컸네.

주말이었지만 월영의 테이블은 절반만 차 있었다. 준구는 레나의 문자에 알았어, 라고만 답했다. 어떻게 하겠다는 것인지 알 수 없는 모호한 답변이었다. 준구는 부재중 통화 목록을 채워 나가는 명길의 이름과 명길이 보낸 문자는 계속 무시했다. 손님이 주문한 잭콕을 만드는 동안 준구의 얼굴은 먹구름처럼 주름지고 어두워졌다. 나는 계속 모른 척하고 싶었지만, 준구가 잭콕을 만들며 위스키 정량의 두 배를 잔에 따르는 것을 보자 나도 모르게 입이 떨어졌다. 물론, 위스키가 아까워서는 아니었다.

그건 콜라가 아니라 잭 다니엘스 올드 넘버 7인데?

준구는 그제야 정신을 차렸다.

죄송해요.

준구는 잔에서 위스키를 반쯤 비워 냈다. 나는 손님이 밖에서 사 가지고 온 미더덕 회를 접시에 나눠 담았다.

부모님 생각해?

아뇨. 제 생각만 하기도 벅차요. 준구가 말했다.

나는 슬쩍 웃었다.

월급은 너한테 다 줄 거야. 어 실장한테도 그렇게 말해 뒀어. 그건 두 사람 문제니까 알아서 하라고. 가져가지 말라고는 안 했어. 그거 역시 두 사람만의 문제니까.

감사합니다.

그때, 명길이 바 안으로 들어왔다. 명길은 커다란 가방을 손에 든 채 준구를 향해 곧장 다가왔다. 명길의 얼굴은 매일 밤

부질없는 꿈을 꾸는 데 갖은 영혼을 다 써 버린 사람처럼 파리했다. 그리고 몸에서는 식은땀 냄새가 봄철 아지랑이처럼 피어올랐다.

명길은 준구와 마주 보는 자리에 앉았다. 그리고 준구의 얼굴을 뚫어지게 바라보았다. 나는 컵에 물을 따라 명길에게 내민 후 바 테이블 구석으로 비켜섰다. 준구는 나를 향해 고개를 살짝 까딱였다.

머리 나쁜 놈은 용서할 수 있어. 자기 잘못이 아니니까.

명길이 다시 말했다.

돈 없는 놈도 마찬가지야. 자기가 어떻게 할 수 없는 문제니까. 그런데 예의는 아냐. 예의는 머리가 아니라 성의 문제야.

죄송해요. 바빴어요.

명길은 가게 안을 둘러보았다. 정신 못 차릴 만큼 손님들이 많지는 않았다. 명길은 준구를 다시 바라보았다.

내일 아침에 차가 부두로 빠질 거야. 거기서 일하는 사람한테 들었어. 오늘 밤에 해야 해.

준구는 아무런 대꾸도 하지 않았다.

하기 싫어? 내가 배를 주지 않을 것 같아서?

명길은 주머니에서 선박용 엔진 키를 꺼내 바 테이블에 올려놓았다.

배는 가포유원지 부근에 있어. 일 끝나면 마산모방으로 와.

필요한 건 다 준비해 뒀어.

자동차를 되찾아도 달라지는 건 없잖아요?

명길은 자리에서 일어나려다 주춤했다. 그리고 잠시 후, 똑바로 서서 준구의 얼굴을 지그시 바라보았다.

그 차를 정말 되찾고 싶어. 그게 전부야.

명길은 가방을 챙겨 들고 입구 쪽으로 향했다. 그리고 다시 고개 돌려 말했다.

도와줘라, 준구야.

명길은 바 밖으로 나갔다. 준구는 명길이 두고 간 키를 바라보며 생각했다. 명길은 자동차를 되찾고 싶은 것이 아니라고, 레나처럼 지난 과거를 되찾고 싶은 것이라고, 자기가 잘하던 게 있던 시절, 무언가에 쓸모 있던 기분을 다시 느껴 보고 싶은 것이라고.

준구는 고개를 들어 명길의 축 처진 어깨가 잔상처럼 남은 바 입구를 바라보았다. 쌉싸름한 미더덕 향이 코끝을 찔러 왔고, 광남호의 뱃고동 소리가 스피커에서 흘러나오는 옛 팝송처럼 귓가를 파고들었다.

*

파도를 가르는 바나나 요트는 노란색 딜도였고, 돌섬 위로

뜬 달은 백색 콘돔이었다. 마산만은 갈기 달린 붉은색 채찍이었고, 마산과 창원을 바다 위로 연결한 마창대교는 은빛 수갑이었다. 전단지 왼쪽 구석에서 반짝이는 광남호텔은 유에스비 포트가 달린 클리토리스 바이브레이터였는데, 살이 오른 전어 모양이었다. (전어는 마산 특산품 중 하나였고, 8월에 호텔 인근에서 관련 축제가 열렸다.) 은재는 전단지를 근심스러운 표정으로 다시 바라보았다.

남사스러워? 아버지가 말했다.

아니.

더러워?

이게 더러운 거면 세상엔 깨끗한 게 없는 거지.

하긴, 다들 씻고 하니까.

안 씻고 하는 사람들도 있어.

두 사람은 서로의 얼굴을 바라보았다. 은재가 먼저 전단지 쪽으로 고개를 돌렸다.

효과가 있을까? 에스엔에스로 홍보하는 게 낫지 않아?

지역 광고는 이게 나아. 연구 결과도 있어. 아버지가 말했다.

그래도 디자인이 촌스럽긴 해.

은재는 프런트 밖으로 나가며 아버지와 자리를 바꾸었다. 약속 시간에 맞춰 가려면 지금 요트를 가지러 가야 했다.

기억에 남는 게 더 중요해. 아버지가 말했다. 프런트, 이틀

만 더 봐 줘. 그럼 얼추 다 뿌릴 수 있을 거야.

아버지는 남은 전단지 개수를 세고, 휴대폰으로 지도를 보며 요즘 젊은 사람들이 많이 가는 거리를 체크한 후 나눠 줄 양을 분배했다. 은재는 생각했다. 아버지는 원래 저런 사람이었다고, 꼼꼼하고, 실용적이고, 거침없었다고.

엔시 다이노스 유니폼 입은 사람은 없었어? 아버지가 말했다.

없었어. 그건 왜?

야구 경기장에서 전단지 나눠 줬거든. 어제부터 관중 10퍼센트는 입장이 가능해졌어. 호텔 손님은 그보다 더 늘어야 할 텐데.

두 사람은 서로의 눈을 바라보았다. 은재의 눈빛은 그럴 리가?와 그럴 수도?의 사이에 있었다. 아버지의 눈빛은 그럴 거야와 그렇겠지?의 사이를 오갔다. 팬데믹은 그런 것이었다. 그런 애매함으로 많은 것을 무너뜨렸다.

나도 돌릴게. 은재가 말했다.

찝쩍이는 남자들이 있을 거야.

은재는 손바닥을 위로 한 채 내밀었다. 아버지는 못 이기는 척 전단지 한 묶음을 그 위에 턱 하고 올려놓았다.

혹시 분실물 따로 보관해 둔 거 있어? 아버지가 말했다.

없어. 화장품 파우치는 찾아갔고.

단골 외국인 손님이 있어. 한 달 전쯤 자기 친구들이 여기
묵을 때 잃어버린 게 있다면서 몇 번 찾아왔었어. 청소할 때 나
온 게 없어서 모른다고 했는데, 그제 또 왔어. 뭐 나온 거 없냐
고. 어디서 흘렸는지 확실치 않아서 계속 찾으러 다니는 중인
것 같았어. 백인 남자인데 한국말을 꽤 잘해.

뭘 잃어버렸는데?

꽃씨 같은 거라던데?

꽃씨?

요트에 부딪혀 부서진 파도가 꽃씨처럼 튀어 올랐다. 은재
는 이마와 얼굴로 달려드는 물방울을 손으로 계속 훔쳤다. 그
러나 물기를 다 지울 수는 없었다. 호텔을 찾아온 백인 남자는
가즈일 가능성이 컸고, 백인 남자의 친구들이 (어쩌면 가즈 본
인이) 잃어버린 것은 대마 씨앗이 확실해 보였다. 은재는 생각
했다. 가즈가 사실을 알게 될 확률은 얼마나 될까? 자신과 태
웅만 입 다물고 있으면 그만 아닐까? 경찰에 도움을 요청할 수
없는 분실물은 주인 없는 물건이나 마찬가지 아닐까? 지금 느
끼는 감정은 두려움일까? 죄책감일까? 그저 어리둥절함에 불
과할까?

요트를 가지러 갔을 때 만난 마리나 마산 사장 역시 은재를
당혹스럽게 만들었다. 일찍 퇴근해 모습을 볼 수 없던 평소와

달리, 남자는 은재가 오기를 기다리고 있었다는 듯 광남호를 청소하고 있었다.

매번 돝섬 주변만 도는 것 같던데 바람을 왜 계속 거슬러 가요? 밤에는 마산항 쪽에서 바람이 불어오지 않았어요? 남자가 말했다.

은재는 놀라지 않은 척했다. 이 남자 뭔가 알고 있는 건가?

어떻게 아셨어요?

뒤를 따른 건 아니에요. 밤잠이 없어서 3·15해양누리공원 산책도 하고, 가끔 요트를 타고 나가기도 하는데, 낯익은 요트가 몇 번 눈에 띄어서 자세히 볼 수밖에 없었어요.

돝섬 쪽은 매번 가도 질리지 않아요.

먼바다를 항해하려면 모터를 쓰는 모터링이 아니라 바람을 이용한 세일링을 연습해야 해요.

그럴게요.

은재는 남자와 자리를 바꾸며 속으로 중얼거렸다. 이 남자는 아무것도 몰라.

은재가 광남호 조종석 앞에 서자 남자는 잔교 기둥에서 로프를 풀어 요트 안으로 던져 넣었다. 은재는 엔진 키를 꽂고 시동을 걸려 했다. 그러나 시동이 쉬이 걸리지 않았다. 은재는 키를 뺐다가 다시 꽂았다. 또 시동이 걸리지 않았다. 남자는 무심한 눈빛으로 은재의 행동을 지켜만 봤다. 은재는 조금 전 긴장했던 자신의 마음이 밖으로 새어나가고 있는 듯했다. 아무 말이라도 해야 할 것 같았다.

간판에 왜 마리나 마산이 아니라 마리, 나, 마산이라고 쓴거예요?

아, 그거.

남자는 웃었다.

글자 하나를 빼놓은 거예요.

은재는 잠깐 생각했다.

아, 요? 마리아나 마산? 마리나 대신 마리아나, 라고 쓰기도 하잖아요?

아, 가 아니라 화.

마, 리, 화, 나, 마, 산. 마리화나 마산?

마리화나가 뭔지 알죠? 남자가 말했다.

은재는 잠깐 생각했다.

몰라요.

남자는 슬쩍 웃었다.

대마초. 마리화나는 대마초예요. 요트를 처음 배울 때, 마리화나 덕을 좀 봤어요.

농담이죠?

가게 간판을 농담으로 만들 순 없죠.

남자가 다시 말했다.

걱정하지 말아요. 공소시효 지났으니까. 가만, 아직 조금 남았나?

은재는 남자에게서 눈을 떼지 않은 채 엔진 키를 돌렸다. 마침내 요트에 시동이 걸렸다. 요트가 파도를 밀어내며 나아가자 남자는 은재를 향해 손을 흔들었다.

은재는 어둠에 끌려가듯 요트 계류 시설로부터 점점 멀어졌다. 그러나 눈은 여전히 남자에게 붙잡혀 있었다. 은재는 생각했다. 저 남자, 정말 뭔가 알고 있는 건가? 은재는 남자에게 마음을 관통당한 기분이었다. 그러나 모든 계획을 엎어야겠다는 생각은 들지 않았다. 마리화나 마산은 자신이 대마를 키우기 훨씬 전부터 존재했고, 돝섬의 대마는 침입 흔적 없이 무럭무럭 자라는 중이었다. 그리고 남자가 돝섬에서 자라는 대마의 존재를 알고 있다면, 경찰에 신고하거나, 그것을 몰래 훔쳐가거나, 어쩌면 이를 이용해 자신을 협박하려 했을 수도 있다. 그러나 남자가 자기의 치부를 가감 없이 드러낸 오늘의 대화는 그중 어떤 것과도 관련이 없었다. 남자는 한때, 어쩌면 지금도 가끔 대마초를 즐기는 마도로스일 가능성이 컸다. 그리고 한 가지 더. 불면증에 시달리는 잠재 고객.

그때, 휴대폰으로 문자가 왔다. 태웅이 보낸 것이었다. 문자는 태웅이 조금 전 알게 된 사실을 다급하게 읊고 있었다. 은재는 무턱대고 요트 시동을 껐다. 그리고 돝섬이 있는 쪽을 우두커니 바라보았다. 돝섬에서 불어온 바람이 남쪽 바다 쪽으로 요트를 조금씩 밀어냈다. 마치 뒤로 물러나라는 듯, 다른 곳으로 나아가라는 듯.

어둠이 주저앉은 마산만은 하늘과 바다의 경계가 흐릿했다. 은재는 태웅이 보낸 문자의 내용도 현실과 짓궂은 꿈 사이의 경계에 있는 것처럼 느껴졌다. 만약 현실이라면, 대마 씨앗과 가즈를 떼어 놓고 생각하는 것은 더 이상 불가능했다. 대마초 거래 장소가 광남호텔이었고, 앞으로도 그럴 것이라는 곤란한 상황에도 대처해야 했다. 놀랍기만 한 것은 아니었다. 늙은 도시의 낡은 호텔과 모텔에서 대마초를 거래하고 피우는 광경은 충격적이기보다는 쓸쓸하게 느껴졌고, 광남호텔은 그러한 무대로 더없이 적합해 보였다. 은재는 입술을 깨문 채 태웅에게 답문을 보냈다.

나한테 맡겨.

은재는 요트 시동을 다시 걸었다. 그리고 요트 선미를 바라보았다. 호텔 전단지 뭉치가 튀어 오른 파도에 조금씩 젖어 가고 있었다. 은재는 선미로 다가가 전단지를 집어 들었다. 버리려면 지금 버려야 했다. 은재는 전단지를 바라보며 생각했다. 디자인이 촌스럽긴 해. 그리고 또 생각했다. 어떡하지?

＊

돈은 갖고 싶어요. 동미가 말했다.

석호는 의외라는 듯 가벼운 휘파람을 불었다. 이번엔 동미가 석호에게 물었다. 어떻게 하고 싶으냐고.

나도 돈이 탐나요.

석호는 진지하지 않았다.

방법은 두 가지예요. 하나는 바람이 부는 방향으로 배를 돌리는 거예요. 마산항으로 돌아가서 회사에서 시키는 대로 하는 거죠.

그건 못 해요. 안 돼요. 할 수 없어요.

석호는 빙긋 웃었다. 그리고 수평선을 바라보았다.

다른 방법은 지금처럼 바람을 거슬러서 계속 나아가는 거예요. 남쪽으로, 우릴 찾을 수 없을 곳으로. 그리고 돌아오지 않는 거죠. 타이밍은 바다에 던져 버리고.

동미는 남쪽 바다를 바라봤다. 그때 나는 뱃머리에 걸터앉아 앞을 주시하고 있었다. 그런데 배가 도통 나아가질 않는 것처럼 느껴졌다. 맞바람이 불고 있었고, 배 엔진에서는 컥컥하며 숨넘어가는 소리 같은 것이 났다. 나는 뒤를 돌아보았다.

안 가요? 내가 말했다.

가야지. 갈 거야. 어디로 갈까? 석호가 말했다.

나는 손가락으로 저 앞을 가리켰다.

돝섬.

그럴까? 석호가 말했다. 나도 궁금하긴 했어.

석호는 배 후미를 바라보았다. 어선 몇 척이 마산항을 빠져나가고 있을 뿐 뒤를 따르는 배는 보이지 않았다. 석호는 돝섬 쪽으로 뱃머리를 돌렸다.

물에 젖지 않게 조심해. 동미가 말했다.

알았어.

나는 배에서 뛰어내린 후 무턱대고 경사면을 올랐다. 보물찾기라도 나선 것처럼 신이 났다. 모로 누운 돼지 등 모양의 ('돝'은 돼지의 옛말이었다.) 경사면은 구름버섯 모양의 해송들로 빽빽했고, 경사면 안쪽은 볕이 잘 들지 않아 흐린 밤처럼 습하고 어두웠다. 나는 빛이 드문드문 새어 나오는 곳을 향해 거침없이 기어 올라갔다.

경사면 중간쯤에 나무로 둘러싸인 작은 평지가 있었다. 섬밖에서는 보이지 않는 곳이었다. 평지 한쪽에는 햇볕에 잘 마른 나뭇가지들이 흩어져 있었고, 그 옆에는 검은색 부직포를 두른 작은 움막이 있었다. 부직포는 구멍이 숭숭 뚫린 채였고, 움막 아래 깔린 나무 바닥에는 마른 흙이 쌓여 있었다. 사용한 지 오래된 것 같았다.

멀리 가지 마!

보이지 않는 곳에서 동미의 목소리가 들려왔다. 나는 여기 있어!라고 소리치며 움막 안으로 몸을 구겨 넣었다. 나만의 아지트를 발견한 것만 같은 기쁨에 가슴이 벅차올랐다.

같은 시각, 동미와 석호는 마산항이 내다보이는 곳에 자리를 잡았다. 마산항에 정박해 있는 배들이 꼬리 치듯 몸을 흔들었고, 광남호는 잠이 덜 깬 표정으로 낮게 출렁였다. 기름기로 번들거리는 자갈들이 파도에 밀려 바닥을 간간히 구를 뿐 돌섬을 오가는 사람은 없었다. 해가 높이 솟으며 구름이 저만치 물러났고, 세차던 바람도 점차 잦아들었다. 해송이 방벽 역할을 해 먼바다에서 불어오는 바람은 등마루를 타고 흐르거나 섬 둘레를 우회해 뻗어 나갔다.

돈 가지고 도망가요. 동미가 말했다. 나랑 같이 가요.

석호는 조금 전과 달리 진지한 표정으로 되물었다. 진심이냐고. 동미는 천천히 고개를 끄덕였다. 그리고 나지막한 목소리로 지난 일들을 들려주었다. 외할아버지와 외할머니의 죽음을, 실종되었던 친아버지의 생환과 병환을, 어머니의 서러운 상황을, SD전기통신에서 있었던 일을, 그리고 자신의 꿈을. 동미는 끝내 울음을 참지 못했다. 동미는 눈물을 닦으며 계속 말했다. 사회의 모든 폭력과 억압이 남김없이 자기 목줄이 되는 사람. 동미는 처음으로 자신의 고통에 실체를 부여했다. 어머니는 하지 못했던 것이었다.

　나 혼자라도 도망갈 거예요. 동미가 말했다. 자리 잡으면 엄마를 그곳으로 데려올 거고요.

　묵묵히 듣고 있던 석호는 긴 숨을 내쉬었다. 그리고 씩 웃었다.

　사실, 동미 씨가 맞서 싸우자고 하면 어쩌나 걱정했어요.

　돈이 탐나서요?

　무서워서요. 무슨 짓이든 할 수 있는 사람들이니까.

　동미는 석호의 얼굴을 바라보았다. 석호는 부드럽게 미소 지었다.

　어차피 시키는 대로 안 하면 회사에서 우릴 먼저 잘랐을 거예요. 잘됐어요. 돈이라도 챙기죠. 동미 씨랑 같이 갈 수 있다면, 나는 어디든 좋아요.

　석호는 자리에서 일어나 바지를 털었다. 그러다 아주 중요한 질문을 빠뜨렸다는 표정으로 물었다.

　돈은 반반씩 나누는 거 맞죠?

　석호는 마산항에서 출발할 땐 미숙한 어부 같은 표정이었는데, 지금은 모험에 나선 선장 같은 태도로 배에 올라탔다. 반면, 동미는 그물 안으로 스스로 뛰어든 생선처럼 혼란스러운 눈빛이었다.

저건 안 가져가?

나는 마지막으로 배에 오르며 타이밍이 든 상자를 가리켰다. 상자는 석호와 동미가 앉았던 자리 부근에 다소곳이 놓여 있었다. 석호는 대꾸 없이 닻을 끌어올렸고, 동미는 나를 바라보며 고개를 저었다.

이제 필요 없어졌어.

광남호는 마산항을 향해 털털거리며 나아갔다. 나는 점점 멀어지는 돝섬을 물끄러미 바라보았다. 동미가 나를 애처로운 눈빛으로 쳐다보고 있다는 것은 몰랐다. 그때 동미는 나를 바라보며 이런 생각을 하고 있었다. 내가 떠나면 너는 진짜 혼자가 될 것이라고, 상처에 상처가 덧대어질 것이라고, 방황에 방황을 거듭할 것이라고. 훗날, 동미는 그때를 회상하며 그 자리에서 나에게 용서를 빌고 싶었다고 말했다. 그러나 입이 떨어지지 않았다고, 어떻게든 내가 버텨 내길 속으로 바라는 수밖에 없었다고 덧붙였다.

마산항 선창에 광남호를 정박시킨 후, 우리는 어시장에서 어묵과 김밥을 사 먹었다. 쇼핑도 했다. 동미가 내게 운동화를 사 줬다. 미리 생일 선물을 사 주는 것이라면서. 나는 헌 운동화를 벗고 새 운동화를 신었다. 해지고 낡은 헌 운동화는 가슴팍에 안았다. 마산으로 올 때, 친엄마가 사 준 것이었다.

우리는 오후 미사에 참석했다. 동미는 기도했다. 그러나 하느님이 자신의 바람을 들어준다면, 그런 하느님을 앞으로 어떻게 받아들여야 할지 혼란스러웠다. 혼란스러웠지만 동미는 기도했다. 이를 악물고 기도했다.

성당을 나서니 해가 저물고 있었다. 우리는 집으로 향했다. 동미는 지금쯤이면 어머니가, 그리고 어쩌면 아버지가 데리고 온 아이들도 집에 도착해 있으리라 생각했다. 집 안에서는 낯선 전류가 흐르고 있을 것이었다. 그러나 잔잔한 밤공기에 균열이 나기 시작한 것은 집 앞 골목에서부터였다.

어둠이 드리운 골목길 저편에 서 있던 한 남자가 우리를 향해 천천히 다가왔다. 그리고 앞을 가로막듯 멈춰 섰다. 남자는 골목길이 꽉 찰 만큼 덩치가 컸다. 거대한 벽 같았다.

동미 씨는 집으로 들어가는 게 좋겠어요. 꼬마도 함께.

벽처럼 거대한 남자가 다시 말했다.

미안하지만 가방은 바닥에 내려놓고요.

동미는 남자의 얼굴을 뒤늦게 알아봤다. 남자는 원단을 디자인에 맞게 자르고 붙이는 봉제과 부반장인 대훈이었다. 대훈은 찰흙을 덧대고 덧댄 것 같은 우락부락한 덩치와 얼굴을 지닌 사람이었는데, 오늘은 특히 더 거칠어 보였다. 지금 막 전장에서 빠져나온 군인처럼, 얼굴과 팔에 찢기고 찍히고 긁힌 자국이 핏줄처럼 새겨져 있었다. 평소 성격이 포악한 사람은 아니었다. 동미는 봉제과 직원들이 대훈을 칭찬하는 것을 여러 번 들었다. 친절하고, 싹싹하고, 부지런하고, 듬직하다고. 최근에는 아내가 출산을 앞둔 터라 더욱 표정이 밝다고 했다. 그런 사람이, 사측 편에 선 것 같았다.

찬수야, 먼저 집으로 들어가. 동미가 말했다.

대훈이 옆으로 비켜섰다. 나는 대훈을 힐끔거리며 그 옆을 지났다. 분위기가 심상치 않았지만, 나는 새 신발이 생겼다는 사실에 들뜬 채 대문을 벌컥 열고 집 안으로 뛰어 들어갔다.

동미 씨도 들어가 있어요. 가방도 가지고요. 석호가 말했다.

동미는 대훈을 바라보았다. 대훈은 잠깐 고민했다.

가방은 조금 있다 찾아가겠습니다. 대훈이 말했다.

석호가 동미의 손을 붙잡고 앞으로 나섰다. 대훈이 다시 길을 터 주었다. 동미는 대문 앞에서 멈춰 섰다.

별일 있을 거예요.

석호는 다시 말했다.

그래도 걱정하지 말아요. 별일 처리 전문이니까.

동미는 무서웠지만 각오를 다졌다. 집 안에서 벌어지고 있을 일도 만만치 않을 터였고, 어설프게 물러날 시기도 지났다. 동미는 석호의 귀에 대고 속삭였다.

질 것 같으면 소리쳐요.

동미는 대문을 열고 집 안으로 들어갔다. 석호는 소리 나지 않게 대문을 꼭 닫았다. 그리고 대훈을 바라보며 말했다.

자리를 옮기면 좋겠는데?

대훈은 턱을 끄덕인 후 집 뒤편의 임항선 쪽으로 걸어갔다. 석호는 굳은 얼굴로 대훈의 뒤를 따랐다. 대훈의 손에는 편지지 크기의 종이 뭉치가 들려 있었다. 석호는 그것이 무엇인지 알 것 같았다. 임항선에 도착하자 두 사람은 철길을 사이에 두고 마주 섰다.

회사에서 시켜서 온 거야? 석호가 말했다.

내가 하겠다고 했어.

대훈은 손에 쥔 종이 뭉치를 석호에게 보여 주었다. 예상했던 것처럼, 회사 직원들의 사인과 도장이 담긴 노조가입신청서였다. 대훈이 석호의 일을 대신한 듯했다.

타이밍은 어디에 있지?

버렸어. 노조가입신청서는 그 사람들한테 돌려줄 거고. 석호가 말했다.

대훈은 노조가입신청서를 대충 접어 상의 안쪽 주머니에 집어넣었다.

당신과 내가 아니어도 누군가는 이 일을 했을 거야.

대훈이 다시 말했다.

그 대가로 회사를 그만둘 수 있다면, 나는 내가 그 사람이 되어야겠다고 결심했어.

회사를 그만둔다고?

노조가입신청서를 빼앗았을 때, 그 사람들이 그랬어. 노조는 사람답게 살기 위한 최후의 보루라고, 우리가 노예가 아니라는 것을 증명하는 가장 확실한 수단이라고. 나도 그 사람들 말에 반쯤 동의해. 방직기와 사람 중에 누가 먼저 부서지나 겨루는 것처럼 계속 일할 수는 없어. 방직기가 이기고 우리는 질 거야. 목숨을 잃을 수도 있고. 당신도 그렇게 판단했으니까 타이밍을 버린 거겠지. 야반도주라도 할 참인가?

석호는 대답하지 않았다. 달빛이 철로 위에서 차갑게 반짝였고, 철길을 달리는 기차 소리가 어두운 숲을 헤매는 들짐승의 기척처럼 보이지 않는 곳에서 나직하게 들려오기 시작했다.

아내가 만삭이야. 대훈이 말했다. 나는 마산을 떠나지 않을 거야. 여기서 다시 시작할 거야.

당신을 비난할 생각은 없어.

타이밍은 어디에 있어?

마산 앞바다를 흐르고 있겠지.

대훈은 눈을 찌푸렸다. 석호는 철길 저편을 바라보았다. 소실점의 끝에서 하행선 기차가 거친 숨을 내뱉으며 다가오고 있었다. 두 사람 모두, 정중한 방식은 여기까지라는 것을 온몸으로 느꼈다. 대훈은 철길 위로 발을 내디뎠다.

나는 약속을 지켜야 해. 미안하지만 타이밍을 찾는 것도 도와줘야겠어.

*

준구는 약속을 저버릴 생각인 듯했다. 명길은 씁쓸한 웃음
을 지었다.

준구, 다 컸네.

마음 여린 놈. 명길에게 준구는 그런 아이였다. 준구는 어
릴 때, 명길 때문에 상점을 혼자 지키고 있던 날들이 많았다.
명길은 자리를 비우며 말했다. (다른 용무를 보러 나간) 아버지
가 돌아와 자신을 찾으면 담배 사러 갔다 이르라고, 그런 다음
슬쩍 상점을 빠져나와 (화투판이 벌어진) 한일명찰사로 자신을
데리러 오라고. 준구는 툴툴거리면서도 명길의 말을 잘 따랐
다. 휴일에 이웃 상점 가족들과 나들이를 갔을 때, 어른들이 술
을 마시고, 다른 아이들이 물놀이에 빠져 있는 동안 준구는 명
길의 어린 자식들을 돌봤다. 아이들과 돌멩이를 쌓아 올리고,
소라와 다슬기를 찾아다녔다. 그런 준구에게 명길은 실없는 일
이나 시키다 가끔 조금 놀랄 만큼의 용돈을 주머니에 불쑥 넣
어 주는, 못났지만 미워할 수 없는 막냇삼촌 같은 사람이었다.

명길은 어둠이 깔린 마산모방 부지를 결연한 눈빛으로 바
라보았다. 그리고 잠시 후, 마산모방 정문을 타고 오르기 시작

334

했다. 정문 옆에 있는 관리실에서는 티브이 코미디 프로그램 방청객의 합을 맞춘 웃음소리가 주기적으로 흘러나왔다.

명길은 허리를 숙인 채 준구의 자동차가 있는 곳으로 다가갔다. 명길이 준구에게 요구한 것은 세 가지였다. 방화하고, 정문 자물쇠를 끊고, 슬라이딩 도어를 열어 두는 것. 명길은 차갑게 식은 바닥을 기며 생각했다. 그 말을 할 때, 세상에서 가장 나쁜 어른이 준구의 눈앞에 있었다고.

명길은 자동차 운전석에 올라탔다. 그리고 차창 너머의 밤하늘을 바라보았다. 높게 솟은 굴뚝 끝에 하얗게 빛나는 보름달이 걸려 있었다. 보름달은 제 엄마와 어딘가에 머물고 있을 아이들의 눈동자처럼 서글퍼 보였다. 명길은 아이들의 이름을 소리쳐 불렀다. 그리고 차의 시동을 걸었다.

자동차는 정문을 향해 빠르게 나아갔다. 바람이 내뱉는 숨소리가 점점 거칠어지더니 비명처럼 갈라지기 시작했다. 그러다 순간, 바람의 숨이 끊어지기라도 했다는 듯, 아스팔트를 긁는 쇳소리가 모든 것을 집어삼켰다.

준구는 숨을 고른 후 비틀스의 문고리를 붙잡았다. 그리고 천천히 바 안으로 들어섰다.

바 테이블에는 경표와 형우가 마주 앉아 있었다. 입구 쪽 테이블에는 연인으로 보이는 대학생 남녀가 알록달록한 칵테

일을 마시는 중이었고, 그 옆 테이블에는 예상했던 것처럼 외국인 영어학원 강사 무리가 모여 있었다. 그러나 빌리와 가즈의 모습은 보이지 않았다.

준구는 얼굴이 낯익은 강사들에게 눈으로 인사했다. 그리고 바 테이블로 다가가 형우의 옆자리에 앉았다.

밖이 추워? 형우가 말했다. 얼굴이 왜 얼어붙어 있어?

감긴가 봐.

준구는 등에 메고 있던 가방을 테이블 위에 올려놓았다. 공기가 주저앉는 듯한 소리가 났다. 준구는 가방에서 전자 영어 사전을 조심스럽게 꺼낸 후 형우에게 내밀었다.

친구가 줬어. 자긴 하나 더 있다고.

형우는 전자 영어 사전에서 눈을 떼지 못했다.

넌 필요 없어?

토익 점수 잘 나오면 다시 돌려줘. 준구가 말했다.

토익 100점 받아야겠네. 경표가 말했다.

그건 곤란해. 안 돼. 형우가 말했다.

왜?

만점이 990점이야. 100점이 아니라.

헛소리. 경표가 말했다. 진짜야?

토익 시험 한 번도 안 봤어?

영어 잘하는데 토익 시험을 왜 봐? 경표가 말했다.

개소리. 형우가 말했다.

맥주 좀. 준구가 말했다.

어제 그렇게 마셔 놓고 또 마셔? 감기라며? 경표가 말했다.

원래 알바는 술값 벌려고 하는 거야. 형우가 말했다. 감기엔 술이 약이야. 오늘은 내가 살게. 마셔.

형우는 전자 영어 사전을 자기 가방에 집어넣었다. 그리고 준구의 어깨에 손을 올린 채 준구의 몸을 좌우로 흔들었다. 형우는 이미 토익 990점을 받은 것 같은 표정이었다.

준구는 경표가 건넨 생맥주를 벌컥벌컥 들이켰다. 긴장한 탓에 머리가 더 지끈거렸다.

가즈랑 빌리는 안 보이네. 준구가 말했다.

경표는 준구의 등 뒤를 바라보며 슬쩍 웃었다.

서양 놈들은 상놈 피를 타고났다니까.

준구는 천천히 고개를 돌렸다. 가즈가 바 안으로 들어서고 있었다. 준구는 자신도 모르게 입이 벌어졌다. 가즈는 머리에 흰 붕대를 칭칭 감았고, 오른쪽 발은 깁스를 한 채였다. 준구는 어떤 표정을 지어야 할지 선뜻 결정하지 못했다. 웃을까? 찡그릴까? 걱정할까? 조롱할까? 평소대로라면 조롱해야 했다.

가즈가 바 테이블 쪽으로 발을 끌며 다가왔다. 그리고 준구 어깨를 지지대 삼아 빈 의자에 털썩 주저앉았다. 준구는 여전히 갈피를 잡지 못한 채였는데, 다행히 형우가 방향을 잡아

췄다.

환자분, 병원은 길 건너편입니다만?

거기 있다 온 거니까 입 닥치고 술이나 마셔. 가즈가 말했다. 아이리시 카 밤.

꼴이 왜 그래? 경표가 말했다.

가즈는 쓴웃음을 지었다.

빌리 여기 안 왔지? 오늘 본 적도 없고?

못 봤어.

빌리, 눈에 띄면 내가 이렇게 말했다고 전해. 죽기 싫으면 다신 마산에 나타나지 말라고.

가즈는 경표가 건넨 아이리시 카 밤을 들이켜며 말을 이었다. 어젯밤, 부산 클럽에서 놀고 있을 때 집에 도둑이 들었다고, 그런데 빌리 그 미친 자식이 도둑이 아니라 자기 머리를 전자기타로 내리쳤다고, 경찰에 신고하겠다고 하니 자기 무릎까지 기타로 박살 내고는 달아났다고, 빌리에게 돈도 빼앗겼다고, 그 자식 얼굴 다시 보긴 어려울 거라고.

왜 네 머리를 내리쳐? 경표가 말했다.

그 도둑놈이랑 내가 한패라고 여긴 거지. 빌리는 그냥 미친 새끼야.

한패야? 형우가 말했다.

절대 아냐. 가즈가 말했다.

뭘 훔쳐 갔는데? 경표가 말했다.

가즈는 잠깐 생각했다.

빌리 물건이랑 집에 있던 돈. 그 도둑놈도 제정신이 아닌 게 분명해. 방을 깨끗하게 치우고 갔어.

가즈는 바를 다시 한번 둘러보았다.

레나는?

10분 전에 나갔어. 경표가 말했다.

가즈는 입술에 묻은 거품을 손으로 거칠게 닦았다. 준구는 남은 맥주를 한 번에 비웠다. 그리고 자리에서 일어났다.

벌써 가는 거야? 가즈가 말했다.

약속 있어. 준구가 말했다.

밤 12시에?

준구는 가방을 메고 돌아섰다. 그때, 누군가가 준구의 가방을 붙들었다. 준구는 굳은 표정으로 고개를 돌렸다. 가즈였다.

저 테이블까지 부축 좀 해 줘.

준구는 가즈의 허리를 손으로 감았다. 가즈는 한 손에 술잔을 든 채 뒤뚱거리며 걸었다. 외국인 강사들이 자리를 만들어 주자 가즈는 쓰러지듯 의자에 앉았다. 가즈는 준구를 바라보며 빈정거리듯 웃었다.

아무것도 모른다는 순진한 얼굴 하지 마.

준구는 잠깐 생각했다.

내가 뭘 아는데?

가즈는 씩 웃었다.

남한테 친절을 베푸는 게 절대 내 손해가 아니라는 거.

아? 준구가 말했다. 그건 저축 같은 거지.

저축 한 번 더 해. 혹시 레나 보게 되면 내가 여기서 기다리고 있다고 전해 줘. 빌리가 내 휴대폰까지 부서뜨렸어.

준구는 고개를 끄덕였다. 가즈는 감사의 표시로 술잔을 치켜들었다. 준구는 입구 문을 어깨로 밀어내며 밖으로 나갔다.

가즈는 어제 일을 단순 절도와 머리가 깨지고 무릎을 다친 우발적 폭력 사태 정도로 여기고 있을지도 몰랐다. 그러나 레나를 찾는 것을 보면 짐작 가는 바가 있는 것 같기도 했다. 준구는 실수한 것이 없나 찬찬히 되짚어 봤다. 진짜 도둑처럼 현금도 훔쳤고, 어제 비틀스에서 늦게까지 경표와 술을 마셨고, 오늘은 가즈와 무심하게 조우했다. 대체로 계획한 대로 됐지만 예상치 못한 일도 맞닥뜨렸다. 가즈의 부상과 빌리의 도주.

준구는 약속 장소로 향하는 버스에 올라타며 생각했다. 눈앞에 있던 넘지 말아야 할 선들이 다가갈수록 뒤로 물러나는 것 같다고.

가포유원지 정박장에서 계류 중인 광남호는 텅 빈 집에 묶여 있는 늙은 강아지처럼 처량해 보였다. 25년 전후인 선박 평

균 수명을 생각하면, 광남호 역시 이미 마산 앞바다 저 깊은 곳에 수장된, 남쪽에서 빛나리라, 라는 염원의 뒤를 곧 따를 듯했다.

준구는 나무 부두를 지나 광남호에 올라탔다. 레나는 이미 도착해 배 선미에 앉아 있었다. 그러나 아무런 기척을 느끼지 못한 듯, 준구가 가까이 다가가도 등대처럼 한곳만 주시했다. 준구는 레나의 등 뒤에 서서 레나의 시선이 향한 곳을 바라보았다. 밀려온 파도가 두 사람의 몸을 통 하고 밀어 올렸다.

밤바다는 수많은 질문을 하는 것 같기도 했고, 그만큼의 대답을 토해 내는 것처럼 보이기도 했다. 넓고, 깊고, 아득하고, 막연했다. 순간, 준구는 수심을 가늠할 수 없는 바다에 빠진 것 같은 아찔함과 두려움을 느꼈다. 돌이킬 수 없고, 감당할 수 없는 일을 저지른 것은 아닐까? 준구는 뒤늦게 몸이 떨려오기 시작했다.

그때, 레나가 천천히 고개를 돌렸다. 준구는 레나의 얼굴을 젖은 눈빛으로 바라보았다. 레나가 준구를 향해 손을 내밀었다. 준구는 레나의 손을 붙잡고 나서야 알았다. 레나도 떨고 있었다.

준구는 어젯밤의 일과 오늘 비틀스에게 알게 된 사실을 레나에게 들려주었다. 레나는 대꾸 없이 듣기만 했다. 준구는 레나가 아무 일도 없을 거라고 말해 주었으면 싶었다. 레나는 그렇게 했다.

빌리는 여전히 가즈가 꾸민 일이라 여기고 있을 거야. 할 수 있는 일은 아무것도 없을 거고. 가즈가 정말 경찰에 신고했다면, 하루라도 빨리 한국을 뜨는 게 현명한 선택이겠지. 가즈는 내가 도둑과 공범일지도 모른다고 의심 중일 거야. 가즈한테는 미안하지만 그것 역시 문제가 안 돼. 내가 끝까지 시치미 떼면 그만이야. 증거랄 게 없으니까. 당분간 잘 숨겨 놓기만 하면 돼.

빌리를 다시 볼 순 없겠네? 준구가 말했다.

다시 보면 우리가 위기에 빠졌다는 뜻이겠지.

정은 좀 들었는데.

정 때문에 집을 정리하고 나온 거야?

집까지 치우게 하고 싶지는 않았어.

레나는 늦은 밤, EBS 방송국에서 틀어 주던 난해한 옛날 영화를 보고 있는 듯한 표정을 지었다.

다음 계획은 뭐야? 준구가 말했다.

서울에 있는 외국인 친구들한테 연락해야지.

레나가 다시 말했다.

이제부턴 나한테 맡겨.

준구는 악당이 주인공인 영화들의 마지막 장면을 떠올려 보려 했다. 적어도 지금의 레나와 같은 모습은 아니었다. 영화는 아직 중반부에도 도달하지 않은 것 같았다.

갈까? 레나가 말했다.

준구는 조종석 앞에 섰다. 파도가 좀 전보다 거칠어졌다. 혼란스러운 마음이 파도에 전이되기라도 한 것 같았다. 준구는 입을 굳게 다문 채 배의 시동을 걸었다. 광남호는 낡은 트럭이 내뱉을 법한 엔진 소리를 내며 돝섬 쪽으로 천천히 몸을 돌렸다. 돝섬은 눈꺼풀을 내린 채 침묵에 빠져 있었다. 20여 분이면 닿을 거리였지만, 준구는 돝섬이 마치 태평양 저 너머의 외딴섬처럼 아득하게 느껴졌다.

*

여기가 LA인 줄 알아? 캘리포니아산 햇살이 쏟아지기도 할 줄 알았어?

돝섬 경사면에 심어진 대마를 확인한 가즈는 마치 신경쇠약에 걸린 듯한 낯빛으로 다시 말했다.

잡초도 이보다는 나은 대우를 받아.

가즈는 고개를 들어 위를 올려다보았다. 사방으로 손을 뻗은 나뭇가지들 때문에 밤하늘은 잔뜩 금이 간 창문 같았다. 가즈는 은재와 태웅을 번갈아 가며 노려보았다. 태웅은 이빨을 감춘 채 미소를 지었고, 은재는 가즈와 거리를 둔 곳에 서서 입

343

을 꾹 다물고 있었다. 두 사람은 다른 걱정으로 이미 포화 상태였다.

이 상태론 정량의 30퍼센트도 못 건져. 가즈가 말했다. 처음부터 어설프다 싶었어. 그거 알아? 어설픈 건 아기 울음 같은 거야. 참을 수도 없고, 감출 수도 없어.

어떻게 했으면 좋겠어? 태웅이 말했다.

가능한 한 빨리 옮겨야지. 당장은 안 돼. 공간이 부족해. 그리고,

가즈는 말을 이으려다 멈췄다.

그리고? 태웅이 말했다.

수익 분배 비율을 다시 정해야 한다. 은재가 말했다. 이 말을 하려던 거 아냐?

가즈는 씩 웃었다.

다 옮길 수는 없어. 여기서 수확한 것은 원래대로 나누고, 나머지는 다시 계산기를 두들겨 봐야겠지. 옮긴 것도 나 혼자서는 감당 못 해. 너희가 도와야 해. 어때? 그게 너희한테도 이익일 것 같은데?

은재와 태웅은 눈빛을 교환했다.

생각해 볼게. 은재가 말했다. 그 전에, 먼저 처리해야 할 일이 있어.

은재는 바지 뒷주머니 쪽으로 손을 가져갔다. 태웅은 올 것

이 왔다는 듯 뒤로 물러섰고, 가즈는 어리둥절한 얼굴이었다가 등 뒤를 내려다보곤 또 한번 낯빛이 달라졌다. 경사면은 어둡고 가팔랐다.

은재는 뒷주머니에서 무언가를 재빠르게 꺼내 가즈의 얼굴 쪽을 향해 겨누었다. 가즈는 숨을 삼킨 채 자기 얼굴을 향한 검은 물체를 굳은 눈빛으로 바라보았다. 은재는 의아한 표정으로 검은 물체를 쥔 손을 흔들었다. 와서 확인해 보라는 뜻이었다. 그래도 가즈는 꼼짝하지 않았다. 겁을 주려던 것은 아니었지만, 은재는 그런 가즈의 모습을 보며 조금 안심이 됐다. 겁쟁이 아저씨만큼 상대하기 쉬운 존재는 없으니까.

확인 안 해 볼 거야? 은재가 말했다.

가즈는 검은 물체를 향해 주춤거리며 다가갔다. 순간, 가즈의 발밑에서 나뭇가지가 부서지며 어둠의 허리를 잘라 낸 듯한 단호한 소리가 났다. 세 사람은 동시에 움찔거렸고, 동시에 서로의 반응을 살폈다.

이런 젠장. 가즈가 말했다. 내가 긴장해야 할 이유가 있는 거야?

글쎄? 은재가 말했다. 있어?

태웅이 뭐라고 말을 보태려던 찰나, 가즈가 은재의 손에 들린 검은 물체를 재빠르게 낚아챘다.

종이잖아?

가즈는 빨대 모양으로 접혀 있는 종이를 조심스럽게 펼쳤다. 광남호텔이라는 글자가 큼지막하게 박힌 호텔 전단지였다.

광남호텔? 가즈가 말했다. 네가 여길 어떻게 알아?

우리 가족 소유 호텔이야.

가족?

우리 아빠가 운영하고 있어.

잠시 후, 은재가 다시 말했다.

대마 씨앗을 거기서 주웠어. 룸 청소하다가.

멀리서 꿈틀대던 파도가 지척에서 돌섬을 때리기 시작했고, 바람이 주워 담을 수도 있을 만큼 묵직하게 불어왔다. 쉴 새 없이 울던 풀벌레 소리는 어느새 자취를 감추었다. 세 사람을 에워싼 것은 어둠 속에서 요동치는 파도와 바람 소리뿐이었다.

태웅은 대마 줄기가 다리를 옭아매기라도 하는 것처럼 몸이 굳어 갔다. 은재는 대마 뿌리가 물을 빨아들이듯 은밀히 침을 삼켰다. 불 꺼진 등대처럼 침묵을 지키고 있던 가즈가 마침내 입을 열었다.

빌어먹을 마산 놈들.

가즈의 얼굴은 어둠에 가려져 있어 표정을 헤아릴 수 없었다. 그러나 이어서 들려오는 소리는 명확했다. 가즈는 낄낄거렸다. 그리고 전단지를 갈기갈기 찢기 시작했다.

20년 전 일이야. 마산에 살기 시작한 지 몇 달 안 되었을 때,

대마초 도둑으로 몰려 머리와 무릎이 깨졌어. 지금처럼 벚꽃이 필 무렵에. 그거 알아? 그땐 벚꽃이 지금보다 더 늦게 폈어.

가즈가 말을 이었다. 누명을 쓴 것이었다고, 당시 가깝게 지내던 마산 놈들이 꾸민 짓이었다고, 그러나 물증은 끝내 찾지 못했다고, 부상 치료도 할 겸 병원에 며칠 입원했다고, 그러다 그곳에서 일하는 한국인 간호사와 덜컥 사랑에 빠져 버렸다고, 연애하는 동안 아이리시 카 밤을 500잔쯤 마셨다고, 정신을 차려 보니 다음 날이 결혼식이었다고, 뒤통수를 한 번 더 맞은 기분이었다고, 그랬는데 20년 지난 지금 다시 또 마산 놈들에게 뒤통수를 맞았다고.

가즈는 은재와 태웅에게 자기 자신을 피해자로만 못 박은 채 지난 과거를 설명했다. 그러나 그로부터 몇 년 후, 가즈가 내게 들려준 이야기에 따르면 누군가의 뒤통수를 먼저 친 사람은 가즈였다. 광남호텔에서 발견된 대마 씨앗은 가즈의 것이 아니었다. 가즈와 거래하기 위해 마산을 찾은 태국인들의 물건이었다. 가즈가 사 준 국화주의 달큼한 맛에 엉망으로 취한 태국인들은 대마초의 행방은 물론 자기들이 광남호텔에 어떻게 왔는지도 기억하지 못했다. 가즈는 태국인들에게 말했다. 경찰의 손에 들어가기라도 한다면 한국 감방에서 평생 썩게 될지도 모른다고, 추적당하기 전에 태국으로 돌아가라고, 자신이 찾아본 후 연락하겠다고, 태국인들은 거절했지만 결국 도망치듯 한국을 떠날 수밖에 없었다. 가즈가 몰래 경찰에 신고했기 때문이었다. 수상한 태국인 무리가 있다고.

호텔 프런트를 지키는 사람이 네 아버지라고? 가즈가 말했다.

우리 아빠야. 은재가 말했다.

아빠가 뭐래? 얼빠진 외국인 하나가 꽃씨를 찾으러 다니는 중이라고 했나?

얼빠진 외국인이라고는 안 했어.

그 외국인이 나라는 것과 찾고 있는 꽃씨가 대마 씨앗이라는 건, 내가 저 자식한테 한 말을 전해 들어서 추측하게 된 것일 테고?

맞아. 그랬어.

가즈는 태웅을 바라보았다.

너는 어디까지 알고 있었어?

대마 씨앗이 분실물이라는 건 알았어. 태웅이 말했다. 그게 네 물건이라는 건 나도 오늘 알았어. 은재도 마찬가지고.

끝까지 모른 척해도 됐을 텐데?

가즈는 의심을 거두지 않았다.

뒤에서 다른 일을 꾸미고 있는 거야? 그걸 밝혀서 얻는 게 없잖아?

광남호텔.

은재가 다시 말했다.

광남호텔이 대마초 거래 장소로 사용되는 것을 막고 싶었어. 내가 대마를 기르는 건 광남호텔을 지키기 위해서야. 그 반대가 아니라. 팬데믹만 끝나면 손님이 전보다 늘어날 거야. 호텔 짓느라 대출한 돈도 다시 갚을 수 있을 거고. 그때까지 버티는 게 내 목표야.

우리 집 안마당에서 대마초가 오가는 건 싫다는 거네?

광남호텔이 대마초와 무관한 곳이어야 하는 이유는 또 있어. 대마초 거래나 흡연이 경찰에 발각되면 내가 위험에 빠질 수 있어. 어떤 식으로든 관계자가 될 테니까. 그렇게 되면 두 사람도 안전하지 않아.

가즈는 느릿느릿 고개를 끄덕였다.

말은 돼.

그럼 이제 정리된 거지? 태웅이 말했다.

정리? 거짓말은 대가를 치러야지.

가즈는 고개 돌려 마산항을 바라보았다.

마산항 관광 유람선 터미널 옆으로는 해양경찰서의 불빛이 반짝이고, 그 맞은편 돝섬에선 대마가 자라고, 마산자유무역지역엔 대마초 예비 구매자들이 득실거리고 있어. 마산은 놀라운 도시로 다시 태어날 거야.

가즈는 상의 안주머니에서 철제 담뱃갑을 꺼냈다. 담뱃값

안에는 대마초 여덟 개비가 가지런히 놓여 있었다.

　대마초 피워 본 적 없지?

　가즈는 대마초 세 개비를 꺼내 은재와 태웅에게 하나씩 내밀었다. 그리고 남은 하나를 입에 물었다.

　이 자리에서 함께 피우는 거야. 신뢰는 서로의 비밀을 나눠 가질 때 더 많이 쌓이는 법이거든.

　가즈가 라이터를 켰다. 그러나 어둠은 더 짙어졌다. 은재는 굳은 표정으로 주변을 돌아보았다. 돌섬 위에 떠 있는 백색 콘돔 같은 달, 남쪽 바다로 향하는 길목을 지키는 은빛 수갑 같은 마창대교, 바이브레이터처럼 기다란 회색 화물선, 그리고 달빛을 머리에 감은 문신의 조각. 이 모든 것들이 자신을 숨죽인 채 지켜보고 있는 것만 같았다. 은재는 오늘 밤이 너무 길었다.

*

　나는 마치 적들에게 포위된 듯한 기분이었다. 큰방 오른쪽에는 어머니가 앉아 있었고, 왼쪽에는 나보다 어려 보이는 남자아이 두 명이 무릎 꿇고 있었으며, 정면에는 담배를 입에 문 아버지가, 그리고 등 뒤로는 지금 막 방문을 열고 들어온 동미가 있었다.

　인사해라, 동미 누나다. 아버지가 말했다.

둘 중 작은 아이가 동미를 향해 냅다 고개를 숙였다.

안녕하세요!

이름도 말해야지.

안종호입니다.

안종구입니다. 큰아이가 말했다.

종구는 자리에서 일어나 열려 있는 방문을 조심스럽게 닫았다. 아버지가 그렇게 주입시킨 듯했다. 복 달아나니까 방문은 항상 닫아 놓으라고. 종구는 종호 옆에 다시 무릎 꿇고 앉았다.

편하게 앉아. 아버지가 말했다.

종호와 종구는 재빠르게 양반다리로 자세를 바꿨다. 그렇게 하지 않으면 큰일이라도 나는 것처럼. 아버지는 라이터로 담배에 불을 붙이며 나를 바라보았다. 네가 뭘 어쩌겠냐는 눈빛이었다. 나도 모르게 눈물이 차올랐다. 나는 눈물을 흘리며 종호 곁으로 성큼성큼 다가갔다. 그리고 종호의 팔을 거세게 붙잡은 후 문밖으로 끌고 나갔다.

우리 집에서 나가.

종호는 서럽게 울며 종구에게 매달렸고, 종구 역시 눈물을 흘리며 종호를 놓치지 않으려 안간힘을 썼다. 방 안은 나와 종호와 종구가 울부짖는 소리로 떠나갈 듯했다. 나와 종호와 종구는 어른들이 만든 엉망진창의 세상에서 대리전을 치르는 중이었다. 모두가 지고 모두가 상처받을 수밖에 없는 싸움. 그러나 힘은 내가 종호, 종구보다 셌다. 나는 종구를 종호로부터 떼어 낸 후 다시 종호를 방문 앞으로 거칠게 끌고 갔다.

놓아줘. 아버지가 말했다.

나는 무시했다. 그때, 동미가 내 팔을 붙잡았다. 그 틈을 타 종구가 종호를 둥지처럼 감싸안았다.

그만해, 찬수야. 동미가 말했다.

나는 동미를 노려보았다.

누나도 이 집에서 나가. 누나 엄마랑 같이 밀양으로 돌아가. 여긴 우리 엄마 집이야.

어머니는 여전히 방바닥만 바라봤다. 그 자리에 계속 버티고 있는 것에 모든 체력과 영혼을 쏟아붓고 있는 사람 같았다. 그리고 동미는 나를 슬픈 눈으로 바라보기만 했다. 나는 서러움과 울분에 복받쳐 다시 소리쳤다.

우리 엄마 집에서 다 나가. 다 나가라고!

그때, 아버지가 나를 향해 라이터를 집어 던졌다. 다행히 빗나갔다. 벽에 부딪혀 튕겨 나온 라이터는 내 발아래 멈춰 섰다.

이리 갖고 와. 아버지가 말했다.

나는 천천히 허리를 숙여 라이터를 집어 들었다. 그리고 아버지를 노려보다 방문을 박차고 나갔다. 아버지가 나를 뒤쫓아 나오려는데, 동미가 앞을 막아섰다.

제가 갈게요. 다시는 저런 소리 못 하게 만들어 놓을게요.

아버지는 동미의 얼굴을 지그시 바라보았다. 동미는 아버지의 눈을 피하지 않았다. 차갑고 무정한 눈빛으로 맞섰다. 아버지는 당황한 기색을 내비쳤다. 사실, 동미는 지금의 상황을 어느 정도 예상했다. 나는 발악하고, 두 아이는 울부짖고, 어머니는 속으로만 타 들어가고, 아버지는 폭력으로 이 모든 일을 잠재우려 하리라는 것을. 한 가지 예상치 못한 것은 아버지의 태도였다. 동미가 자기를 대신해 분노 어린 표정으로 빨랫방망이를 들고 집을 나서려 하자 아버지는 동미를 다시 불러 세웠다. 아버지는 내심 우려가 되는 듯했다. 방망이로 북어를 두들겨 패듯 (그래야 살이 부드러워진다.) 동미가 자기 아들을 조져 놓는 것은 아닌가 하고. 그러나 동미는 다른 생각을 하고 있었다. 집에서 얼른 빠져나가 석호를 도와주러 가는 것.

머리는 때리지 마. 아버지가 말했다. 그래도 대학 갈 만한 싹은 저 새끼밖에 안 보이니까.

죽지 않을 만큼만 팰게요. 머리 빼고. 동미가 말했다.

집 뒤편 임항선에 도착했을 때, 동미의 눈에 들어온 것은 몸싸움을 벌이고 있는 석호와 대훈의 모습과 저만치서 달려오는 기차였다.

석호와 대훈은 울퉁불퉁한 자갈들이 깔린 철길 위에서 엎치락뒤치락했다. 자칫하면 기차에 치일지도 모를 만큼 위태로워 보였다. 그러다 순간, 대훈이 석호를 제압하듯 석호의 몸 위

로 올라탔다. 동미는 주저하지 않고 빨랫방망이를 휘두르며
대훈을 향해 달려갔다.

　물러서요! 석호가 소리쳤다.

　동미는 우뚝 멈춰 섰다. 대훈이 동미가 있는 쪽으로 고개를
돌렸다. 대훈은 빨랫방망이를 들고 있는 동미의 모습을 발견
하곤 할 말을 잃은 듯한 눈빛이었다. 동미까지 상대하게 된 상
황에 자괴감을 느끼는 것 같았다. 대훈은 다시 고개 돌리더니
커다란 상체로 석호의 가슴 부위를 강하게 압박했다. 석호를
재빨리 기절시키는 것이 최선이라고 판단한 듯했다.

　어느새 기차가 선명하게 보일 만큼 앞으로 다가왔다. 철길
이 요동치는 소리가 밤공기를 갈랐고, 주변 땅이 진동하기 시
작했다. 동미는 끔찍한 상상에 사로잡혔다. 그때, 석호가 무릎
으로 대훈의 사타구니를 가격했다. 대훈은 끙하는 소리를 내
며 옆으로 고꾸라졌다. 석호가 대훈을 밀어내며 철길 위에서
일어나려 했고, 대훈은 석호의 팔을 붙잡고 늘어졌다. 그때, 기
차가 밤공기를 가르며 동미의 눈앞으로 세차게 지나갔다. 그
리고 잠시 후, 커다란 돌멩이가 땅에 박힐 때와 같은 둔탁한 비
명이 밤하늘을 찢을 듯 울려 퍼졌다.

　기차의 마지막 꼬리가 어둠 속을 파고들며 거센 바람이 일
었고, 바닥을 나뒹굴던 노조가입신청서가 바람에 휘날리며 뿔
뿔이 흩날렸다. 동미는 그 자리에 털썩 주저앉았고, 석호는 망

연자실한 표정으로 대훈을 내려다보았으며, 대훈은 자신의 왼쪽 무릎 주변을 손으로 감쌌다. 대훈의 바지 위로 피와 뼈가 불거졌다.

왜 그랬어? 석호가 말했다.

대훈은 비명을 지르지 않으려 애썼다. 석호가 다시 말했다.

왜 그랬냐고!

몸싸움 중 대훈은 기차 쪽으로 몸이 쏠린 석호를 끄집어내려 했다. 그러다 기차 몸통에 자기 무릎이 쓸려 나갔다.

석호는 고통스러워하는 대훈에게서 눈을 돌려 어둠이 드리워진 철길 저편을 바라보았다. 동미는 붕대 대신 쓸 수건을 가지러 집으로 달려갔다. 그리고 대훈은 수그린 고개를 들지 못했다.

내가 졌어요.

응급처치가 끝나자 대훈은 바닥을 손으로 짚으며 일어나려 했다. 그러나 오른쪽 다리마저 온전히 힘이 들어가지 않았다.

움직이지 말아요. 동미가 말했다.

오늘 일은 없었던 걸로 해 주길 바라요. 이렇게 비참한 기분을 느끼게 될 줄은 몰랐어요. 내가 이겼어도 마찬가지였겠지만.

대훈은 창백한 미소를 지었다. 다리보다 마음이 더 무너진 것 같았다.

빨리 마산을 뜨는 게 좋을 거예요. 오늘까지 해결 안 되면 진짜 깡패들을 보낼 거라 했어요.

대훈은 다시 일어나려 애를 썼다. 석호가 대훈 곁으로 다가가 무릎을 꿇으며 어깨를 내주었다. 대훈은 석호의 어깨를 받침대 삼아 일어섰다.

미안하지만, 집까지 같이 가 주면 고맙겠어. 너무 늦으면 아내가 걱정할 거야.

석호는 낚싯바늘을 삼킨 것처럼 목 끝이 따가운 표정이었다.

그렇게 싫은 표정 짓지 말아. 대훈이 말했다. 여기서 멀지 않아. 저기 보이는 무학산 골짜기 초입이야.

동미는 눈물을 빠르게 훔쳐 내며 무학산을 바라보았다. 골짜기를 따라 지붕과 지붕을 잇댄 판잣집들이 달빛 아래서 어슴푸레한 초록빛을 발하고 있었다. 어진 꿈결 같은 빛깔이었다.

집은 안 돼요.

석호와 대훈은 멈춰 섰다. 그리고 동미를 물끄러미 바라보았다.

우선 병원으로 가요. 동미가 말했다. 아내분이 바라는 것도 그걸 거예요.

석호와 대훈이 병원으로 가는 동안, 동미는 대훈의 집으로

가 아내에게 소식을 알렸다. 무거운 몸을 이끌고 병원으로 달려간 대훈의 아내는 수술실 앞에서 혼절했다.

다음 날 대훈이 잠에서 깨어났을 때 알게 된 사실은 두 가지였다. 하나는 동미와 석호가 편지와 함께 회삿돈 절반을 병원에 맡겨 두었다는 것이었다. 편지에는 이렇게 적혀 있었다. 무사히 회복하길 바란다고, 염치없지만 부탁이 있다고, 다시 마산으로 돌아올 때까지 광남호를 부탁한다고, 어시장 선창에 묶여 있다고. 대훈이 알게 된 또 다른 사실은 아내의 유산 소식이었다. 대훈은 생각했다. 동미와 석호의 잘못이 아니라고, 자신의 비루한 욕심이 아이의 생명을 앗아 갔다고.

그로부터 2년 후, 광남유니폼사를 차린 대훈은 돈이 모일 때마다 마산모방 유니폼 안주머니에 넣어 두었다. 언젠가 동미와 석호를 만나면 돌려줄 생각이었다. 두 사람이 아니라 자기 자신의 영혼을 위해서였다. 광남유니폼사의 첫 종업원인 명길은 뭉칫돈이 그곳에 있다는 사실을 알았다.

내가 모르는 곳에 좀 둬요. 명길이 말했다.

뭐 하러? 안 가져갈 걸 아는데. 대훈이 말했다.

명길은 기분이 좋았지만 괜히 투덜거렸다.

그게 아니라, 없어지면 내가 가져갔다고 생각할 거 아니에요.

명길아.

예.

삶이 벼랑 끝에 몰리면 가져가. 원망 안 할 거야. 나도 그랬을 거니까.

예?

도망가더라도 준구 용돈은 챙겨 주고.

명길은 그 돈에 손대지 않았다. 삶이 벼랑 끝에 몰렸을 때, 명길은 준구의 자동차를 타고 마산모방 정문으로 돌진했다. 그러나 자동차는 도로를 달리지 못했다. 마산모방 옆을 흐르던 삼호천에 처박혔다. 아들에게 주려고 어렵게 구한 롯데 자이언츠 야구 모자처럼. 명길은 자동차를 버려 둔 채 다리를 절뚝거리며 자리를 떴고, 한동안 모습을 감추었다.

대훈을 병원으로 데려간 날 새벽, 동미는 석호와 함께 고바야시 겐지의 집으로 갔다. 겐지는 새벽 서리처럼 차가운 눈빛을 한 석호를 보곤 머리를 바닥에 닿을 때까지 숙이며 그때의 일을 재차 사과했다.

나는 정말 몰랐습니다. 경리과장은 해임했습니다.

그걸 어떻게 믿습니까? 석호가 말했다.

사실이 아니면 자결하겠습니다! 정말 죄송합니다!

한국에서는 사과를 말로 하지 않아요. 동미가 말했다.

겐지는 동미의 말을 잘못 이해했다. 겐지는 바닥에 머리를 세게 찧으며 소리쳤다.

진심으로 사과드립니다!

몸으로 하는 것도 아니에요.

겐지는 고개를 슬쩍 들어 동미를 바라보았다.

한국에서 사과는 힘으로 보여 주는 거예요. 동미가 말했다.

힘?

우릴 일본 오사카로 보내 주세요. 일본 SD전기통신에서 일하게 해 주세요. 사장님이 그럴 힘이 있다는 걸 우린 알고 있어요.

동미는 두 사람이 일본으로 가야 하는 이유를 말했다. 중간중간 눈물을 훔치고, 가슴도 쥐어뜯었다. 연기였지만, 겐지는 곤란해하면서도 동정 어린 눈빛을 잊지 않았다.

사장님은 누군가의 삶을 구원할 힘이 있어요. 동미가 말했다. 특별한 사람만이 그런 힘을 가질 수 있어요. 사장님이 바로 그런 분이에요. 그런 힘을 쓸 때가 바로 지금이고요.

다음 날, 겐지는 두 사람의 이름을 SD전기통신 일본 연수생 명단에 포함시켰다. 동미와 석호는 겐지의 집에 몸을 숨기고 있다가 SD전기통신 연수생들과 함께 버스를 타고 일본 시모노세키로 향하는 배에 오르기 위해 부산으로 넘어갔다. 동미를 반기는 동료도 있었고, 동미를 외면하는 동료도 있었다. 석호와 동미가 마침내 시모노세키행 선박에 올랐을 때, 남쪽 바다는 저무는 해를 삼키기라도 한 것처럼 붉은빛 속에서 이

글거렸다.

　나는 집을 뛰쳐나온 후 가포해수욕장 부근의 곶으로 달려
갔다. 손을 뻗으면 닿을 것 같은 곳에 돝섬이 있었다. 나는 아
무도 나를 찾을 수 없는 곳으로 가고 싶었다. 그래서 나를 아는
모든 사람을 괴롭히고 벌주고 싶었다. 아버지와 동미, 어머니
와 종호, 종구 그리고 아버지에게 굴복해 나를 의령으로 데려
가지 않는 친엄마까지도. 나는 곶 끄트머리에 서서 눈앞에 펼
쳐진 마산 앞바다와 돝섬을 바라보았다. 밤바다는 마치 부글
부글 끓고 있는 듯했고, 돝섬은 그 안에서 익어 가는 괭이갈매
기의 알처럼 점점 더 크게 부풀어 오르는 것 같았다. 나는 마산
앞바다로 몸을 던졌다.
　바다는 들끓고 있지 않았다. 뜨겁게 요동치는 것은 내 몸이
었다. 나는 돝섬에 닿을 때까지 팔을 계속 저어 나갔다. 예전처
럼 중도에 포기하고 싶지 않았다. 그래서도 안 됐다. 그건 다시
아버지의 품으로 순순히 돌아가겠다는 항복 선언이나 마찬가
지였다.
　동네 형과 친구들의 말은 틀리지 않았다. 돝섬까지의 거리
는 두려움의 거리이자 의지의 거리였다. 나는 손이 바닥을 짚
을 때까지 무작정 헤엄쳤고, 마침내 자갈들이 구르는 돝섬 해
변에 닿을 수 있었다.

나는 전에 봐 두었던 움막으로 가기 위해 경사면을 올랐다. 그때, 동미와 석호가 두고 간 상자가 눈에 들어왔다. 마치 남쪽 바다가 보낸 소포 같았다. 나는 상자를 들고 낑낑거리며 경사면을 올랐다.

움막은 여전히 비어 있었다. 나는 움막 안으로 들어가 몸을 웅크렸다. 들끓던 몸의 열기는 점차 사라졌다. 얼어붙은 속옷을 입은 것처럼 냉기가 온몸을 뒤흔들기 시작했다. 나는 이를 딱딱거리며 움막 밖으로 나갔다. 그리고 주변에 흩어져 있던 나뭇가지를 끌어모았다.

아버지의 라이터는 바닷물에 젖은 터라 부싯돌에서 불꽃이 쉬이 튀지 않았다. 나는 라이터의 물기를 털어 내고 부싯돌이 마를 때까지 흙에 마구 비볐다. 마침내 부싯돌에서 불꽃이 튀어 올랐다.

나뭇가지에 옮겨붙은 불은 서서히 모양을 잡아 가더니 이내 타닥거리는 소리를 내며 모닥불처럼 몸집을 키워 나갔다. 나는 그 앞에 앉아 몸을 말렸다. 모닥불 옆에 있던 상자가 다시 눈에 들어왔다.

상자 안에는 타이밍이라고 적힌 네모난 갑들이 빼곡히 쌓여 있었다. 그중 하나를 뜯자 노란빛의 알약이 모습을 드러냈다. 나는 알약 하나를 불길 속으로 집어 던졌다. 붉은 불꽃 속에서 노란빛 물결이 조그맣게 출렁였고, 식초와 꽃향기가 섞인 냄새가 코끝으로 밀려왔다. 나는 알약을 하나씩 불길 속으로 던져 넣다가 다음에는 갑 자체를, 마지막에는 상자 전체를 장작으로 삼았다.

나는 움막 안으로 들어가 몸을 웅크리고 누운 채로 모닥불을 바라보았다. 불길 속에서 오묘한 색깔의 불꽃과 몽롱한 냄새가 간절한 꿈처럼 피어올랐다. 나는 의식할 새도 없이 깊은 잠에 빠져들었다.

엄마의 뜨거운 품에 안겨 있는 꿈. 나는 그런 꿈을 꿨다. 그러다 순간, 번쩍 눈을 떴다. 온몸이 땀으로 젖은 채였고, 눈앞으로는 뿔이 난 붉은 악마의 형상이 물결쳤다. 나는 움막 밖으로 튀어 나갔다.

돌섬이 불타오르고 있었다. 잠들어 있는 동안, 바닷바람이 불씨를 사방으로 옮긴 듯했다. 검게 그을린 해송들이 픽픽 쓰러졌고, 바닷바람이 연기를 한곳으로 우르르 밀어냈다가 다시 우르르 끌고 왔다. 그리고 보이지 않는 곳에서는 배들의 거친 엔진 소리가 들려왔다. 불을 끄기 위해 모여든 배들 같았다.

어서 도망가야 한다는 생각밖에 들지 않았다. 불길보다 사람들에게 붙잡히는 것이 더 무서웠다. 그때, 달빛을 받아 투명하게 반짝이는 무언가가 눈에 들어왔다. 움막 바닥에 아버지의 라이터가 범죄 현장의 증거물처럼 놓여 있었다. 나는 라이터를 집어 들었다. 손이 델 만큼 뜨거웠다. 나는 떨어뜨린 라이터를 다시 집어 들고 바람이 불어오는 방향으로 무작정 달려 갔다. 손바닥과 손등에 화상을 입었다는 것도 의식하지 못한 채였다.

마산항을 등지고 있는 구역도 불길이 번져 있기는 마찬가 지였다. 나는 불꽃이 튀어 오르는 해송들 사이로 파고든 후 바 다로 무작정 뛰어들었다. 그리고 육지를 향해 정신없이 헤엄 쳐 갔다.

절반쯤 갔을 때, 숨이 목 끝까지 차올랐다. 계속 나아가는 건 무리였다. 숨을 골라야 했다. 나는 하늘을 바라보며 누운 자 세가 되도록 팔과 다리를 대자로 벌린 후 천천히 고개를 뒤로 젖혔다. 바다 위로 몸이 떠오르기 시작했다. 그리고 끔찍한 꿈 처럼 돌섬이 다시 눈앞에 모습을 드러냈다.

돌섬은 마치 불이 붙은 담배 같았다. 매캐한 연기가 사방을 떠다녔고, 밑동이 타 들어간 나무들이 담뱃재처럼 바다 위로 떨어져 내리기 시작했다. 나무들은 금세 차갑게 식었다. 그러 나 바다 위에서도 여전히 활활 불타오르는 나무가 있었다. 그 나무는 마치 횃불을 들기라도 한 것처럼 어둠에 잠긴 남쪽 바 다를 향해 유유히 흘러갔다. 바다와 하늘의 경계가 무너져 바 다를 항해하는 것 같기도 했고, 하늘 위를 유영하는 것 같기도 했다. 불타오르는 나무는 돌섬의 속박에서 벗어난 유령처럼 멀리멀리 나아갔다. 나는 왈칵 울음을 터뜨렸다.

*

어둠에 잠겨 있던 마산만이 조금씩 환해졌다. 레나는 집 옥상 난간 앞으로 홀리듯 다가갔다. 그리고 바닷물을 삼킨 듯한 표정으로 마산만을 내려다보았다. 마치 하늘에서 느닷없이 흘러내린 불씨 때문에 피어오른 깊은 산중의 모닥불처럼, 마산만 한가운데 있는 돝섬이 불타오르고 있었다.

옥상 바닥에 앉아 있던 준구도 무슨 일이냐는 듯한 표정으로 레나 옆으로 다가와 섰다. 준구는 휘둥그레진 눈을 한 채 들고 있던 버드와이저를 자신도 모르게 레나에게 내밀었다. 레나는 버드와이저를 벌컥벌컥 들이켰다. 준구는 돝섬에서 눈을 떼지 못했다.

깜깜했던 부둣가가 횃불을 켠 듯 환해졌고, 불구경을 나온 사람들이 해안가 바위에 따개비처럼 달라붙기 시작했다. 순간, 준구는 바지 주머니에 손을 다급하게 집어넣었다. 찾으려 했던 것이 다행히 거기 있었다. 지퍼가 달린 손바닥 크기의 손지갑이었다. 준구는 지퍼를 열었다. 꾸깃꾸깃한 지폐 아래 깃털 뭉치 같은 대마초가 쌓여 있었다. 돝섬 정상 벤치 아래 대마초를 파묻기 전, 레나가 준구에게 건넨 것이었다. 레나 역시 그만큼의 양을 챙겼다. 그때, 준구는 레나에게 물었다. 피워 보라고 주는 거냐고.

돈보다 대마초가 좋으면 피워.

레나는 한심해하며 대마초가 든 가방을 구덩이에 넣고 흙으로 메웠다.

급하게 도망쳐야 하는 상황이 발생했을 때를 대비하는 거야. 몸에 지니고 다니다가 비틀스에 오는 외국인 영어 강사들한테 팔아. 필리핀 같은 곳에서 한 달쯤은 머물 수 있을 거야. 세일링 배우고 싶다며?

준구는 머리를 긁으며 고개를 끄덕였다.

돝섬에서 돌아온 이후에도 일상은 달라지지 않았다. 잠긴 금고 안에 돈은 가득하지만 그걸 풀 열쇠가 없는, 그런 느낌이었다. 준구는 평소대로 주말에는 바나나 수입 업체 보관 창고에서 일하고, 평일에는 월영에서 술잔을 닦았다. 레나 역시 전과 다름없는 일상을 보냈다. 누구의 의심도 사지 않으려면 그런 모습을 계속 보여야 하기도 했다.

월영을 줄기차게 드나들던 우영은 준구가 자신을 외면하거나 피하려 들지 않자 부모님의 행적을 더 이상 따져 묻지 않았다. 꼴을 갖춰 가던 광남호텔이 우영을 점점 더 관대하고 부드럽게 만드는 것 같았다. 우영은 자신이 사는 것이라며 준구에게 위스키를 따라 주며 말했다.

한국 사회에는 성실함에 대한 신화 같은 게 있어. 성실하게 살다 보면 언젠가는 빛을 보는 날이 찾아온다는 거지. 어떻게 생각해?

모르겠어요. 준구가 말했다.

너는 알고 있어. 내가 답을 말하기도 했고.

준구는 잠깐 생각했다.

헛소리라고요? 신화처럼?

우영은 슬쩍 웃었다.

세상 돌아가는 걸 알아야 해. 변해 가는 세상을 계속 따라가야 하고. 그걸 모르면서 성실하기만 한 건 아무짝에도 소용없어. 너도 성실하기만 한 삶은 하루라도 빨리 접어.

준구는 쓴웃음을 감췄다. 우영의 말에는 자신은 세상 돌아가는 걸 알고, 준구와 준구의 부모님은 그것도 모른 채 그저 성실하기만 하다는 지적이 깔려 있었다. 준구는 우영이 건넨 술을 단숨에 비웠다.

성실한 삶은 일찌감치 접고, 눈치를 살피고, 대세를 좇는 삶을 살던 가즈는 병원에서 퇴원한 이후 한국인 여자 친구를 데리고 비틀스에 나타났다. 가즈는 무슨 일이 있었냐는 듯 예전처럼 실없는 농담이나 흘리고 다녔다. 그러나 레나가 없는 자리에서는 눈빛이 달라졌다.

레나가 범인이야. 가즈가 말했다.

경표는 가즈를 놀렸다.

집을 털어 47달러를 훔쳐 간 범인?

그게 다가 아니라고 말했잖아.

준구는 관심 없다는 듯 다른 곳을 쳐다보았다. 가즈가 아무런 말도 하지 않자 준구는 다시 고개를 돌렸다. 가즈가 자신을 비스듬히 바라보고 있었다.

뭘 또 훔쳐 갔는지 한번 맞춰 봐. 가즈가 말했다.

준구는 잠깐 생각했다. 그리고 가즈가 전에 지적했듯, 예의 아무것도 모른다는 순진한 얼굴로 말했다.

네 마음과 영혼. 너 레나 좋아했잖아?

헛소리. 여자 친구랑 있을 때는 농담이라도 그런 말 하지 마. 정말 상처받을 테니까.

준구는 낄낄거렸다. 그리고 놀란 가슴을 남몰래 진정시켰다.

대마초 구매자가 나타난 것은 돝섬에 대마초를 파묻은 지 2주가 지났을 무렵이었다. 구매자는 서울의 한 어학원에서 영어를 가르치는 캐나다 출신 강사로, 레나가 미국 유학 시절 만난 친구의 친오빠였다. 한국에 오기 전 알래스카에서 벌목꾼으로 일했던 그는 레나에게 다음 주 수요일, 이태원의 한 클럽에서 만나자고 말했다.

레나는 기차표를 미리 끊은 후 서울로 출발하는 다음 주 수요일이 어서 오기를 기다렸다. 준구 역시 그날을 기다리며 불안감과 흥분으로 잠 못 드는 나날을 보냈다. 그러나 그런 다음 주 수요일은 오지 않았다. 일요일 저녁 무렵, 돝섬이 원인 모를 화재로 불길에 휩싸였기 때문이었다. 눈앞에서 난 불을 구경만 할 수밖에 없는 처지에 놓인 소방차처럼, 준구와 레나는 옥상 끄트머리에 바짝 붙어 섰다.

섬에 불이 나면 어떻게 꺼?

준구는 초조하고 다급했다.

소방배, 라는 게 있어?

소방정. 레나가 말했다. 소방 헬기도 있고.

바닷물을 퍼 올려서 써?

바닷물을 퍼 올려서.

소방정이랑 소방 헬기도 사이렌을 울려? 아무 소리도 안 들리는데?

바보 같은 소리 좀 그만해.

준구는 낚싯줄을 끊고 달아난 물고기에 미련을 버리지 못한 사람처럼 굴었지만, 그런다고 해서 무슨 수가 생기는 것은 아니었다. 준구는 화마가 집어삼킨 돌섬과 감정을 알 수 없는 레나의 얼굴을 번갈아 보며 생각했다. 저 불꽃도 훔칠 수 있다면, 저 불길도 전자 영어 사전같이 가방에 주워 담을 수 있다면. 돌섬 화재는 마치 IMF 외환 위기 같았다. 불현듯 나타나 정체를 파악할 틈도 없이 내가 살아왔고 앞으로도 살아갈 세상을 그 이전과 이후로 명확히 나눠 버린 희비극적인 사태. 그러나 준구는 마음 한편으론 낚싯줄을 끊고 달아난 물고기가 어쩌면 자기 자신일지도 모른다는 안도감도 느꼈다. 대마초는 있어도 걱정이고 없으면 너무 아쉬운, 잔인하고 포악한 해적들로 가득한 보물섬 같았다. 준구는 오락가락했지만, 돛섬은 줄에 꿰어진 채 뜨거운 햇살과 해풍에 바짝 말라 가는 명태처럼 속수무책으로 타 들어갔다.

대마초에 불이 붙으면 무슨 색깔이 나? 준구가 말했다.

레나는 진절머리를 냈다.

그게 궁금하면, 갖고 있는 걸 태워.

레나는 휙 돌아서서 옥상을 내려가려다 문득 멈춰 섰다. 그리고 고개를 돌리지 않은 채 물었다.

희망이 없을 때는 어떻게 살아?

뭐?

희망 없이도 살 수 있냐고.

준구는 잠깐 생각했다.

그건 안 없어지는 것 같아.

레나는 고개 돌려 준구를 바라보았다.

뭐가 안 없어져?

뭔가 나아지리라는 희망. 그건 나도 모르게 생기고 또 갖게 되는 것 같아.

레나는 비웃었다.

인간은 한심한 족속이야.

레나는 준구의 집을 빠져나갔다. 준구는 레나가 콧노래를 흥얼거리며 월영동 비탈길을 내려가는 모습을 어리둥절한 모습으로 지켜보았다. 그리고 레나의 별명을 떠올렸다. 외계인. 준구는 생각했다. 외계인은 희망 없이도 잘 살 수 있는 것 같다고.

준구는 손지갑을 바지 주머니에 집어넣었다. 그리고 불타오르는 돋섬을 다시 바라보았다. 거대한 불길 속에서 줄기를 이룬 불꽃이 용솟음치며 바다 위로 쏟아져 내렸다. 마치 불씨로 이뤄진 벚꽃잎이 낙화하는 것 같았다. 바다 위에 내려앉은 불씨는 꺼질 듯 말 듯한 촛불처럼 위태로웠다. 그러나 끝내 빛을 잃지 않은 채 어둠에 잠긴 남쪽 바다를 향해 유유히 나아갔다.

*

진홍빛 파도들이 돋섬 선착장을 향해 끊임없이 달려들었다. 마치 불씨로 이뤄진 벚꽃잎이 파도 위에 내려앉아 있는 듯했다. 은재와 아버지는 호텔 창밖 풍경에서 눈을 떼지 못했다. 침대 곁에 서 있던 태웅이 은재와 아버지의 등 뒤로 다가오며 말했다.

무슨 일인데?

세 사람은 나란히 서서 돋섬을 바라보았다. 그리고 깊은 바다를 헤엄치는 심해어처럼 조용해졌다. 돝섬이 시커먼 연기와 검붉은 불꽃을 내뿜으며 불타오르고 있었다. 불길이 마산항 제5부두를 바라보는 쪽 경사면까지 옮겨 가자 은재와 태웅은 자기도 모르게 탄식을 내뱉었다. 호텔에서 저만치 떨어진 곳에서도 같은 소리가 들려왔다. 인공섬과 3·15해양누리공원에 밤 산책을 나온 사람들이 내는 소리였다. 마른 장작이 탈 때처럼 타닥타닥하는 소리까지 들려오자 사람들의 탄식은 더욱 깊어졌다.

청동 조각은 어떻게든 건져야 할 텐데. 아버지가 말했다.

더 중요한 것도 있어요. 태웅이 말했다.

은재는 빠르게, 아버지는 천천히 태웅을 향해 고개를 돌렸다. 태웅은 들고 있던 가죽 수갑으로 머리를 긁었다. 태웅은 울고 싶었다. 그러나 웃음이 났다. 마치 데우스 엑스 마키나*의 순간 같았다.

동물원 중 유일하게 남은 조류장 안에 닭이랑 공작새가 있잖아요. 태웅이 말했다.

---

* 라틴어 "deus ex machina"에서 유래한 말로, 글자 그대로 풀이하면 '기계 장치로 (연극 무대에) 내려온 신(god from the machine)'이라는 뜻이다. 고대 그리스 연극에서 쓰인 무대 기법 중 하나로 신의 뜬금없는 등장처럼 매우 급작스럽고 간편하게 작중 모든 문제를 해결하고 이를 정당화하는 플롯 장치를 일컫는다.

아버지는 휴대폰 카메라 비디오 기능을 껐다.

토끼도 있어.

화재 연기와 재가 바닷바람에 실려 오자 아버지는 창문을 닫았다. 은재는 방 밖으로 뛰쳐나갔다. 태웅이 은재의 뒤를 따랐다. 은재는 좀 더 가까운 곳에서 불길을 지켜보고 싶었다. 그래야 할 이유가 있었다.

세 사람은 광남호텔 홍보 영상을 만드는 중이었다. 은재와 태웅이 남녀 배우로 출연하고, 아버지가 휴대폰 카메라로 촬영했다. 돌섬의 대마를 북마산역 폐가로 옮길 날을 기다리는 동안, (가즈는 폐가의 대마초를 처분하기 위해 고군분투하고 있었다.) 은재가 태웅에게 부탁했다. 유튜브 쇼츠용 영상을 제작하려 한다고, 광남호텔에서 단돈 3,000원에 대여해 주는 코스프레용 옷과 가죽 수갑, 가죽 채찍 같은 성인용품을 처음 사용해 보는 연인의 모습을 담을 것이라고, 자신과 함께 연인으로 출연해 달라고, 출연료는 나중에 지급하겠다고. 태웅은 동영상 조회수가 처참하리라 예상했다. 그래서 흔쾌히 수락했다. 설정은 야했지만 수위는 약했다. 옷은 다 입고 찍었으니까.

홍보 영상 촬영은 전단지 효과가 신통치 않자 아버지가 생각해 낸 아이디어였다. 아버지는 은재에게 어렵게 이야기를 꺼냈다. 연극 동아리에서 활동했으니 조금 수월하지 않겠느냐고. 뉴스에서는 팬데믹 탓에 바캉스를 호텔에서 즐기려는 사람들이 늘어났다고 말했지만, 낡은 호텔은 그런 상황 속에서도 예외적 존재였다. 광남호텔이 기댈 수 있는 것은 마산 앞바다와 돝섬을 조망하며 하는 찰나의 사랑, 가벼운 사랑, 내밀하고 은밀한 사랑, 성적 욕망으로 불타오르는 사랑뿐이었다.

방에 홀로 남은 아버지는 코스프레용 옷들이 펼쳐져 있는 침대에 걸터앉았다. 그리고 휴대폰을 가만히 바라보다 미국에 있는 은수에게 문자를 보냈다.

아빠 보러 마산에 올 생각 없어?

답문이 오기를 기다리는 동안 아버지의 등은 점점 굽어 갔다. 아무런 잘못도 없이 불길에 휩싸인 채 점점 쪼그라드는 돝섬 같았다. 잠시 후, 은수에게서 문자가 왔다.

마산에 아빠 말고 볼 게 뭐가 있다고. 취직하면 한번 들를게.

은재와 태웅은 인공섬 연륙교 위에 올랐다. 연륙교 위는 불구경하는 사람들로 인해 어시장처럼 붐볐다. 은재와 태웅은 좁은 틈을 비집고 들어가 다리 난간에 바짝 붙어 섰다. 돝섬의 열기가 손에 잡힐 듯 가까운 곳에서 느껴졌고, 물대포를 쏘며 돝섬 주변을 선회하는 소방정의 모습이 눈에 들어왔다. 거센 불길은 돝섬을 다시 돌아올 수 없는 곳으로 데려가는 듯했다. 은재는 오랫동안 준비한 연극무대에 올랐다가 텅 빈 좌석을 마주한 배우가 된 것 같았다. 모든 것이 수포로 돌아갔다. 꽃들이, 조각들이, 대마가 작별 인사도 없이 어둠의 커튼 뒤로 사라졌고, 문신 조각에서 새어 나오던 빛 역시 연기에 파묻혔다. 또 다른 걱정거리도 있었다. 어설픈 화재는 더 큰 화를 불러올 수 있었다. 화재가 난 이상 대마는 완전히 전소돼야 했다. 살아남은 대마가 있고 그것이 발각된다면 불씨가 지금 자신이 서 있는 자리까지 번져 올지도 몰랐다. 돌이킬 수 없는 상황으로 치달은 이상, 은재는 불길이 돝섬의 모든 것을 남김없이 불태우길 바랐다. 처음부터 다시 시작하기 위해서라도.

출연료는 받은 걸로 할게.

태웅이 다시 말했다.

완벽한 증거 인멸이야. 우리가 선을 넘었다는 걸 아는 사람은 가즈뿐이야. 가즈는 수갑 찬 하느님이나 마찬가지니까 걱정할 필요 없고.

태웅은 허세를 부렸지만 얼굴은 마른 대마 잎처럼 시들어 있었다. 은재는 천천히 고개를 떨구었다. 늦은 밤, 돝섬을 찾아간 사람이 또 있었던 것일까? 그 사람은 밤의 돝섬에서 무엇을 기대하고, 희망했던 것일까? 그때, 연륙교 아래에서 낯익은 얼굴이 눈에 띄었다. 은재는 불구경 중인 사람들 틈에 섞여 있는 준구를 향해 짧게 고개를 끄덕였다. 준구는 은재를 향해 손을 흔들었다. 태웅도 아래를 바라보았다.

누구야?

마리화나 마산 사장님. 은재가 말했다.

마리화나 마산?

태웅은 정신 차리라는 투였다.

마리아나 마산이겠지.

준구는 고개를 돌려 불타오르는 돝섬을 다시 바라보았다. 그리고 1999년을 떠올렸다. 뭔가 나아지리라는 희망이 사라지고 또 사라지던 시절. 브라질에 머물던 부모님은 그해 여름 카사바 가루를 들고 마산으로 돌아왔다. 빈손으로 돌아온 것은 아니었지만 결과적으로는 또 그렇게 됐다. 흰색 카사바 가루는 세관에 압수당했다. 마약으로 오해받았기 때문이다. 낯선 이름의 백색 가루. 부모님은 그것이 마약이 아닌 것으로 판명날 때까지 두 손 놓고 기다려야 했다. 그 기간은 일주일이 될지, 한 달이 될지 아무도 몰랐다. 한국에서 카사바 가루를 사용한 버블티가 유행하기 시작한 것은 그로부터 몇 년이 지난 후였다.

명길이 자동차 절도 미수로 경찰에 붙잡힌 것은 돝섬에서 화재가 발생한 지 나흘이 지났을 무렵이었다. 명길은 삼호천에 처박힌 차에서 급하게 빠져 나오느라 신분증이 든 지갑이 주머니에서 빠져나왔는지도 몰랐다. 마산 앞바다를 하염없이 바라보고 있다가 뒤늦게 그것을 깨달은 명길은 허둥거리며 돝섬행 유람선에 몸을 실었다. 그리고 밤에도 돝섬을 떠나지 않은 채 며칠간 그곳에서 숙식을 해결했다. 낮에는 하늘 정원 벤치에서 잠을 잤고, 밤에는 낚시해서 잡은 것을 먹었다. 준구가 이를 알게 된 것은 경찰서에서 걸려온 한 통의 전화 때문이었다. 형사는 말했다. 명길이 영양실조와 탈진으로 병원에 입원해 있다고, 연락 닿는 사람이 준구뿐이라고, 명길이 전해 달라는 말이 있다고, 병문안은 안 와도 된다고, 교도소로 면회는 한번 오라고.

준구는 다시 인공섬 연륙교를 올려다보았다. 은재와 태웅이 여전히 그곳에서 서서 돌섬을 바라보고 있었다. 준구는 빙긋 웃었다. 그리고 천천히 자리를 뜨며 생각했다. 1999년의 봄에 자기 자신이 그러했듯, 지금 이 순간에도 뭔가 나아지리란 희망이 사라지고, 또 다른 희망이 스멀스멀 피어나고 있을 것이라고.

에필로그

약속 장소를 무학산 둘레길에 자리한 만날고개*로 정한 것은 동미 누나의 생각이었다. 만날고개에서는 매해 만날제가 열렸다. 만남과 그리움을 주제로 한 축제였다. 만날고개는 마산을 떠났던 사람과 마산에 남은 사람이 해후하는 곳이었다.

동미 누나는 만날고개 공원 벤치에 앉아 마산만을 내려다보았다. 언덕 아래로 검푸른 수평선이 마산항과 마산자유무역지역, 인공섬과 돝섬을 편안하게 감싸고 있었다. 동미 누나는

---

* 고려 말 마산포에 살던 이씨 가문의 큰딸은 어려운 살림살이 때문에 고개 너머로 시집을 갔다. 가혹한 시집살이에 시달리던 큰딸은 홀로 고개에 올라 마산포를 내려다보곤 했다. 그러던 어느 날 큰딸이 그리워 고개까지 올라온 친정어머니와 극적으로 만나게 된다. 만날고개라는 이름은 거기서 유래했다.

377

눈앞에 맑은 바다가 펼쳐지리라고는 전혀 예상치 못했다. 마산은 20세기에 호출됐다가 21세기에 버림받은 도시였다. 산업화와 민주화 과정에서 별처럼 반짝였다가 IMF 외환 위기 전후로 찾아온 정보화 시대에 스리슬쩍 퇴출당한 후 4차 산업혁명의 물결 속에서 갈 길을 찾지 못한 채 결국 이름마저 잃은 도시였다. 그러나 동미 누나에게 마산은 새로운 도시처럼 보였다. 건물들은 낡았지만 죽어 가는 도시가 아닌 살아나는 도시 같았다. 맑아진 마산 앞바다가 그 근거였다.

곱슬머리를 한 여자아이가 벤치 쪽으로 다가가 동미 누나 무릎 위에 앉았다. 동미 누나의 다섯 살 된 손녀였다. 동미 누나의 사위는 브라질 사람이었다. 동미 누나와 남편, 그리고 딸과 사위는 브라질에서 카사바 농장을 운영했다. 그러다 1년 전, 남편이 코로나19 바이러스 감염으로 유명을 달리했다. 동미 누나는 마산이 사무치게 그리워졌다. 마산에는 어머니의 무덤이 있었고, (아버지가 돌아가신 후, 어머니는 북마산시장에서 해물칼국숫집을 운영하던 자식 없는 홀아비와 정식으로 부부가 됐다.) 중·고등학교 동창들이 있었다. 그리고 유일한 형제가 있었다. 동미 누나는 나를 그렇게 여겼다. 나 역시 마찬가지였다. 동미 누나는 다른 어떤 형제보다도 나를 이해하고 아낀 사람이었다.

동미 누나는 브라질의 카사바 농장을 정리했다. 남은 삶은 마산에서 보낼 작정이었다. 가능하다면 딸네 부부, 그리고 손녀와 함께 살고 싶었다. 딸은 마산에서의 새로운 생활을 찬성했다. 사위는 주저했지만, 브라질에서의 새로운 삶도 만만치 않은 상황이었다. 코로나19로 사망한 브라질 사람들이 60만 명이 넘었다. 사위는 가족들과 함께 동미 누나를 따라나섰다. 사위는 마산을 알고 싶어 했다.

지난해, 동미 누나는 내게 보낸 메일에 이렇게 적었다. 옛집이 남아 있다면 그곳을 수리해 살고 싶다고. 나는 그 집은 누나 집이라고, 누나가 돌아오기 전까지는 아무도 손대지 못할 거라고 답했다.

동미 누나는 한국행 비행기 티켓을 끊은 후 마산의 옛집을 수리하는 동안 머물 장기 숙소를 인터넷으로 검색했다. 해안가의 호텔 중에 낯익은 이름이 있었다. 오래전 마산을 떠나기로 결심했을 때 탔던 배, 죽은 남편의 배, 남편이 죽기 전에 꼭 다시 한번 타고 싶어 했던 배의 이름이 거기 있었다. 나도 동미 누나에게 광남호텔을 추천했다. 아는 사람들이니 잘 대해줄 것이라고. 동미 누나는 광남호텔을 예약했고, 오늘 그곳에 짐을 풀었다. 은재와 우영이 호텔 입구에서 동미 누나네 가족들을 맞이했다.

만날고개 벤치에서도 광남호텔의 모습이 어렴풋이 보였다. 동미 누나의 남편이자 나의 매형인 석호는 숨을 거두기 전 말했다. 광남호라는 이름의 요트가 마산에 있다고, 대훈의 아들이 새 요트에 그 이름을 붙였다고, 마산에 가게 된다면 꼭 그 배를 타 보라고. 동미 누나는 그러겠다고 약속했다. 그리고 손녀와 함께 광남호를 타고 남쪽 바다를 누비는 모습을 상상했다.

해가 지기 시작할 무렵, 백발이 성성한 남자가 언덕을 오르는 모습이 동미 누나의 눈에 들어왔다. 남자 역시 동미 누나를 발견했다. 남자는 만날고개 벤치 앞에 도착하기 전에 이미 눈앞이 하얗게 흐려졌다. 우리 집에서 나가라고 차갑게 쏘아붙여도 그저 슬픈 눈으로 바라보기만 했던 사람, 온다 간다 말도 없이 집을 떠나 버린 사람, 47여 년 만에 마산으로 돌아온 사람, 그 사람이 내 눈앞에 있었다.

내가 벤치 앞에서 서자 동미 누나는 자리에서 일어나 차분한 표정으로 나를 바라보았다. 나는 간신히 말했다.

동미라고 부를까? 동미 누나라고 부를까?

여전히 못됐어. 동미 누나가 말했다.

할머니, 누구야? 손녀가 말했다.

할머니 동생이야. 동미 누나가 말했다.

동미 누나는 나를 조심스럽게 끌어안았다. 나는 흘러내리는 눈물을 주체하지 못했다. 동미 누나는 눈을 감은 채로 마산에서의 지난날과 마산에서 살아갈 앞으로의 날들을 떠올렸다.

동미 누나는 내게 들려줄 이야기가 너무 많았다. 나도 동미 누나에게 하고 싶은 말이 넘쳐흘렀다. 동미 누나를 대신해 어머니의 장례를 치를 때 벚꽃잎처럼 하얀 눈이 흩날렸던 무학산의 모습 같은 것들…….

동미 누나는 감은 눈을 천천히 떴다. 그리고 어둠이 내려앉기 시작한 마산 앞바다를 바라보았다. 돝섬이 마치 저녁놀처럼 불타오르고 있었다.

작가의 말

처음부터 고향을 사랑하긴 어렵다. 태어나자마자 놓여 있는 세계 같은 거니까. 고향은 떠난 이후에 진심으로 사랑하게 된다.

마산에서 살았던 시간보다 마산을 떠나 산 시간이 더 길어졌을 때, '사랑한 적 없던 나의 도시'에 대해 써야겠다는 마음이 생겼다. 사랑하게 된 이유에 대해서. 이를 범죄가 등장하는 허구의 이야기로 풀어내 (사실과 혼동해서 읽기를 추천 드립니다.) 조금 미안하긴 하다. 그러나 어쩌겠나 싶은 생각도 있다. 무언가를 사랑하는 방식을 소설이라 부른다면, 소설엔 정답이 없는 것 아니겠는가?

몇몇 지역을 제외하곤 도시의 불빛조차 점점 희미해지고

있다. 비워 버린 술잔처럼, 다시 피지 않는 꽃처럼. 그러나 삶의 불꽃이 일어나지 않는 도시는 없다. 어느 도시 하나 '사랑할 수밖에 없는 나의 도시'가 아닌 곳이 없다. "술과 꽃의 도시"였던 마산 역시 그런 곳이다. 마산의 현재가 다른 도시의 미래가 되지 않길 바라는 마음, 마산에 새로운 미래가 펼쳐지길 바라는 마음, (혹시나 해서 드리는 말씀인데, 대마를 키우자는 것이 아닙니다.) 그 결과가 다른 도시에 불빛을 비추는 일이 되길 바라는 마음, 조그마한 불꽃도 소홀히 하지 않는 사회가 되길 바라는 마음을, 소설에 담고 싶었다.

삶을 경주에 비교하는 경우가 많다. 그러나 실은 릴레이에 가깝다. 세대와 세대를 거치고, 원주와 이주를 거듭하며 나아가는. 그 길의 무대가 도시이다. 마산은 원주민과 이주민이 여러 세대를 아우르며 함께 만든 곳이다. 각지에 살던 사람들이 모여들어 더 커지고 발전했다. 어느 도시든 이렇게 완성된다. 지금은 다양한 국적의 사람들이 마산에 조금씩 스며드는 중이다. 확대하고 확장해야 하는 건 개발구역과 행정구역이 아니라 마음의 넓이와 개방적이고 차별 없는 제도이다. 당연한 말이지만 열려 있는 도시에 미래가 있지 그 반대는 아니다. 삶도 그렇다고 생각한다.

『마산』은 감사드려야 할 분이 특히 많은 소설이다. 먼저,

마산 사람들. 나를 이곳저곳 손수 데리고 다니며 여러 사연을 들려주신 엘피 바 해거름의 이정국, 고굉무 선배님, (해거름은 소설 속 바 월영의 모델이기도 하다.) 마산 근대사를 촘촘히 설명해 주신 경남대 박물관 객원연구원 박영주 선생님, 아진과 부모님 정재기, 남숙자 님, 영우와 어머니 윤순옥 님, 실재했던 바 비틀스의 옛 사장 경표, IMF 외환 위기를 숨 가쁘게 헤쳐 나간 태경, 바다와 더불어 사는 현준과 기수, 이름을 밝히기 꺼렸지만 인터뷰에 흔쾌히 응해 준 대학생들, 옆집 살던 아저씨 안종엽 님과 아주머니 곽도은 님, 마산어시장 꼭지횟집 아주머님, 출판사 불휘미디어 우무석 시인님, 극단 객석과무대 문종근 선생님, 마산문학관 조재영 학예사님, 만나 뵙진 못했지만 마산에 관한 다채롭고 풍요로운 글을 쓰시는 허정도 선생님, 그리고 마산에서 결혼해 지금까지 살고 계신 부모님께 감사의 말을 전한다.

이어서 외지인들. (여기서만큼은 이 표현을 이해해 주시길 바랍니다.) 지난 시절 연고 없는 마산에서 2년여간 심심했던 An, (가끔 즐거울 때도 있었다나.) 소설의 방향을 잡아 준 박혜진 편집자와 마지막을 이끌어 준 정기현 편집자, 초고를 읽고 조언을 아끼지 않은 친구들(쏭, 오씨, 윤, 호)에게 무학산 진달래와 벚꽃의 향기를 두 손 모아 전한다. 끝으로, 30년 만에 잘피가 돌아온 마산 앞바다에 환영의 인사를 건넨다.

발문

'지방 소멸' 혹은
이 시대에 관해 날카롭게 쓰기

천정환 / 성균관대학교 국어국문학과 교수

마산행

재작년에 '마창노동자문학회'를 취재하러 마산에 갔다. 햇볕 좋은 가을이었다. 가는 김에 아구찜 거리도 들르고 '마산문학관'에 가서 자료를 보기로 했다. 소담한 언덕배기에 조금 오르자마자 파란 섬숲과 물이 어우러진 아름다운 바다가 보여, 저절로 "내 고향 남쪽바다, 그 파란 물 눈에 보이네. 꿈엔들 잊으리오"라는 노랫말이 떠올랐다. 논란도 이해가 가지만 「가고파」가 왜 마산을 대표하는 노래로 여겨졌는지도 바로 느낄 수 있었다. 그런데 문학관에 당도하자마자 헷갈리기 시작했다.

'마산문학관'의 정식 명칭은 '창원 시립 마산문학관'이고,

"창원 지역의 문학 정신을 이어받아 지역 문화의 활성화에 이바지하고, (…) 창원 문학의 미래를 펼쳐나가고자" 만들어진 그곳은 마산이 아니라 창원에 있다. 마산인가 '마산문학'인가? 창원인가 '창원문학'인가? 같이 써도 되는 말인가. 예로부터 붙어 있긴 했지만, 다른 역사와 서사를 가진 곳이었던 마산과 창원이 하나의 행정구역으로 통합되었고, '말(馬)'이 포함된 그 강렬하고도 드문 어감의 지명을 마산 사람들이 포기(?)했다는 소식은 알고 있었다. 하지만 실제로 그 광경을 보는 것은 새삼 좀 충격이었다.

　나는 부산 출신이라 '부마'라는 단어로 얽힌 마산에 대해서 꽤 들어왔다. 누구보다 세고 개성 있는 캐릭터를 가진 마산 친구들도 기억한다. 경태형, 민석이 그리고 거제 출신이지만 마산고를 나왔다는 데 자부심이 컸던 상호도. 그러나 내가 가진 오랜 인상과 다른 일이 마산에 벌어져 있었던 것이다.

마산 프라이드

　어쨌든 '창원 시립 마산문학관'에서는 마산이 얼마나 '선진적인' 근대문화가 꽃핀 곳이었는지 확인할 수 있었다. 마산은 한때 동쪽의 부산, 서쪽의 진주 중간에서 가장 번성한 문화도시였다. 이은상, 김춘수, 지하련, 천상병, 이선관, 김윤식 같은 문명(文名)이 왜 마산과 연관되었겠는가. 그리고 김기창의 새 소설 『마산』이 소재로 삼고 적실하게 그린 것처럼 1970년 대 이후 마산은 가장 첨예하고도 유력한 산업도시였다. 한때 는 인구 밀도도, 땅값도, 교육열도, 자부심도 최고였다는 것이 다. '전국 7대 도시' 중 하나로서 말이다.

그러니 문학문화도 단지 앞서 말한 전국적 명성의 엘리트 문인이 아니라 해도, 창성한 것이었다. 잡지 《마산문화》《공단 문학》 그리고 마창노련이나 마창노동자문학회가 한 일을 새 삼 기려 본다. 《마산문화》는 1980년대 전국에서 가장 먼저 생 긴 '지역 무크'였고, 《공단문학》도 보기 드문 노동자 문학지였 다. 마창노련은 전국에서 가장 강고한 노동자 조직으로서 전 노협의 중심이었으며 민주노총 탄생의 견인차 구실도 했다. 이런 모든 것은 일하는 보통 사람들의 문화적 주체성의 표현 이자 단위였다. 마창노동자문학회는 전국의 노동자문학회 중 에서 가장 오래 활동하고 가장 많은 작품을 회지 《참글》 등에 남겨 놓았다. 2000년대까지 그랬었다. 이는 마산에서 1시간 남짓 거리에 있는 '제2의 도시' 부산은 물론, 인천·구로도 능 가할 만한 것이었다.

다들 알듯 마산에서 일어나 전국을 뒤흔든 민주항쟁은 이 국가의 진로를 바꿨었다. 1960년 3월 15일의 마산과 김주열의 일을 새삼 거론할 필요가 있을까. 1979년 10월 19일과 20일 마

산 시민들은 '3.15 정신'으로 철옹성 같던 유신독재의 공화당
사, 마산경찰서, 파출소 들을 파괴했다. 박정희는 다급히 공수
부대 여단을 파견하고 마산 일대에 위수령을 선포했다. 1987
년 마산·창원의 6월항쟁도 전국에서 가장 격렬하게 전개되었
다. 지역의 노동자들이 대거 참여하여 군부독재의 민정당사,
시청, 방송국을 응징했다. 문화적 세련됨과 어우러진 이런 열
정은 경외할 만한 마산의 정체성이었다.

'통합 창원'과 지방의 운명

그런 유서 깊은 도시가 이명박 시대에 '신흥'(?) 창원과 '행
정 통합'의 명분에 밀려 아예 이름이 지워지고 두 개의 구(區)
로 쪼그라들어 그 존재 자체가 지워져 가고 있는 형편이다. 과
연 무엇 때문에 누가 '마산'을 지우거나 포기했는가. 2009년에
추진되었다는 그 통합은, 물론 매우 현실적이고 또 그래서 마
음 아픈, 집값이니 학군이니 하는 이유들 때문에 가능했을 것
이다. 그런 이유들이었기 때문에 오히려 또, 통합 이후의 마산
과 창원 지역의 격차(정확히 말하면 '창원특례시' 내부의 격차)는
더 벌어지고, 마산은 더 빨리 사라진 도시가 되어 가고 있을 것
이다.

'지방의 몰락'이라는 글로벌 정치경제학적 현상은 물론 마

산만의 문제가 아니다. 앞에서 창원이 마산을 잡아먹은 것처럼 썼지만, 사실 마산과 창원은 늘 오래 한데 붙어 있었고 땅이름도 교환해 왔다. 더 오랜 역사까지 생각하면 창원부 혹은 창원군의 마산포에서 자라난 '마산시'가 식민도시로서 크기 시작해서 산업화 시대에 크게 부풀어오르고 창원을 덮은 것이었다.

그러니 마산의 역사는 '마창'의 운명을 함께 생각해야 공평한 것이겠으나, 마산뿐 아니라 진해까지 통합한 통합 창원의 현재를 생각하면 '지역 소멸'의 비극은 겹이다. 창원은 울산에 버금가는 동남권 최고의 산업도시였고 통합 후 인구가 100만을 넘어 2022년에 특례시 지정을 따냈지만, 사실 '통합 창원'의 실제 상황은 다르다 한다. 지난 10년간 '통합 창원'의 인구 그래프는 계속 '우하향'이고 창원의 민관은 이 추세를 벗어나기 위해 안간힘을 쓰고 있다 한다. 그 이유는 다른 지역 도시들의 것과 다르지 않다. 일자리가 줄고, 모든 사람과 돈과 문화를 수도권이 거머리처럼 또 블랙홀처럼 빨아들이고 있기 때문이다.

지역에서 살아가는 사람들이나 지역에 연고를 둔 사람들에게 '지방 소멸'은 사활적 이슈로 늘 회자되는 것 같지만, 실제는 크게 다른 거 같다. '지방 소멸'이 지역만의 문제라고 생각하는 게 이 사회의 큰 착각이자 고질이겠지만, 지역소멸에 대한 담론은 그보다 더 왜소하다. '서울 집값'이나 '수도권 아파트 값' 동향은 여전히 K-경제상황을 가늠하는 축이자 한국의 대중의 욕망이 응결하는 대상이다. 반도체 공장이든, 첨단산업 단지든, 대학이든, 관공서든 모두 한강 이남북에서 요지부동이다. 어떤 지방 담론은 지방을 '못 살 곳', '청년이 떠나고 없는 곳', 오히려 지방에 대한 소외와 배제의 낙인을 더 강화한다. 다른 상상은 드물다.

'지방 소멸' 시대에 대한 구체적인 대안이나 실행은 더 없다. 강남에 연고를 둔 권력자들과 '부재 지주'들은 용산뿐 아니라 여의도와 행정부에 붙박이로 포진해 있고, 수도권의 '신흥' 기득권을 넘는 정책을 추진할 정치와 운동이 없기 때문이다.

『마산』이 쓴 것

그래서 나는 반갑고도 긴장되는 마음으로 소설을 펼쳤다. 아래 같은 구절에는 줄을 그었다.

은재는 가라앉은 눈빛으로 주변을 둘러보았다. 바다 위에서 소리 없이 부서지는 햇빛, 해안선을 따라 가지를 뻗은 어시장과 각종 수산물 유통업체, 그리고 잿빛 수족관이 놓인 횟집들. 생기와 활기가 넘치는 곳이었지만 얼마든지 언제든지 쓸쓸해 보일 수 있는, 저 먼 과거에서부터 이어져 온 마산의 풍경들이었다. 마산 어시장에서 전국으로 유통하는 것들은 남해의 다른 지역에서 생산하고 어획한 것들이 대부분이었다. 장어도 그중 하나였는데, 주로 통영의 어선들과 거래해 사들인 후, 크기 별로 선별한 것을 내수용과 수출용으로 나눠 판매했다. 대부분 일본으로 수출했고, 내수용 중 일부는 수협 공판장 인근의 장어구이 골목에서 소비했다. 1960~80년대 어시장 주변 일대는 파도가 부서지는 곳 위에 들어선 목조건물에서 술과 장어를 포함한 각종 회, 전 등을 팔던 홍콩바가 주를 이루었다. 그러나 지금은 일부 가게 간판 구석에 조그맣게 쓰인 (구)홍콩빠, 라는 이름으로만 그 명맥을 유지했다.(149쪽)

이렇게 변화를 겪은 것은 물론 장어와 홍콩빠들만이 아닐 것이다. 도시의 작은 집들과 골목, 그리고 방직공장, 항만, 철도에 이르는 미시적이고 거시적인 것 모두가 세찬 파도 앞에 섰었다.

공간과 얽힌 물질의 향유와 유통의 역사, 그리고 불균등한 시공간 압축과 얽힌 인간의 운명을, 작은 데서부터 큰 스케일까지 찾아내고 쓰는 일은 결코 쉽지 않다. 그것을 쓰는 일 자체도 역사를 가지고 있다. 말하자면 시간이 땅과 마을, 국가와 세계를 재료로 빚어내는 변화와 그 안에서의 인간의 운명을 쓰는 것은, 소설이라는 장르가 엄청나게 진지한 자세를 취할 때 수행한 최고의 본업 같은 것이었다. 20세기에 쓰인『낙동강』『토지』『두만강』『지리산』같은 소설들은 토지와 강산에 얽힌 근대인의 운명과 굴곡진 한반도사를 같이 다룬 것이었다. 소설가는 그 안의 존재들을 모델링하고 또 개성을 부여하고, 그들이 그 안에서 어떤 방황이나 투쟁을 겪는지, 감정과 논리를 실험했던 것이다.

김기창은『마산』에서 1970년대, 1990년대, 그리고 2020년 즈음의 세 개의 시간 단층을 파고 마산만으로 상륙해서 이 작업을 했다. 그 지층들에는 마산이라는 판의 '글로컬'한 공통점과 시대의 지질학적 특징이 같이 들어 있다. 그것은 특히 한 세대 젊은이들의 삶을 규정한다. 1970년 이후의 마산은 수출자유지역과 거기 재상륙한 외래 자본이 상징한다. 소설의 동미처럼 실제로 개발연대 젊은 마산의 노동자들은 거기서 자라고 피터지게 싸웠다. 1990년대 말의 IMF 경제위기는 '세계화'의 찬바람이 대한민국 구석구석에 스미도록 했다. 모두 '글로벌' 역량을 갖추어야 했고 '구조조정'과 '비정규직'이라는 말도 새로 배워야 했다. 마산자유무역지역 자체는 수출 제조업 중심의 정책 때문에 흔들리지 않은 것처럼 보였지만, 사람들은 점점 섬처럼 고립돼 갔다. 신자유주의와 K에서의 삶을 강하게 길들여 살아남는 사람들은 '각자도생'의 달인이 되었다. 한국의 산업은 원료·부품의 글로벌 공급망뿐 아니라 노동의 공급망 안에서 강하게 재편성되었다. 오늘날 전국의 공단과 농촌·어촌에는 인도네시아, 중국, 태국, 베트남, 필리핀, 미얀마, 네팔, 우즈베키스탄 등 정말 다양한 나라들에서 온 외국인 노동자들이 계절과 직종에 따라 일하고 있다. '마창'도 예외가 아닐 것이다. 이런 데 시선을 두는 것은 '사회파'를 훨씬 초과하는 것이다.

내 눈에는 자주 서울과 지역의 관계가 마치 그루밍 폭력의 가해자·피해자의 관계와 비슷해 보인다. 지역의 딜레마는, 생존과 번영을 서울의 권력에 호소하고 시혜를 얻는 것으로 이뤄 낼 수 있다는 길듦이나 착각의 무한고리들에 있을 것이다. 그것을 끊어 버리고 넘어서는 일은 대안적·비판적 글로컬리즘 밖에 없다. 『마산』 주인공들의 고뇌는 그것을 시사한다. 모순의 굴레와 지역에서의 인간의 삶을 기록하는 소설은 드물다. 『마산』은 그래서 마산에 또 창원에, 그리고 이 시대에 첨예하고 중요한 기록이 될 것이다.

자화상, 고향

천현우 / 작가. 지은 책으로 『쇳밥일지』 등이 있다.

내 고향 마산은 바람 잘 날이 없었다. 부흥기와 쇠퇴기는 있되 안정기를 경험한 적 없는 지방 도시의 숙명이다. 소설 『마산』을 지배한 분위기는 한때 오폐수로 찌든 마산만의 회색 물빛 같다. 낭만은 없고 온통 먹고사는 이야기뿐이다. 기업이 잠까지 못 자게 하며 노동 착취를 벌였던 1974년. 최절정기를 맞이하자마자 IMF에 무력하게 고꾸라진 1999년. 젊은 세대가 일할 곳도 미래의 희망조차 찾을 수 없는 2021년. 세 가지 시간 축에 놓인 인물들은 각자 살길을 트기 위해 분투한다. 소설이 묘사하듯 마산은 주민들한테 살가웠던 적이 한 번도 없다. 이렇듯 잘해 준 거 하나 없는 도시에 사람들은 왜 자부심을 느낄까. 마산은 힘들 때마다 생각나는 어머니 같은 고향이 아니라, 힘들기만 했던 나날을 함께한 동지처럼 느껴지기 때문이 아닐까.『마산』은 구저분한 내 고향의 과거와, 끝없이 쇠락해 가는 현재를 담담히 비추는 자화상이다. 이 소설의 아름다움 은 바다도 도시도 아닌, 하루하루를 악착같이 살아 내는 등장 인물의 삶 속에 녹아 있다.

마산

1판 1쇄 찍음   2024년 11월 8일
1판 1쇄 펴냄   2024년 11월 15일

지은이   김기창
발행인   박근섭, 박상준
펴낸곳   (주)민음사

출판등록 1966. 5. 19. 제16-490호
주소   서울특별시 강남구 도산대로1길 62(신사동)
          강남출판문화센터 5층 (우편번호 06027)
대표전화 02-515-2000 | 팩시밀리 02-515-2007
홈페이지 www.minumsa.com

잘못 만들어진 책은 구입처에서 교환해 드립니다.
KOMCA 승인필(245쪽)